时光清浅，

心安便是归处

籽慕 著

山西出版传媒集团

北岳文艺出版社

BEIYUE LITERATURE & ART PUBLISHING HOUSE

图书在版编目（CIP）数据

时光清浅，心安便是归处 / 籽慕著 . 一太原：北岳文艺出版社，2017.4 （2021.1重印）
ISBN 978－7－5378－5007－0

Ⅰ.①时… Ⅱ.①籽… Ⅲ.①言情小说－中国－当代 Ⅳ.①I247.5

中国版本图书馆 CIP 数据核字（2016）第 324987 号

书名：时光清浅，心安便是归处　　责任编辑：范　戈　　内文设计：邱孝萍
著者：籽　慕　　　　　　　　　　封面设计：宗彦辉　　印装监制：巩　璠

出版发行：山西出版传媒集团·北岳文艺出版社
地址：山西省太原市并州南路 57 号　邮编：030012
电话：0351 – 5628696（发行部）　　0351 – 5628688（总编室）
0351 – 5628697（编辑室）　　传真：0351 – 5628680
网址：http://www.bywy.com　E – mail：bywycbs@163.com
经销商：新华书店
印刷装订：三河市天润建兴印务有限公司

开本：660 毫米×960 毫米　1/16
字数：208 千字　印张：19.5
版次：2017 年 4 月第 1 版
印次：2021 年 1 月河北第 2 次印刷
书号：ISBN 978－7－5378－5007－0
定价：49.80 元

颠沛流离的我伫立在茫茫的尘世中

自 序

　　每个人的青春都历经繁华悲喜和颠沛流离，也只有穿越经年累月才能遇见最好的自己，我们会在欢声笑语中前进，会在漂泊的青春里回忆那份美好。

　　心中纵有千般无奈与不舍，青春也会夹杂着诸多遗憾而远去，我们不停地相逢却又不停地分离，不停地珍视却又不停地错过。当我们日渐成熟后才发现当初昂首阔步般走过的青春已被遗憾所充斥。我们遗憾没有用功读书，遗憾没有珍惜曾经的大好时光，遗憾没有听妈妈的话，遗憾没有珍惜心中的她，遗憾在自己意气风发的年月没有留下一场可以完美谢幕的演出。

　　这里有我们对爱情最美好的憧憬，对未来最纯真的期盼。无论是对的时间遇上错的人，还是错的时间遇上对的人；无论是曾经希冀的未来遥不可及，还是任由美好的祈愿灰飞烟灭，留在我们心中的还是那些无法抹去的遗憾。

　　成长的真谛就是自己与他人的磨合，在青春期那段迷雾般的时光，激情燃烧的岁月里，经历过的那些你我他，成为曾经喜怒哀乐的见证，青春是成长永不过时的话题，而爱情是成长最好的催化剂。

　　飞扬的指尖在键盘上敲击出这段文字，我的心情难以言喻。我不知道该用什么样的语言，才能诉尽文字背后的辛酸和各色人等的命运，或许我能安慰自己看开一点，我想写的，只是一个单纯的故事罢了，故事并没有映射什么。我们都有自己的故事，都是故事里的主角，却也是写故事的人。有些故事无疾而终，有些圆满落幕，亦有些抱憾终身。

　　最开始想要写这本小说的时候，只是凭借着热情和冲动一鼓作气地写下这个故事。现在，再一次翻开就会发现，虽然它青涩而简单，但它的每一个句子，每一个字眼却都是最纯粹、最淋漓尽致的，一如年轻时最初的爱情，没有杂质，没有目的，有的只是爱情本身。

　　我曾经看到有人说，好的作家是一个小偷，会偷走读者所有的经历和记忆。其实看小说也像是看戏，二流的戏偷情，让你跟着戏中人哭哭笑笑，完全忘了自己；一流的戏偷心，看戏的时候，你依然会哭哭笑笑，只是这一次你不止是为了剧中人，更是为了自己，就像是十面埋伏、处处雷区，一不小心就会触动你所有的爱恨和记忆。作家交付了写作功底，读者也在浑然不觉中交付了自己，像是完成了一道刺青的仪式，散场的时候，你不会不记得那种清醒的疼痛。

　　写作过程是漫长而枯燥的，它是一个复杂的酿造过程，最开始是一个闪念，这闪念也许最终会变成一个短篇，也许闪念丰富了，抑或坚持下来，会逐步变成长篇。这段时间里，我的内心会被故事情节完全占据，期间有甜蜜、有痛苦、有纠结，同时也有满足。写到洛冰和苏茉拿到研究生录取通知书的时候我哭了，因为我感同身受，此刻，洛冰和我是一体的，他是这个世界可以知晓我的人，这使我如获珍宝，仿佛我就是神，可以洞悉他的喜怒哀乐，他的青春与年老，他的逝去与新生。

这本小说里面的一些情节来源于我的真实经历，或身边朋友真实发生的事情，虽然时隔多年，我还是会在很多时候怀念起那些曾经闪亮的日子，怀念那些爱过痛过的岁月。我是一个喜欢幻想的人，总是天马行空地做各种各样的梦，然而现实中的爱，总是那个样子，无论看上去多么顺利还是曲折，但无一例外的是，每一次的挫折都好像在对另外一个人袒露自己的心，它就像是在剥洋葱，一片一片，小心翼翼地，有所保留，有所忐忑，有所暴露，又有所期待，那种感觉，很像八月的天气，一切都是失控的。

每个人都有可能是洛冰或者苏茉，在青涩的年华里爱上一个人，然后试探、追逐、热恋、厮守、争吵、怨恨、疏远、分开……并非不爱，而是在我们太过年轻的时候，往往太想去爱，却又不知道该如何去爱。等到终于成熟且懂得的那一天，那个爱着的人就如歌里所唱一般"已消失在人海"。也是到了这个时候，我们会忽然发现，爱依然是这个世界上最重要的事，就像一个人走在街头，忽然听到莫文蔚的那首《爱》，一句"你还记得吗"，整个人就完了。茫茫人海中，每个人都要找到自己的另一半，有多少人到老也不曾遇见，又有多少人很轻易地就弄丢了对方，我希望能用文字作为介质，祭奠那段逝去的日子。

现代生活节奏很快，我们要为了生活而奔波职场，为了生活而走上婚姻，很多人工作并不是为了工作而工作，结婚也不是为了结婚而结婚，我想写的，是人之初，是不忘初心继续前行的能量。学业未满的时候，我们追求的是什么？恋爱萌芽之初，我们追求的又是什么？而立之年，我们还在追求什么？这一切都隐没在城市的喧嚣中。

洛冰便是我想写的这样一个人：他依靠自己的双手，去追求自己想要的生活，由一个衣来伸手饭来张口的人逐渐长为实现自我理想的独立青年，为了自己的真心，去追求一份纯真的爱情。而与苏茉的爱情则成为洛冰成长的引子，伴随着他此后生活的点点滴滴。

奋斗之后是开始，开始过后是成长，成长会遇到莫名其妙的相遇，有时候相遇又变成了不一样的爱情。这份爱情来临，你会因为对方而变得不同，也会因为这份不同，生活的轨迹慢慢分叉。爱情从来都只是锦上添花，不会雪中送炭。

或许一见钟情的美好，总会发生在没有现实功利的学生时代，那时候只是人心与人心的交流，伴随着成长，环境逐渐变得不同，而那些看起来的完美也在岁月里留下了无法抹灭的裂痕，成为洛冰心中最痛苦的桎梏。

从此爱在洛冰心中深重，只是爱到深处无怨尤，在即将度过七年之痒时，命运横插一杠。青春如诗如画，情感如泣如诉，在命运的纠葛中，谁又比谁认真，谁又是谁跨不过的情劫？之所以曲折终归是上帝的手在捉弄命运，我们每个人都会陷入一场赌局，有时候仅有的赌注便是自己的一生。在命运的赌博中，美好的约定在璀璨的岁月中，画出了欢笑和哭泣的脸庞。

我的幻想中应该有这样一场婚礼，雪白的婚纱，鲜艳的玫瑰，美丽的笑容，推杯换盏，觥筹交错，大礼堂婚礼进行曲播放着，我牵着另一个人的手走向见证的人生。但建立这样一场美好婚礼也是有条件的：对方不是你无奈的选择，你身上没有她幻想的物质。

　　很多人在思想醒转之后，蓦然回首，才发现原来我们是不是曾经错过了什么？这个时候，你之前走过的路会变得更宽，你之前见到的景色会变得更美，同样，你之前牵起过的手，会变得更远。

　　经历了这些，我就有了想法，我一定要来一场说走就走的旅行，虽然我也不知道我的旅行能干什么，或许只是看看风景？隐隐期待会不会有艳遇？这本书写到此刻也算是结束了，我自己真的累了，需要用这样的方式来释放自己压抑很久的内心。

　　于是，我背起了自己的行囊，我的行囊，并不只是一些生活的必需品，还有支撑我前进的心，我想，是时候用一书文字，来记录下我的心情。

　　《时光清浅，心安便是归处》总有一句写的是你的人生。

　　　　愿情话有主，你不孤独。
　　　　愿我们被时光温柔相待。

　　　　　　　　　　　　　　　　　　　　籽　慕
　　　　　　　　　　　　　　　　2016 年夏于懿亭阁

这个世界上，没有什么事情会比爱情更甜美，也没有什么事情会比爱情更残酷。但爱情也有喜欢和真爱之分。喜欢一个人，也许喜欢的只是一个人的外表、身材、才华、能力，这只是某一个方面，但若是真爱，爱的就是一个人的全部，包括他所有的优点和缺点，正如当初那位主持婚礼的牧师所问："这位新郎，你是否愿意这个女子成为你的妻子，与她缔结婚约，无论贫穷还是富有，健康或是疾病，都爱她，照顾她，尊重她，永远对她忠贞不渝直至生命的尽头？"

　　"我愿意。"

　　笑容和泪水，一齐在洛冰的脸上浮现，那些年少青春的回忆，像海水一样，涌进了脑海。

目　录

第一章　拼搏过后

夏日的炎热，依旧驶来的是不带遮掩的轰轰烈烈，没有一丝一毫的迟缓之意。

在这个夏天里，我参加了人生的第一场大赛，上到家人下到小孩，所有的人都如临大敌，好像在所有有高考孩子的家中，都有着一种焦躁的气氛，就如同现在。

吃饭的时候，妈妈捧着饭碗，有一拨没一拨地摆弄着手中的米饭，一副欲言又止的样子，爸爸在旁边也咳了一声，皱皱眉，妈妈开口问我："洛冰考得怎么样啊？"这种话题在家里是很少被提起的，尤其是在我考完之后，看到我的情绪，父母大概早就已经猜到了点什么，只是想着再来问问，但是那时候的我，因为自知成绩考得并不理想而变得十分暴躁，当时直接将筷子拍在桌子上，不悦地说："我怎么能知道？这成绩不是还没下来吗？"

妈妈面色难堪地笑了一下，原来的我不是这样的，幸福的生活把我培养成很乖巧的性格，几乎没有什么叛逆期，偶尔和小伙伴们的娱乐便是嬉笑在门外的大槐树下，曾经，我一度以为这就是我的整个世界。

高三后，大槐树的嬉笑也只是停留在了昨天的记忆里，我的每一天几乎都是在自己的房间里，在学习中度过，我的生活也变得枯燥无味，整个人都很压抑。但是思想里潜移默化的是，尊重父母，听爸爸妈妈的话，所有的一切都当作隐忍。现在高考的失利，却好像变成了我一个发泄的出口，没有关心到自己的父母到底是怎么样的心情。

"怎么跟你妈妈说话的？"这是威严的爸爸，和很多的普通家庭一样，我的家庭也是这样，有个温柔的妈妈和不苟言笑的爸爸。我看着爸爸愠怒的面孔，什么话也没有说，直接扔下碗筷回到自己的房间。

打开房门，将自己抛到房间的大床上，任凭外面的太阳照进来，即使是炎热也懒得动一动身子去将窗帘拉上，现在的我就像是一个吸血鬼一样极度地渴望着阳光，摸摸被阳光晒得发烫的脸颊，却前所未有地感到满足，我的成绩考得并不是多理想，我知道，在我走出考场的那一刻我就已经知道了。

"笃笃——"

在想着的时候，门口传来妈妈的声音："洛冰。"我起身从床上爬起来，走到门口打开门，看到妈妈手中的托盘上，放着几块西瓜，倒是冒着凉意，像是能驱走现在的酷热。

我不知道这一次的成绩到底能考上什么样的大学，总之想选个远一点的地方，能够让我自己快乐一点、自由地去做我自己想做的事。

或许就是这样，那时候的时光，生活还没有磨平我的棱角，我的叛逆因子还在血液里疯狂地生长，还有很多的想法在心里躁动着。而我真的明白生活是什么吗？

妈妈坐在我身边，舔舔干燥的嘴唇，笑着对我说："洛冰，不要生你爸爸的气，他也是关心你、爱你的。"我吃完手中的西瓜，将最后一块西瓜拿起来，放到了妈妈还在为父亲喋喋不休的嘴巴前，我笑着回妈妈："我知道。"

其实我不是不知道，妈妈所说的一切我都知道，只是现在的内心因为这一次的放松还没有完全地调整过来，等妈妈走后，我将窗户打开，外面那棵生长很多年的大槐树现在已经肆无忌惮地将枝丫送到了窗前，树叶被微风吹起，划过脸颊，一如既往地温顺、柔软。我闭上眼睛，在夏日的热闹中体味着青春最开始的滋味。

大人的焦躁心情显然也是在成绩单上，当成绩下来之后，五百多分，不是什么很理想的成绩，一流大学是没有办法上的，爸爸捏着成绩单，皱着眉头，愁眉苦脸的，妈妈在一旁安慰着，倒是我现在有种如释重负的感觉。因为我早就预料到会有这种结果，我不是一个聪明的人，但是绝对算得上是一个勤奋的人，这一次的成绩，我只要尽到自己最大的努力，做到心中无愧就好了。

妈妈温柔地问着我："洛冰，你打算上什么样的大学？"爸爸在一旁显然很气愤："上什么样的大学？他这成绩能上什么样的大学！"爸爸在家里向来是一个强势的人，这一次也不例外地表现出了他的愤怒。我只是静静地待着没有说话，我知道爸爸接下来要说什么，"我们家里就你一个孩子，就是希望你能好好学习，将来考上好的大学，能够找个好工作，我和你妈妈也就安心了，但是你看看。"爸爸抖抖手中的成绩单，"你看看你现在的成绩，这样的成绩也就只能上个二流大学，以后找工作都会很困难。"

这些东西对于我来说很不以为意："不是有你吗？我们家又不缺钱。"这次面对的是爸爸出奇的愤怒，直接就将成绩单砸在我的脸上："以后你的事情我都不会再管，你也别想从家里拿一分钱！"

当时的我做什么事情都是凭着自己的一腔热血，而现在的我依旧佩服当时的勇敢和一往无前，或许无知不是什么坏事情，大多数的人青春都带着无知这两个字。

那天晚上是一个不眠之夜，爸爸拉着我坐在院子里，看着漫天的星星。在早就被霓虹灯掩盖的繁华都市里，能看得到满天的星星，就是真的很难得了，爸爸忽然伸手递给我一支烟，这是爸爸第一次主动将烟递给我，我笑了一声便接过来。爸爸将烟给我点着，忽然就被呛了一下，不停地弯下腰咳嗽，直到眼泪都出来，爸爸在一旁拍着我的背嘲笑着我："没出息。"

记得第一次有吸烟的想法是在初二的时候，当时和几个兄弟一起，在放学后，躲到一个隐蔽的小胡同的电线杆后面，偷偷地吸烟，那时候，只有一根烟，还是其中一个朋友从他爸那偷来的，每个人几乎都吸了几口，从原来的被呛到慢慢适应，我在一旁看着也很起兴，朋友们也是都小，怂恿着我也吸一口，这个东西当时对我的吸引力很大，我很好奇，在接过来，打算放到嘴巴里的时候，我爸正好出现了，把烟抢过来，扔到地上，扯起我就往家走，脸上的神色阴沉得吓人，当时还是非常害怕的，知道回到家肯定没有好果子吃，果然回到家就是一阵劈头盖脸地打，妈妈在一旁拦也拦不住。

这是我记得很深刻的一件事情，从此以后我就再也没抽过一支烟，直到现在，爸爸主动将烟送到我面前。爸爸开了两瓶啤酒，妈妈出门买了一点下酒菜，这是我和父亲，从小到大以来最长，也是最发自内心的一次谈话。

爸爸将一瓶酒放到我的面前，醉酒般地说："这时候，你已经是大人了，慢慢地也要开始接触社会了，我能交给你的学习方面的知识已经很少很少了，但是这个社会阅历我还是能给你指点一下的，毕竟我比你多在这个世上混了几十年。"

我当初记得爸爸说得最认真的话就是告诉我："这也是我从书中看到的，也是自己的亲身体会，到了迈向社会的时候，你要做到并练好两样功夫，这两样功夫，一样是本分，一样是本事。本分，不管你以后在事业上，真的是成功也好，不成功也罢，都是我们首先做到的，这点我也相信你不缺，还有就是本领，不管做什么事情，你都要有本领，这样才能站稳脚跟。"爸爸喝了一口酒，醉眼蒙眬地看向妈妈，"我不算是一个有本事的人，我希望你以后，能比我更好。"

爸爸心里也有很多的痛和愧疚，只是我以前不知道这些，现在在这种情况下，我们谈论着，爸爸还在交代我："还有啊，你得乐于吃'两样东西'——一个是吃苦，另一个是吃亏。这吃亏，老话都说了吃亏是福，但是你也得学得精明点，吃小亏没关系，但是在大的事情上，一定要慎重。吃苦，只有吃得苦中苦，方为人上人，什么天将降大任于斯人也！"爸爸忽然苦笑一声，"你其实都懂，都不需要爸爸再说了，这些事情，你自己心里都有数，但是你得记住爸爸的叮嘱。"

爸爸说话渐渐地语无伦次起来，我也在不停给自己灌着酒。啤酒并没有我想象的那么好喝，苦是第一个感觉。

在以后的人生中，爸爸给我的提示，我真的是终身受益。

"你这次上大学，我不会给你一分钱。"这话是从爸爸的口中说出来的，我也就笑了笑，爸爸也冲我嘿嘿一笑，"小子，你别笑，我是真的不会给你一分钱，想上学自己想办法。"

想办法，就是骨子里的执拗，让我没有依靠家里人自己完成了学业，当然这是后话。

当时是爸爸最后摇晃着，带着满身的酒气："好小子，我都喝不过你了，下次咱爷俩继续比。"我对着爸爸做了一个不服来战的表情，爸爸摇着头，最后还是醉成一摊烂泥，是被妈妈抬进去的，我也倒在桌子上了。

其实在我的眼里，爸爸是个真男人，认认真真地为这个家，或许说这是作为父亲、作为丈夫本来就该做的事情，但是在我的心中他依旧伟岸，即使他瘦小的身体和伟岸这个词根本就沾不上边。

我趴在桌子上，但是意识却是清醒得很，慢慢地看着天上的星星月亮在眼前变得模模糊糊，直到整个归于黑暗。

我觉得自己做了一个很长的梦，这个梦里有一个巨蛟，张着血盆大口，他的身上站着一个人，将长矛狠狠地刺进巨蛟的身体里，巨蛟痛得在海中翻滚，造成惊天巨浪，在梦的最后巨蛟还没有被杀死，但是我看到了那个人的长相，就是我自己。

当我醒来之后，满身都是大汗，外面的太阳已经升得很高了，但是天空中还残存着雾气，挡住了部分的阳光，昨夜喝酒的后遗症现在也体现出来，整个脑子都很痛，眼神空洞了很长一段时间。

起来洗把脸，妈妈已经将早餐准备好了，鸡蛋、牛奶都被妈妈细心地温热了，冒着浓郁的热气。

伸着懒腰走出来的时候，没有一如既往地看到爸爸坐在饭桌前看报纸，便疑惑地转头问妈妈："妈，我爸去哪了？"在妈妈将菜端上饭桌时听到我问她，就回答："你爸昨天晚上接了一个电话，说是公司出了点事情，半夜就已经走了。"

我点点头，坐到饭桌前，慢慢地吃着嘴里的饭，但是好像有点食不下咽的感觉，爸爸半夜就起来干活去了，昨晚明明喝得那么醉，怎么还能去工作呢？以前早就已经习惯了爸爸早出晚归的，也感觉不到什么诧异，但是这一次我是真的体会到了，爸爸很辛苦。

在填报志愿之后，我也开始出去打工，开始挣自己的生活费，学费在申请大学生贷款之后就没再操心过，但是生活费依旧是个问题，接触到社会，我才发现自己的实践能力真的是很差。我做过超市里面的导购员，做过鞋店的服务生，做过快餐店的员工，但是好像每一样都不行，但是我始终觉得我有自己的骄傲，在客人对我出言侮辱，在老板拖欠工资之后，我果断地选择了最粗暴的方式予以回应，在蛋糕店打工时，当时的老板拖欠我两百多块钱工资，虽然不多，但是这笔钱是我自己的辛苦劳动得来的，所以这是我该得的。

在老板拖欠一周之后，我终于忍不住了，恰好这时蛋糕店里举办一个一分钱红包蛋糕活动，我和几个朋友抢到了五六个蛋糕，都砸在了我曾经辛辛苦苦擦得十分干净的玻璃上面，听到了店主的尖叫声，我却感觉到很开心，这是报复胜利之后的快感。

这一次我也懂了，并不是你所有的付出，都能够得到等价的回报。

爸爸说的吃亏是福，但是我觉得这种社会的败类，就该给她点教训，现在回想起来，会觉得自己当初真的是很幼稚，但是又很怀念那段时光，是那样地张扬、肆意。

最后找到的一份工作是更为辛苦的，在爸爸看我做什么都没用之后，果断地将我带到了他朋友的一个厂子——电子厂。

我从出生就生活在一个相对富裕的家庭中，同时也是家中的独子，从来没有干过重活，所以在电子厂打工的生活几乎成了我人生中最黑暗的时光，每天早出晚归，一天都在那站着，站到腿肿，每次回到家都不愿意说话，偏偏爸爸在一旁幸灾乐祸，说是我终于尝到这种劳动的滋味了。

做了有一个月，还有三天就是开学的时间，爸爸领着我到老板的办公室结算工钱，老板还算客气，看到爸爸来了赶紧站起身来，说："老洛啊，你来了，坐坐坐。"

爸爸客气地挥挥手："老吴，现在的生意做得也是不错啊。"当时我的心里很烦躁，在这位吴叔叔的工厂里打工的我，并没有因为爸爸的原因而对我有什么特殊的照顾，这让我感觉很不开心。

这或许是不成熟的表现，但是当时自己的心里有一种很委屈的感觉，忽然发现在这个社会上，没有了父母我什么都不是，我就和那些一天到晚待在工厂里的打工族没什么两样，或许也是从那个时候开始，我才真正地成长起来。

以前再多的勇气都是不经大脑，随着自己的荷尔蒙分泌而释放出来，但是现在再做任何事情之前，都经过了一定的思考，这就是我的成长。在高中到大学的这个阶段，在社会的实践中慢慢地进行磨炼。

人说岁月是把杀猪刀，岁月也是磨平我们棱角的磨合器，在我们成长的过程中，慢慢懂得了责任和担当，身边有了越来越多的牵绊，自己就不再是自由身，不再是一人吃饱全家不饿的场景。

"洛冰，这是你的工钱。"吴叔叔递给我一沓钱，看惯了金钱的我，现在是有一点激动，不想矫情，但是也是大大方方地承认我真的很开心，就像是小时候得到自己第一个心爱的礼物，那种心情不是可以用言语表达出来的。

第二章 从这里开始

　　高三的暑假，是生活给我上的第一节课，即使它没有让我真正心服口服地臣服于这个世界，这个社会，但是依旧让我接触到了以前从不曾接触到的东西。十指不沾阳春水的日子我过得太安逸，又过得太不现实，在即将进入新的层面的时候，爸爸的确是这节课最好的老师。

　　但是年轻气盛，不是几个月的艰苦生活就能磨灭的，这件事情在我的心里却是留下了一个很深的印记，在潜移默化中影响着我。

　　在去学校的路上，我的脑子里一直在思考着，翻滚着这些记忆，路两边的高楼大厦几乎将整个天空都要遮盖起来，车子一路上走走停停，看着前面的车流，在一瞬间，我忽然非常反感从小生存的这个城市，反感我所喜欢的灯红酒绿，反感这里每次都带着满面愁容行色匆匆的行人，即使他们和我没有任何的交际，但是他们严重地影响我的情绪，烦躁地闭上眼睛，满口的焦躁："冯叔，什么时候到啊？"

　　冯叔是我们家里的司机，在我小的时候他就已经在我们家待很长时间了，冯叔可以说是从小看着我长大的，算是我的长辈，也是我比较尊重的人。这一次上学，爸爸没打算送我，是他说过的，我上我的大学，和他一点关系都没有，但是出于担心还是冯叔来送了我。这些在我眼中原来不值一提的东西，都是父母小心翼翼的关爱。

父亲和我一样的倔强，但是他的倔强显然在我这里是很少有坚持的。

冯叔笑笑："洛冰，你要是累了就先睡一下，现在车比较堵，恐怕还需要很长时间。"我摸了摸口袋中的车票，蓝色的，是张上面盖着印章的火车票。在我暑假的时候早就已经准备好的，火车票很便宜，当我知道了赚钱的艰辛之后，我开始学会慢慢地节省。看看冯叔的后背，还有已经慢慢变白的头发，我说："冯叔，送我去火车站吧。"

冯叔转过头，脸上的皱纹都挤在了一起："怎么了？"

我看看前面的车流："没事，只是买了车票不坐，扔了就可惜了。"冯叔忽然笑起来："洛冰，还知道节约了啊！"冯叔边倒车边唠叨着，"坐火车很累的，买的什么票？卧票？"我捏捏手中的纸张，轻声回答："不是，坐票。"

冯叔叹了一口气："你离开了家，在外面就要好好的，你现在是大人了，做什么事情，都有自己的思维方式，也有辨别是非的能力了。好好干，回来好好地帮帮你爸爸，这几年他很累啊。"

听着冯叔的叹气，我想的是现在的大人都是这样爱唠叨自己的孩子，冯叔与我就像是我是他的孩子的关系一样。曾经，我也一度庆幸过，我的人生真的过得没有波澜壮阔，但是却在平淡中演绎出我绚丽的情感。

没有人不承认，喜欢享受的是荣华富贵，我也早早地就知道金钱对于人、对于社会来说意味着什么，就如这个世界上有句话说的一样，"没有钱是万万不能的"。

我不是拜金主义，也不是宣扬骄纵的金钱观，只是在陈述一个事实而已，这对我今后的人生也产生了很大的影响。

从小生活在富裕的家庭里，所以不曾体会人世间的艰辛，但是还有一句话说的是，"站得越高，负的责任就越大"，但是对于当时的我，是不明白这样的道理的，在那时的我看来，金钱就是爸爸给的银行卡，随时都有供我消费的现金，但是我不知道那些钱是爸爸没日没夜地劳作得来的。或许在我深夜打游戏的时候，爸爸正在往肚子里灌着一杯又一杯的咖啡，一遍又一遍地捏着自己的眉头，揉着自己因为疲惫而发红的双眼，这些是我统统不知道的。

我的父亲是个比较严厉的人，在我高三的时候尤其严厉，根本就不准我玩游戏，所以每次我都是等到父母房间的灯灭了以后，才偷偷地玩，但是有时候会被父亲堵个正着，我曾经以为是因为父亲故意的，后来才知道那时候父亲是还没有休息的。

带着思绪坐上了火车，没有什么文艺范，火车是一个拥挤的地方，赶到的时候刚好检票，我举着手中的票对着冯叔挥挥手："走了。"

冯叔在远处冲着我笑，慢慢地转身离开。在那一刻我忽然有种落寞的感觉，当你的身边没有一个熟悉的人的时候，当你面临的是一个未知的城市的时候，你是满怀着激情和期待还是带着些许的恐惧，我承认这两者我都有。

我期待着自己新的人生，在离开了家乡，离开了故土，离开了父母，走向自由的时候，这明明是我一直期待向往的，不是吗？

突然恐惧涌了上来，在高楼大厦林立的地方，空洞依旧充满着整个城市的时候，我感到莫名的害怕，就像是将自己关到了一个幽静的四面封闭的黑暗空间里，也许这就是城市的可怕，繁华之下隐藏着一副落寞的面具。

坐上了火车，拥挤的车厢是我从来没有感受过的，不仅有坐着的，还有站着的乘客，有风尘仆仆背着大背包的农民工，有和我一样带着行李上学的学生，我身边坐着一位戴着眼镜的男生，细瘦的身材，手中一直摆弄着手机，我转身打算休息一下的时候男生忽然转过头来说："嗨，你也是学生吗？"我皱着眉点了点头，男生好像很兴奋，扯掉耳机问我，"你是哪个学校的？"

"RU 大学。"

男生更来精神了："我也是这个学校的，你也是大一新生吧？学什么专业的？"

"汉语言文学。"

"我也是汉语言文学的。"男生伸出手，"你好，汉语言文学专业三班魏海。"我看着他伸过来的手，很自然地打了一个招呼："你好，三班洛冰。"

"洛冰兄弟，咱们还是一个班的，有缘啊。"

我对来自同龄男性的昵称有些不习惯，尴尬地重复了一句："洛冰。"

男生不好意思地摸摸头："嘿嘿，那我就叫你冰哥吧。"

魏海是我认识的第一个同校、同专业、同班的同学，命运有时候就是这样凑巧，缘分有时候，就是喜欢这样开玩笑。

魏海是山东济南人。济南，素来有"泉城"之称，我问魏海："你是山东人，为什么跑这么远来读书?"

魏海看看我："自由啊。在家没有什么自由，还不如出来好好地玩一玩，离家远了就自由了。"当时魏海说这样的话的时候，脸上是洋溢着笑容的。

那时的我们寻找着所谓的青春的自由，想努力地挣开世间凡尘的枷锁，为了自己的坚持，自己的信仰，不顾一切。

我们可以将自己以前所有的错误归结于年少轻狂，却又在回忆着、寻找着这段义无反顾的人生影片。

"你就不想家吗?"我问了魏海，也等于问了自己，但是魏海给我的答案，和我自己给自己的答案是完全不一样的："不想，我本来就不是一个恋家的人。"

我原本以为他会和我一样，我以为他会说出他想家，有和我一样的感受，那样我也能顺理成章地说出来，不显得我拘谨，不显得我懦弱，不显得我是个那样恋家的人。

都说好男儿志在四方，怎么能局限于一片小天地，但是这片小天地依旧是包含了天、地、人的感情，这才是我的小世界。我承认我当时的虚伪，厌恶自己当初的大男子主义，即使再思念也会梗着脖子，不回家看一眼。

家于我是一种牵挂，又或者说，对于那时的我是一种羁绊。

"你怎么上这个学啊?这学校不是什么好学校!"我看看身边

的男生，一副斯文的样子，学习应该是不差的，或许这也是我的个人观点。魏海苦笑一声："考砸了呗，这次高考没发挥好，考了个烂成绩，来这儿了，其实这学校不算差，得看你用什么心态了，跟清华北大是比不上，但是一般的二流学校跟这个还是没法比的。"

我笑着点点头，不再说话，魏海也安静下来，看着窗外，车厢里依旧弥漫着各种稀奇古怪的味道，列车已经到了郊区，只能隐隐约约地看到几处小房子，那些影绰的山体，也随着列车的移动慢慢地消失在视线中。

车里面虽是天南海北的人，但是依旧能坐在一起胡侃，这些人将成为我生命中的过客，只是匆匆一瞥，到了目的地，大家又会各奔东西，不知道到时相见的话，是否还能记得彼此。

这是我从小到大都没有经历过的，从小的生活就是坐在家的车里，有家里的司机送我到学校，跟我的同龄人我接触得甚少，从来没有挤过公交车，从来没有像现在这样待在这样拥挤甚至说是杂乱的空间里。

但是却让我感觉到了不一样的东西，感觉到一种莫名的熟悉，莫名喜欢这种拥挤。

我的狂妄不羁来自我优越的生活条件，我从来不用为生活来回奔波，但是现在我已经明白作为一个男人的责任，也将会做得更好，这就是男人和男孩的区别。

所有的东西都是慢慢地在生活中磨炼而成的，所有的一切都是在自己经历的过程中得到的。

当魏海将我喊醒的时候，已经到我们上大学的城市了，依旧是繁华，和我想象的没有什么两样，车水马龙，没有谁会为谁驻足停留。

"走吧。"魏海碰碰我的肩膀，我艰难地将自己的行李箱从车上拿下来，三个大箱子，魏海转头看看我："你怎么拿那么多的东西？我来帮你拿一个。"

伸手将手中的行李箱推过去一个："谢了。"

学校里有专门来接我们这些新生的车辆，上了车后，就跟着去了学校，在那一刻我忽然感觉到自己就像是一个提线木偶一样，所有的一切都已经被安排好了。

当时心里对于新学校没有一点的向往和激动，反而有点厌恶。

学校当然没有我想象中的那样烂，进了校门景色还是不错的，绿树成荫，清浅池塘，几尾锦鲤，石桥，青石小道，花草绕行，也有亭廊，大楼依旧是在不远处静静地矗立着。

"跟我来吧。"带我们的都是上一届的学长，在登记之后，就走向宿舍，这里的住宿条件还是不错的四人间，上床下桌，很方便，有独立的卫生间，宿舍也很干净，但是由于很长时间没有人住，空气中有些怪味儿。

魏海走过去把窗户打开："这里还真不错。"我撇撇嘴："一般吧。"我收拾着手中的行李，将领来的军训服放到一边，将被褥拿到阳台上扑打一下，灰尘忽然就冲着脸扑来了，魏海一边咳嗽，一边抱怨："这被子还真脏。"我在一边幸灾乐祸地笑着。

"笃笃——"

有人进来了，拉着行李箱，穿着平凡，小平头，很一般的容貌，背上背着一个很大的包，手上拎着学校发的一些东西，风尘仆仆的样子，看到我们很憨厚地笑了一下，跟我们打招呼："你们好，我叫吴伟。"

魏海很热情地走过去，接过吴伟手中的行李，在进门的时候，背上的东西被门框拦了一下，吴伟的脸上忽然有尴尬闪过。

我走过去，帮他把背上的东西放下来："你这是逃难来了吗?"吴伟笑笑："我妈在家担心我，家里的好东西都想着给我带来，恨不得把所有的东西都让我背来，还带来了很多我们家乡的特产。"

吴伟要解开手中的包袱，魏海赶紧拦住："哎哎，还是先将这些东西收拾好吧，这里太乱了，都没有落脚的地方了，咱们先各自收拾各自的。"

看着地上散落的东西，自己一度有崩溃的感受，从来没自己收拾过东西，在开学的新的一天，我经历了很多人生的第一次，也发生了很多的人生第一次，都奉献给了这个校园，或许直到现在我所经历的东西，依旧不是全部。

我爬到床上，打扫上面的灰尘，魏海忽然来了一句："洛冰，你是不是个富二代啊?"我收拾东西的手忽然顿了一下："什么啊?"魏海调笑着："看出来的，什么都不会。"我笑笑："我怎么就什么都不会了?"

吴伟也在一旁笑："看着你那么白净的样子，也不像是干过什么活的人。"

吴伟的情绪，瞬间变得低落："我从小就是在地里长大的，我们那边的田地很多，每次到了夏天，每个人都是面朝黄土背朝天汗流浃背地在地里忙活着，身上沾满了草屑和尘土。"我和魏海都很惊讶，想想自己夏天的时候躲在空调房里玩游戏，却不知那时候有人为了生计在顶着烈日辛勤地劳作。

"不过，当风吹过麦浪，那时候的美，也是很让人满足的。"吴伟说这话的时候脸上是笑着的。

我没有过吴伟的这种感受，没有吃过他吃的苦，也没有感受过他收获到的快乐。

我们看向魏海，魏海扔掉自己手中的被子，摸着自己的后脑勺："我没什么好说的，我就是跟着自己的爷爷奶奶长大的，很少跟我爸妈见面，就是这样。"

人都说，到了大学，舍友之间的关系是最好的。我现在开始相信，我认为我的这几个舍友都很好，都是我的兄弟，在我们大家嘻嘻哈哈地谈论着各自来这里上大学的原因时，大多都是一样，我们都是为了自由，只有吴伟是为了挣脱他的命运，逃离那个束缚他的大山。

我的心情也开始慢慢地变好，寝室的门忽然被踹开了，这是我第一次见到郭驰时他给我的印象——小痞子——比我还要痞。进来之后的第一句话就是："这是什么破地方！"摘下脸上的墨镜，戏谑地看着我们，"还有你们这几个傻子，都乡下来的吧？"

随手将背上的背包甩到吴伟的床上："这地方是我的，你上一边去！"我看见这个人心里刚被压下去的怒火就被挑起来了，从床上蹦下来："你让谁滚一边去？你算个什么东西！看看你穿的那是什么破玩意儿！"

郭驰咧嘴一笑站起来，满脸的戾气："你有种再说一句！"我直接就一个拳头挥过去："我不光说，我还打了，怎么着！"吴伟赶紧过来拉，魏海也跑过来，郭驰扑上来和我打成一团，郭驰本就瘦小，压根就不是我的对手，被我压在身子底下，还在骂："有本事你让我起来，咱们再打！"

我阴森地笑着，魏海也走过来跟着拳打脚踢，这个时候的我们都是那样的骄傲，谁会服谁？郭驰这样的，纯粹就是来找打的。

"哥，我错了，嗷，我错了，别打了。"听到郭驰服软的话，我们才停下。恰好这时候查宿的学长也赶来："怎么了？"看到郭驰脸上鼻青脸肿，差不多也知道了原因，只是还没开口，郭驰就说："你们怎么回事？让你们进来了吗？不知道敲门啊？"这时候的郭驰看起来其实并不是那么讨厌。

第三章　幼稚终抵不过成长

当我们这个年纪正散发着青春激素的时候，我们肆无忌惮地显露着我们的幼稚，就像现在一样；我们每走一步都不知道自己前行的意义，就像现在一样。

郭驰的鬼哭狼嚎，惊动了正在楼道里检查的纪律部学长和部长，都说新官上任三把火，新人刚来，也得乖着点，这个社会常识，在大学里也展现着属于它的缩影。

"你们几个人，这可是刚开学啊，不要惹什么事情。"学长推推鼻梁上的眼镜，手拿着笔在一个小本子上写写画画。

郭驰从地上爬起来，拍拍身上的尘土，邪笑着看着学长："什么啊？我们这就是交流感情，我们老家有句话说得好，打是亲，骂是爱，不打不骂不相爱。"说着勾住我的肩膀，一本正经地问着我，"是吧，兄弟。"

我只能随着他的话，点点头，顺便伸手擦去他脸上的灰尘和血迹。

学长看着我们，只是无奈地摇了摇头："这一次，看在你们是新生的分儿上，就先过去，下次不能再犯了啊。"

我本以为怎么着他也得给我们来个下马威，却出乎意料地轻易放过了我们。

这时候，随着这位学长来的还有一个人，后来想应该是头头吧，他本来在门外等着的，现在推门进来，一副盛气凌人的样子，指着我们几个人，转头看看那位学长："章和，怎么？你认识这几个小子？什么就这么算了？"

章和看看他，稍微也有点不耐烦："还是新生，什么都不懂，咱们又不是没犯过这样的错。"大概是章和并没有给那个人面子，现在他也有点过不去，绷着一张脸："你们几个人，叫什么名字，我来记一下，明天给通报。"

魏海看看我，我没有说话，直接转身去收拾自己的东西，吴伟虽然人很老实，但是也知道被通报不是什么好事，再加上被郭驰拉着，也都收拾自己的东西去了，一时间那个人就被晾在了原地。

咚！

忽然一声响，郭驰的盆被踢飞了。

这一脚才是真正地点燃了怒火，那人指着我们："你们几个人还有没有纪律了？全体扣分！"郭驰走上前去，捡起盆就要砸过去，被吴伟给抱住："别冲动。"

我们几个人也赶紧去拦，郭驰的性子本来就急躁，也是个爱面子的人，现在的样子确实是有些恐怖："你再说一句你试试，你以为你是谁？你管得着谁？要解释不是给你解释了吗？我们没打架，你还想干什么？你再敢说一句，我今天就让你出不了这个门，你信不信！"

那人脸上青一阵白一阵，气氛也变得越来越紧张。章和拉住那人："行了，别瞎闹了，该走了。"说完拉着那人走出去了，那人还象征性地挣扎了一下，郭驰正准备追出去，但是被我们拉住，章和回过头："别闹了，赶紧收拾吧。"

不知道为什么，他说的话就是很管用，郭驰也安静下来，我们默默地个人收拾个人的东西。

这个时候的我们，还没有真的走出叛逆期，在高考的压力之后，我们反弹得更加厉害，高中三年，每天都很清苦地学习，让我们的天性受到了压制，现在正好是我们放开的时候，这也是我那时候的想法。

当所有的年少轻狂都化为清醒，我们在一边怀念一边吐槽着我们做过的事情，即使很傻但依旧是很快乐的，那个时光是回不去了，却一直留在自己的脑海，挥之不去。

等到迟暮之年时，和自己心爱的人坐在长椅上，看着夕阳西下，聊着当年的往事，嘲笑当年的幼稚，两个老掉牙的老头老太太，依旧满面春光地笑着。那种相濡以沫的温馨，夹杂着些许年少的影子。

在大学生活很轻松，课程也变得很少。最大的改变就是，我们要不停地找教室，每一门课的教室都不在一个地方。还有就是在我想象的大学里，可以肆无忌惮地逃课。随便进入一个社团顶着办公的名头，可以出去潇洒一圈。周六周日，出去玩一圈或者是在宿舍打个游戏，睡个觉，很舒服，但是慢慢地我开始厌倦这样的生活。

我记得那一天，依旧如常，当代文学老师的声音还在偌大的教室里回荡着，显得中气十足。

"醒醒。"魏海碰碰依旧在睡觉的我，我慢慢地张开眼睛，满脸的不开心，睡意依旧很深，沙哑着嗓子问："怎么了？"

魏抬头示意，我看看讲台上的老师，他推推看着已经快要掉下来的眼镜："洛冰同学，回答一下问题。"

当时我整个人还正处于一个放空的状态，直接问道："什么问题？"

老师无奈地看了我一眼，不理会满堂的笑声："你的人生是什么？"

"人生就是我的一生。"

"人生是什么？"

"人生就是我经历的生活。"

"人生是什么？"

"人生就是我生活要走的道路。"

"人生是什么？"

面对他的提问，我显然是有些不耐烦的，此刻整个教室里都变得很静，只有大家的呼吸声，我当时就觉得他是在耍我，心里也有点恼火。

"什么人生是什么？人生就是我现在站在这里，我就是人生。"

说完这句话之后，老师也就转身离去了，在下课铃响起的时候，他意味深长地看了我一眼，在那一刻我忽然好像真的明白了什么。

听说一直到现在，那位老师依旧在问着学生这个问题，而答案依旧是五花八门的，但是到最后，他总是会说一句，我当初说的那一句话，人生就是现在，因为你现在还站在这个地方。

人的一生只是寥寥数十年而已，于万丈红尘中，我们又算得了什么呢？

想起来当时令我苦笑的故人，到最后是不是也会变成陌路人？

躺在床上收回这些思绪，忽然接到了魏海打来的电话："喂？"

"洛冰，你可算是接电话了，我们现在在宿舍楼下呢，吴伟看上了一个女生，正准备表白呢，你也赶紧过来，给兄弟加加油。"我还没来得及说话，魏海就说，"行了，先挂了，这边还有很多事，你赶紧过来。"

我听到电话那端的热闹，夹杂在电话的声音里。

随着魏海挂断电话的声音，我有些哑然失笑。

我们宿舍几个人，吴伟是最老实的一个，真的是没有想到，他竟然会有那么大的勇气，这大概就是挣脱了天性中的束缚吧，我抿着嘴笑了笑。

吴伟性子是属于老实类型的，这和他从小生活的家庭情况有关系。他的父母来看望他时，我见过他们，很老实的一对老夫妻，带着乡民的纯朴。

郭驰是个急性子的家伙，在高中的时候，就是一个小混混，但是好在后来郭驰在高考时突然考了一个几乎高出他平常分数一百多分的成绩，勉勉强强地上了这么一个二流学校，但这还是让他父亲高兴坏了，当时的我们对于"可怜天下父母心"真的只是说说而已，它只是我们写作文的时候，为了凑字数而写出的一句话。

魏海无疑是我们这几个人中最聪明的一个人，正如章和说过的话，聪明的人不一定是快乐的人，因为早就已经知道自己要做什么，已经知道自己以后的道路是什么样的，早就已经看透这世间的一切，并且有了一定的人生领悟。显然魏海还是没有达到这个级别的，只是拿来做个例子。

智者活着不如愚者，水至清则无鱼，我觉得和这个道理差不多。

我不知道自己是个什么样的人，后来他们有跟我说过，第一眼见我只是觉得很高冷，后来慢慢地接触才发现我是个混日子的二世祖，但是后来熟悉之后又感觉我是一个很知道自己要做什么的人，我做的决定不会轻易改变。

我们四个性格迥异的人走到了一起，直到现在。到现在我也在庆幸，幸好，我们没有相忘于江湖。

等我穿好衣服，到了女生宿舍楼下的时候，早就已经挤得人山人海了，甚至楼上的窗口上也趴满了人。

拿出手机打魏海的电话，但是打不通，忽然人潮涌动，我的身体也跟着往后退。

"啊。"不知道是踩了谁的脚，转头，就看到一个女生，低着头，我赶紧道歉："对不起啊。我不是故意的，要不要去医务室看看？"

女生摇摇头，我将她扶出人群，关心地问道："真的没事？"女生抬起头，对着我一笑："没事。"这时候，天已经黑了，但是天上的星星今天格外多，月亮格外亮，照到女生的脸上，我看到女生的眼睛，好像是漫天的星光都注入了那里，纯净，只能用这么个词来形容。

一时间我有些出神。

"喂。"女孩的双手在我的面前晃晃，"你怎么了？"

我尴尬地咳了一声，把手放到唇边遮挡一下："没什么，你看这里有告白的。"

女生无所谓地"哦"了一声。

我很惊讶。

虽然吴伟告白的说辞很老土，但是也不可否认，这种方法对于大多数女生都是有效的，而且大多数女生都是会羡慕的，但是女孩淡淡的表情我很不理解。

女孩说："这和我都没有什么关系，我现在最大的问题，就是怎么过去——回宿舍。"

女孩抬头的时候我无意间看到了她左眼的下眼皮有一颗泪痣。

有相书云："泪痣者，一生流离，半世飘蓬，注孤星如命。"泪痣是泪水凝结后的样子。暗红的色泽包裹着浓浓的睡意。

泪痣，是燃烧的间隙。是因为前生死的时候，爱人抱着她哭泣时，泪水滴落在脸上从而形成的印记，以作三生之后重逢之用。

有泪痣的人，一旦遇上了命中注定的那个人，他们就会一辈子不分开，直到彼此身心逝去。而她也会为对方偿还前生的眼泪！

现在我不否认，我喜欢上了这个女孩，这个看似并非风华绝代，却让我眼前一亮的女孩。

不知道到时候，我是不是她命中注定的那个人。

到了现在，说我没有谈过恋爱那是假的，我的几个女朋友，到最后，感情都是无疾而终。

那时候，我们都还小，不知道什么是爱，以为爱就是两个人在一起吃个饭，仅此而已，还不懂得爱的含义与责任。

"我先走了。"在我还没有回过神来的时候，女孩的身影已经像鱼一样钻进人海里消失得无影无踪。

我不认识她，不知道她的姓名，正准备追过去的时候，刚好看到郭驰朝这边走来，一把拉住我："干什么去了？现在才来，走走走，找吴伟去。"郭驰拉住我找到吴伟他们。就在正中央的场地上，有很大一个用很多蜡烛摆成的心形，心形中间铺满了鲜花，吴伟站在心形最中间，前面还有一个女生，手里捧着花，显然是接受了。

魏海也跑来，碰碰我的肩膀，笑问："怎么样，还不赖吧？"

谁都没有想到，吴伟会是最先有女朋友的一个，而且还是一见钟情。这种事情，我忽然有些警醒，我对那个女生也是一见钟情，但是她对我呢？我不知道，我甚至不知道她名字，心底有些失落。

当天晚上我们喝得酩酊大醉，把章和也一起拉来，到最后每个人喝得舌头都大了。

魏海吐字不清地说着："吴伟啊，现在即使是有了女朋友也别丢下兄弟们啊。"吴伟今天的心情很好，又喝了酒，说话也很干脆："哪能啊，一天是兄弟，一辈子都是兄弟！"

郭驰趴在桌子上，指着吴伟："说说，你怎么遇见人家姑娘的？"

吴伟有些不好意思地搔了搔头："我们打工的时候认识的，我看着她挺可爱的，我很喜欢。"章和笑着："真没想到，她会同意，这女生不是你们这一届的系花吗？你小子福气不小。"

"吴伟，很厉害啊，系花，你够厉害啊。"我现在是打心里替吴伟感到高兴。

"对了，洛冰，你今天是不是有艳遇了？我找你的时候，看见你瞪着人家姑娘的背影发呆，单恋啊？"郭驰趴在桌子上，想起什么似的，猛然抬起头来，嘟囔着。

"是吗，冰哥？来说说。"魏海抬起脑袋凑过来，也在一旁起哄道。

"看那姑娘还是挺不错的，一看就很厉害，不好追。"郭驰想了想又补了一句。

我抬起头，看着凑过来的四个脑袋，突然有一种感觉轰地一下窜到了我的脑海里："我打赌，一个月内让她成为我女朋友。"

以后的日子里，每当我回想起那个晚上，心中的滋味便百转千回。那种隐隐的痛楚，藏在心底的最深处，就像一个丑陋的伤口，总在向外渗着血丝，永远都结不了痂。当时，怎么也不会想到，最初无意中的一个赌，陨落了一份爱情。

而生活，作为生命最好的记录仪，时不时地会拿出过往，甩你一个耳光，嘲笑着你不经意间的无知。而无知的代价，又是什么，我们无从得知，我们只能从中得到一些，没有价值，却刻骨铭心的感悟。

多年以后，我抬头看着漫天的星光时，总会想到那一句，"爱到深处无怨尤"。

第二天早上起来的时候，我揉揉杂乱的头发，看看倒在地上的人，用脚踢了踢魏海，完全没反应，又去看看郭驰，翻个身继续睡。

摇摇头，想赶走昨夜的宿醉，但是头还是疼得像塞了一团棉花在里面。

走到洗手间，洗一把脸，看看镜子里的自己，眼睛里面布满血丝，胡茬也冒了出来，整个人显得狼狈不堪。

我们每个人都是伪装的高手，这就是我现在的样子，我不能顶着这副模样出去见人，因为有句话说，长得丑不是你的错，但是长得丑还出来吓人，就是你的不对了。

想到这儿，忽然感觉很无奈，我们要以最好的精神面貌面对新的生活。

日子还是一天一天地过，除了和老师谈论一些古今中外的文学常识外，还有睡觉、吃饭、玩游戏，如今又多了两件事情，一件是和兄弟们看吴伟秀恩爱，一件是想着那个素昧平生的女孩。

"吴伟，别太过分了啊。"这时候的吴伟在食堂当着我们大家伙儿的面，和他女朋友喂饭吃，魏海打趣道，"弟妹，你得好好看着点吴伟，你看看在认识你之前，多听话，多老实一小孩，你看看现在，这欠揍的样儿。"

曲荻只是笑笑，不语。

"想什么呢？"郭驰用筷子敲敲我的饭盒，"怎么还不吃，赶紧的，上课要晚了。"我用筷子扒拉着碗中的米饭，但就是吃不下去。

食堂，这是我们第一次来食堂。说实话，食堂的菜确实是不怎么样，我们家乡的口味和这边有些差异，吃不惯，所以经常叫上几个人，到外面的小餐馆吃顿家常菜。

我觉得那个女孩应该会在食堂出现的。

我来这里就是为了她，但是为什么没有见到她呢？

我皱着眉头，魏海看着我问："洛冰，你怎么了？怎么心不在焉的？"

我回过神来："没事，我不饿。"郭驰看看吴伟："你看什么看，洛冰这样，就是看你秀恩爱秀的，再秀我也吃不下去了。"

曲荻不依了："怎么了？我们家吴伟怎么了？"魏海打着圆场："没什么，没什么，你们家吴伟就是好啊。"说得曲荻也有些害羞了。

"我们最近要举办野营活动，你们去不去？"曲荻看看我们几个人，我没有什么兴趣，郭驰和魏海也不是什么喜欢热闹的人，也没说话，曲荻坐直了身子，一本正经地说："有美女，很多美女。"

果然，还是这句话比较有用，郭驰和魏海果然来了兴趣："什么时候？地点在哪儿？"

曲荻看了看我，我疑惑地看了她一眼，魏海他们转过来，搭着我的肩膀："唉，玩玩嘛，一起去？"

我叹口气，还没开口拒绝，就被郭驰打断了："还是不是男人了，是不是兄弟，万一在野营的时候跟谁看对眼了呢，是吧？

你这样老是待在宿舍里三点一线的，你认识谁去？或许在那还能碰见熟人呢!"

我一听，心里忽然在想，那个女孩会不会去，要是她去了，我没去，不就是错过这个机会了吗，于是说："走吧，什么时候？到时候我们收拾一下。"

第四章　相遇就是这样来得莫名其妙

的确是这样的，机会往往就在不经意之间出现在你的眼前，这次我就被这样的机会砸了个正着。

本来这次的聚会我是没有什么兴趣的，但还是架不住兄弟们的邀请，或许还有我自己带着的一点侥幸，于是决定参加这次聚会。

"洛冰，你收拾好了没?"魏海开始在外面催了，"大家都准备好了，你赶紧下来。"

我从窗户上面探出一个头，看到魏海背着一个很大的旅行包，还有一群人，都在楼下，抬头看着我，我有点尴尬："等下，我马上下来。"

随手将桌上的绷带塞进书包，就赶紧下楼了。

"不好意思，大家久等了。"我有些不好意思。

大家都很随意地挥挥手："没事，没事，咱们赶紧走吧，要不然今天是没得玩了。"

在车上我问魏海："你这包里都装着什么东西啊，怎么那么多?"魏海嘿嘿一笑："我这里面的东西可多了，啥都有，吃的、用的，咱们出来野营，万一遇到一点麻烦怎么办？什么都得准备着不是？"

郭驰伸手打了一下魏海的肩膀："你小子说什么呢？什么麻烦不麻烦的。"魏海皱着眉："你懂什么？不懂别跟着瞎掺和。"

郭驰看看魏海的样子，气得眼睛睁得很大，魏海轻飘飘地看了他一眼，自己抱着书包睡觉去了，不再理他，搞得郭驰一肚子火，没地方撒，只好拿起水，狂喝，正好前面是红灯，车猛地一停，郭驰刚刚喝到嘴里的水，直接都喷到魏海的脸上了。

魏海也就是刚刚闭上眼睛，现在就被喷醒了，两人之间的打闹也早就成习惯了，要不是车的空间太小，魏海估计就跳起来了。

魏海抓着郭驰的领子："你小子故意的是吧？"郭驰虽然是个小混混，但是身板不是多么强壮，偏瘦小型，魏海戴着眼镜虽然看着文质彬彬的，但是打起架来一点都不含糊，郭驰在魏海手里是肯定要吃亏的。

眼看着两个人之间的火气越来越大，曲荻看看我们，碰碰吴伟："你不去劝劝？"吴伟无所谓地笑笑，看看我："你也太小看我们兄弟之间的感情吧，他俩，就是典型的床头打架床尾和。"

魏海和郭驰这下子是真的跳过来了："你小子再说一遍，废了你信不信，不要想着有了媳妇底子就硬了啊。"

曲荻在一旁看着他们笑，并没有理会吴伟的求救。

这就是兄弟之间的感情。

女生的感情细腻，但也是因为感情上的细腻，而引发各种的事端；男生大大咧咧的，什么事情都不会放到心上，反而使兄弟之间的感情变得更加亲密。

在车上时，我一直在左右地打量，但是心里有些失落，我没有见到那个女孩，果然在这个世界上没有那么多巧合的事情。

没有什么事情是两全其美的，我们在得到一样东西的同时，就会失去另一样东西。

魏海跟曲荻聊着："弟妹啊，你看看，哥几个可还是单身啊，怎么样？你那有没有什么认识的妹妹介绍给我们认识啊？"

曲荻看看魏海，调笑："你就别想了，长得不好看的姐妹我都看不上眼的。"郭驰在一旁笑着："那你就怎么看上吴伟了呢？"

吴伟立马坐直了身子："你说什么呢？那说明我比你们长得帅。"

我们几个人都笑了，其实说爱情的力量伟大一点都没有错，吴伟在我们这几个人中是最老实的，平时和我们虽然说关系不错，但是很少和我们插科打诨，但是现在的吴伟变得和以前不太一样了，变得比以前更加自信，或者是说更有魅力了。

在我们这几个人当中，吴伟的出身是最不好的，要不是自己努力学习，恐怕是走不出他们那座大山的。或许这个学校不是什么好的学校，但是在吴伟的家乡，教育条件是极差的，他们那边对于类似英语这样的课程都是高三的学生才学，但差不多也就是小学生的水平。吴伟在事后也跟我们提起过，在高考的时候，卷子发下来，他就蒙了。

那卷子上面，全部都是密密麻麻的字母，但是这些字母组合在一起的单词，他却一个都不认识，要不是因为教育条件差，估计吴伟也不会来我们这样的学校，当然他也就不会认识曲荻这个会陪伴他走过一生的人，也不会认识我们这帮兄弟。

世界就是这样，有得就有失，它是不公平的。但在这件事情上，它却显示了它的仁慈。

我们的一生有无数的驿站，我们在一生中认识到的是形形色色的人，有人成为我们眼中的风景，同时我们也成了别人眼中的风景。

或许我们在某一天擦肩而过，而这些路人，是否有一天还会再次相遇，在一起谈天说地？

有人说这个世界原本就是不公平的，有些人一出生就是在众人的仰望之中，一生的路途平稳，享受的是众人的艳羡，但是到最后依旧是寂寞的孤坟。有些人在困难艰辛中长大，但是显然这样的人生显得有趣得多。

当我们到了目的地的时候，车停在了一边，大家纷纷下车。这时候那里已经有人开始在收拾了，我一呆，曲荻在后面问我："怎么了？"

我目不转睛地问："这里怎么还有人？"

曲荻奇怪地看我一眼："这就是和我们一起来参加的人啊，一个车不够，所以他们就先来了。"看到我没反应，吴伟碰了碰我："你怎么了？"

曲荻顺着我的视线看过去："怎么了？"

"那个女生你认识吗？"

曲荻看看："哦，我们班的，苏茉。"

苏茉。他扰扰，自悠悠，香浮茉莉笑花头。缘在前世，还是今生？

我笑了笑，曲荻在一旁看着："怎么？看上了？"

我没有回避，点了点头，曲荻倒是被我的直接给吓了一跳。

看到苏茉在弄帐篷，我走过去，伸手从她手里接过来："我来帮你搭。"

女生瞪大了眼睛："是你？"我歪着头笑笑："怎么？你还记得我？"她也跟着笑："是啊，虽然那天没有看清楚你长什么样子，但是记得你的声音。"

"我是不是该感觉很荣幸？"女生听到我的话，不好意思地低下头去。

我拿着帐篷喊道："苏茉，我们来扯一下。"女生显然愣了一下。接着赶紧跑过来，最后我们合力把帐篷搭好了。就在两人想着到底找些什么话题的时候，曲荻在远处喊："洛冰、苏茉，你们去捡些木枝。"

女生对我笑笑："走吧。"

不要想太多，在我们捡木枝的时候没有遇到什么狗血的受伤和危险，只是当我们捡完的时候，天也就已经黑了下来，抱着很多的枯树枝，我看到脸上已经有了污痕的女生，忍不住笑出了声。

女生有些尴尬："你笑什么？"

我抹了抹嘴角摇摇头："没什么。"

就在我们坐下来准备偷懒的时候，天上星光闪烁，也能隐隐约约地看到远处我们的人点起的篝火，我当时不知道自己到底是怎么回事，居然冒昧地问出来："你喜不喜欢我？"

我的问题显然让她愣了一下，就在我自己说出来的时候，我也被自己吓了一跳。

　　她没有说话，但是我想着既然都说出来了，就干脆直接说完好了，我清清嗓子，稍微有些不自然，摸了摸鼻子："我们不是第一次见面了，对吧，也算是认识了！"

　　她点了点头，我看到她点头心里一阵高兴："你觉得我怎么样？"

　　女生没有说话，只是看着我笑，我忽然心里有点心虚，但还是鼓起勇气，厚着脸皮问："你到底对我什么意思？"

　　女生只是睁着大眼睛看着我，我瞬间不知道说什么了，懊恼地抓了抓头发："算了，走吧。"

　　"喂，我没说我不喜欢你啊。"苏茉忽然叫住了我，让我感觉有点不真实。她笑着看我，走到我面前，她的个子只到我的下巴，她抬起头来对我微笑着。

　　"苏茉"这两个字，彻底改变我整个大学生活，乃至我的整个人生。

　　后来有朋友问我，为什么这么喜欢苏茉，这么草率地答应男人的追求是不是很不靠谱？我只能笑着回答，我们之间的感情好着呢。

　　后来我也听到苏茉的朋友说，她也问过，为什么这么轻易就答应了我，苏茉说的是："我怕我不答应，他就追别人去了。"

　　我们之间的感情不是下里巴人那种通俗的爱，也不是阳春白雪那样高雅的爱，我们之间只是平淡。

　　不曾热恋，早已情深。

　　我们回去的时候惊掉了众人的下巴，魏海反应过来把我拉到一边，拍着我的肩膀，说："行啊你，这么快就成了。"

我打了一下他的后脑勺："胡说什么？她可是你嫂子，以后都是，永远都是。"魏海摸着自己的脑袋："哥，你玩真的啊？"

我很认真地告诉他："我不是玩，是很认真的，在给你找嫂子。"

那天晚上玩得很开心，就连苏茉也被灌了不少的酒，我拦着他们："你们别再闹了啊。"郭驰跟着起哄："我们哪闹了？这不是开心吗？你赢了，冰哥。"郭驰凑到我耳边轻声说道，转身继续应和道，"来来，嫂子，再喝一杯。"

我摇摇头，赶忙挡下苏茉的酒，拿了一瓶，举起来："我来陪大家喝，来。"

当我醉得不省人事的时候，那些伙计也终于散去了，苏茉在我身边，给我递上来一点热水，我喝了一点，润润喉咙，没有听到苏茉说的什么，就昏昏地睡去了。

当太阳升起来的时候，我拍着依旧昏沉的头，看看透过帐篷的光，魏海的腿搭在我的身上，我把他的腿拿到一边，坐起来忽然想到昨天的事情，感觉就像是在做梦一样。

我赶紧跑出去，几乎是连滚带爬，把魏海都给踩醒了。

当我出去的时候，几个女生正好也从帐篷里出来，苏茉也在，接下来我知道原来这一切不是梦，这都是真的！

苏茉走过来："好点了吗？还头痛吗？"我摇摇头看着她不说话，她笑着把手掌在我面前晃来晃去，"你怎么了？"

我带着一丝疑惑问："苏茉，你是不是我女朋友？"

苏茉好像是被吓到了："你怎么了，忽然问这么奇怪的问题?"但是当时我的脑子里一片混乱，只是迫切地想知道答案："是不是？"

我看到她点点头，听得真切："是。"

我觉得这是我这辈子说过的最傻的一句话。

在我谈过的所有恋爱中，我们之间的感情是最平淡的，但是我们之间的感情是最深的。

或许有句话说得对，轰轰烈烈的爱情，不一定能走到最后，在我们的生命里，会出现两个人，一个人惊艳了你的时光，一个人温柔了你的岁月。

执子之手，与子偕老，相濡以沫，平淡是真。

在回去的路上，我问她："为什么这么快就答应我？"她的回答是："因为我对你也是一见钟情啊。"

我们之间是从零开始的，她甚至还不知道我叫什么名字，我也不了解她，但是我们就这样奇怪地走到了一起。

有的时候，缘分是真的，而且来得太迅猛，你推都推不掉。

在路上时，苏茉忽然有些尴尬，不好意思地问我："那个，我还不知道你叫什么名字呢。"魏海在一旁就笑开了："你们俩这是怎么回事啊？哥，嫂子怎么还不知道你叫什么啊？"

我瞪他一眼："少废话。"

我拿出她的手，用食指在她的掌心，慢慢地画着，一笔一画："洛冰。"

"洛冰。"她笑着，"记下了。"

"嫂子，你叫什么啊？我是魏海，他是郭驰，他是吴伟，这是我们的弟妹，吴伟的女朋友……"魏海话还没说完，被苏茉接过去："曲荻。"

魏海不好意思地笑笑，曲荻走过来坐在苏茉身边，拉住她的胳膊："我和苏茉是同班同学。"

魏海瞬间凑过来："你们班里还有没有单身的女生，你看我们兄弟都是在你们班找的，那我们俩也得跟着同步不是，你赶紧给我们介绍两个，是吧，郭驰？"魏海碰碰身边的郭驰，郭驰睡着觉，被魏海吵醒："干吗？"

魏海凑过来："给你介绍女朋友。"果然郭驰瞬间就来了兴致："怎么样？漂亮吗？"随后又摆摆手，"不用太漂亮，能配得上我就行。"

魏海在一边笑骂："配得上你，哈哈哈，母猪都能配得上你。"

这一路就是这样的欢声笑语，在我们青春的征途上，缓缓滑过。

苏茉的家里并不富裕，当然我也不是看重门当户对的人，我第一次见到她时，看到的是她的眼睛，明亮，真的用这样的词语来形容一点都不过分。

这就是所谓的一见钟情。

现在的我相信爱情，它有时候，或许就是残酷的，但是显然在这一方面它是偏袒我了。

回到宿舍，魏海跑过来："你怎么没跟着嫂子在一起啊？"我收拾着手里的东西："我们反正在一个学校，又不是不会见面，整天黏在一起干什么？"魏海看着我："你是不是傻啊？你们现在是刚谈，现在就应该是如胶似漆，这才该是正常的反应好吗？"

我推开挡在我面前的手："你别瞎掺和，我们都有自己的事情要做，既然在一起了，就没有必要天天地黏在一起。"

魏海又转到我面前："哥啊，你看看人家吴伟，你看看人家。你看看人家那多恩爱，你再看看你，刚刚谈，就为了自己的事情把女朋友扔一边，你了解女人吗？"

郭驰在旁边吃着果子："人家再不了解，也比你没女朋友的了解得多。"魏海直接把一只拖鞋扔了过去："你懂什么？我以前又不是没有女朋友。"

郭驰接住鞋子："那是人家女朋友，你跟着操什么心啊？"看着两人马上又要吵起来，我赶紧地跑到一边："我们晚上说好的要一起出去散步，我现在赶紧收拾自己。"

魏海没趣地躺在床上："唉，我也要交个女朋友了。但是，"他突然坐起来，问我，"你和嫂子是什么时候认识的？"

"在吴伟跟曲荻表白的时候，哥哥盯着的那个背影啊，就是现在的嫂子啊。"郭驰从床上蹦下来，看着魏海，带着一副高深的表情，解释道。

魏海愣了一下，接着恍然大悟道："哥，你那晚说的是真的啊？这才俩礼拜呢，你就搞定了，果然厉害。"

"什么真的假的？我是认真的。"我瞪了两人一眼，将那个晚上的情景抛到了另一个世界，沉浸在自己的小幸福中。

魏海皱着眉："可是，你知道这是什么样的姑娘吗？再说，来的时候，我看她好像连你叫什么都不知道，你追她，她还就答应了，这人靠不靠谱啊？别对一个酒后的赌认真啊，哥。"

我唬着一张脸："说谁不靠谱呢？我们两个可都是认真的。"

郭驰笑笑:"我们这不也是为你好吗。"

"你们两个家伙,别吃不到葡萄,在这里胡乱揣测了。"我正色道。

我们会得到真正的幸福的。

在爱情面前,心中总是充满着最甜蜜的期待。

第五章　不一样的爱情

这几日，很显然，我的心情很好，这是理所当然的事情。

我们两个人，没有像吴伟和曲荻一样，几乎每时每刻都黏在一起。但是在我们没有见面的时候，空气里的每一次呼吸，都是彼此。

我们两个人，做着自己的事情，互不打扰，但是我是在想着她的。

曲荻和苏茉的关系一直很好，但这在当时我是不知道的。后来吴伟告诉我，其实他看上曲荻是在军训的时候。俗话说得好，没有丑女人只有懒女人，所有的女人只要是化化妆，立刻就能变成另一副样子。

所以只有在军训的时候，才是我们分辨谁是真正美女的时候。

那时候的曲荻不施粉黛，但是依旧透露出青春的气息。皮肤白皙，作为我们那一届的系花，当之无愧。当时的我并没有太多地关注过，所以也就错过了早早认识苏茉的机会。

但是想想也不是，缘分只是在该来的时候才会来。

或许当初的我见到苏茉不一定就会是现在这般一见钟情，有句话说得对，只有在对的时间，对的地点，才能找到对的人。

这句话现在在我们的身上验证了。

军训应是每一个大学生都经历过的事情，枯燥、乏味，齐步走、跑步走、正步走、站军姿、向左向右看齐、停止间转换，这就是军训，当然，陪伴最多的非太阳莫属。

每天六点起床之后，迅速地收拾好，赶紧去操场集合，对于教官，那时的我们心里还是有敬畏的，因为当兵是每个男人的梦想，或者说当兵是每个男人心中的一个结。

挺直的腰板，坚毅的面孔，铁血一般的汉子。

"呜——"哨声响起，这是我们集合的声音。

"动作快一点！集合速度还这么慢，都是吃白饭的吗？"教官的声音在耳边不断回荡，每个人的脸都涨得通红，没有人愿意被人教训，我们的自尊心要求自己必须做好。

迅速地站好，脚下快速地移动，和左右的人对齐位置，当一切都安静下来的时候，教官在我们之间来回地穿梭，纠正着我们的站姿："五指并拢，下颌向内，小腹微收，两肩自然下垂向后扩张，双腿并拢，身体微向前倾，视线与帽檐平齐。"

从来没想过，原来站着还需要这么多的要求，当我们顶着烈阳，脸上好像开始分泌油脂，汗水随着额头向下流，朦胧了双眼，流到嘴巴里，尝到的是咸咸的滋味。

或许就是用这样的方式来锻炼我们的意志，教官在一旁看着我们，同样是站在烈日下，经受着太阳的洗礼。

"大家休息一下。"这是我们听到的教官说出来的最悦耳的话。

吴伟一下子坐到我的身边，满身好像都是冒着热气的样子，把军训帽子摘了下来，不停地扇着风，累得一句话都说不出来。

即使在烈日下，我们依旧穿着密不透风的军训服，女生害怕晒黑不敢将外套脱了，这就苦了我们了，虽说顶着烈日，但是也比把自己清蒸了好不了多少。

为了服装的统一，我们也只能忍着炎热。

吴伟和郭驰在一边谈论着四周的女生，其实女生也一样，她们在讨论哪个男生长得帅的时候，我们也在讨论哪个女生长得漂亮。

那时的我，认为这种事情很搞笑。因为实在是看不出来，而我也不关心，我的身边没有缺少过女生，我也不认为什么样的女孩子能让我心动。本来觉得，即使是在大学的恋爱，也是谈着玩玩罢了。

"冰哥。"吴伟的声音将我拉回现实之中。我抬头看看吴伟，皱了皱眉问："怎么了？"吴伟揽着我的肩膀："你怎么没去看嫂子啊？"

我转过身，嗤笑一声，用肩头撞撞他的胸膛："你以为我像你啊？见到对方就走不动腿，你嫂子现在应该在学习吧！"

郭驰也在我身边坐下，把手中的书放到自己的腿上，摸摸下巴："哥，你这样可不行啊，嫂子这么认真，你也不能天天就睡觉吧，该好好学学了，嗯……"说着将腿上的书递到我的手里，之后拍拍我的肩膀说，"加油吧。"

吴伟摇头看着我："哥啊，你不认真学习将来怎么镇得住嫂子啊？"

两人在这里七七八八地乱说了一通，我的心里忽然也变得没底了，苏茉是很优秀的人，学习成绩很好，这一次来到这个学校也是因为高考时考砸了，不像我，考上这所大学也只是尽力之后，勉勉强强而已。

我们家有钱，我没有吹牛，但是那些钱，不是我赚来的，而是我爸妈辛辛苦苦赚来的。这些或许在未来会属于我，但是现在它不是我的，我拿什么来养我爱的人？

爱情与物质，二者怎么也分不开，当我们身处在这红尘之中，就注定离不开柴米油盐酱醋茶。

我也希望自己能够承担起一个男人的责任。

我把书放下，快速走到门口，魏海刚刚醒来，朦胧着一双睡眼："你干什么去啊，这么急急忙忙的？"我也没顾得回答他的问题就出去了。

刚刚走到宿舍楼下，就看到苏茉抱着一本书正往这儿走，但一直盯着脚下，大概是不好意思，我快步走过去，苏茉正好撞到我的怀里。

我看着她抬头，眼里慢慢地开始蔓延出笑意，直到眼角眉梢。

"你怎么在这儿？"苏茉捂着鼻子。

我笑笑，伸个懒腰，苏茉帮我往下扯扯被带起来的衣服，我笑着拉住她的手："这是男生宿舍，我不在这儿，在哪？"

苏茉笑笑："我来找你说件事儿。"我拉着她慢慢地走出宿舍楼。

我们这学校，最大的特点就是小树林颇多，中间夹杂着几条小道，偶尔有几个石凳在路上静静地躺着。树林之间还有不少的小池塘，里面饲养了许多供观赏的金鱼。

我们坐在一个没有人的池塘边的石头上，苏茉看看我，问我："洛冰，你是不是就想着这样毕业？"

对于苏茉的问题，我也是一愣："怎么了？"不是吗？我是想着在这里好好学习，毕业之后能够帮爸爸打理生意就好。

苏茉皱着眉："洛冰，我们可以不依靠家里吗？"

我问："你说怎么办？"

"我们都是成年人了，我们都长大了，可以依靠自己啊。"苏茉认真地看着我，眼里带着一种难以名状的光彩，我想，那是由内心的自尊和生命的独立散发出来的独特魅力。

阳光穿过树叶，照在苏茉的侧脸上，我看着她的眼神，在希望和期待中，闪着一种叫作坚韧的东西。

接着她从包里翻出一张单子，递到了我的手中。

"这是招聘单子，这周六上午我们去应聘，如果顺利通过，就可以利用周末时间去打工赚生活费了。"苏茉说着未来的计划。

"发传单？"我看着招聘单子上的工作，拧起了眉头。

"你怕辛苦？"苏茉看着我的表情，有些急切地问道。

我摇摇头。

我不是一个害怕辛苦的人，也许曾经是。

而暑假里的磨炼，仍旧历历在目。在电子厂车间里，站着工作12个小时的感受，依旧在神经里敏感地存在着，那时候，身体的劳累是其一，更多的是来自内心的失落和对于尊严的一种执拗。

或者说是稚嫩的生命里，包含的那个叫作骄傲的东西，掩盖生命脆弱的奇怪因子。

"我怎么会怕？我只是怕你太辛苦。"我将顺苏茉额前的碎发，心里涌起一股作为男人应该拥有的担当，"我暑假打工赚的钱，足够我们基本的生活费用了，你不用那么去做发传单那么辛苦的工作。"

"现在的课不多，这是利用课余时间锻炼自己的好机会，同时可以加强我们的社会实践，增强我们的生存能力，而且做些事情，不是比打游戏和看电影来得更有价值吗？何乐而不为呢？"苏茉认真地分析道，"而且，我希望我们一起做些有意义的事情。"她一脸期待地说道。

我看着苏茉的眼神，里面丝毫没有一丝对辛苦的畏惧，反而更多的是一种对独立的急切和勇敢的自我尝试。

我点点头，将眼前的女孩子紧紧地拥进我的怀里。在微凉的秋风中，树叶婆娑，池塘里，倒映着两个拥抱在一起的身影，我暗自决定，一定要一直陪伴并保护好眼前的人。

周六早上，在闹钟的催促下，我不得不强迫自己睁开眼睛，六点半。挣扎着起身，轻手轻脚地洗漱完毕，准备出发。

"冰哥，你起这么早，干吗去啊？这是太阳打西边出来了吗？"睡觉比较轻的吴伟，听到了些许动静，睁开眼睛，看了看手机上的时间，迷糊地说道。

"打工。"我看了看手表，轻声告诉吴伟，来不及理会吴伟的惊讶，便关门走了出去。

我走下宿舍楼的时候，恰好苏茉也从女生宿舍那边走了过来，简单的牛仔裤搭配运动鞋，马尾高高地扎在脑后，十分地干净利落。

我伸了一个懒腰，看着精神饱满的苏茉，在微凉秋风的刺激下，我甩甩脑袋，努力让自己打起精神。

其实做这个决定，我与内心所谓的男人的骄傲做了一番斗争，尤其在那个敏感而脆弱的年纪，自尊更是不可轻易触碰的。然而，和苏茉这样一个特别的女孩在一起奋斗，我的内心，突然有了一种想要对她更深一步了解的期待。

我本以为，发传单这样辛苦的工作，不会有太多人愿意来做，可是，当我们来到面试地点的时候，我才知道，事实并不是这样的。

面试的人很多，每个人需要登记一张表，填写自己的基本信息。

这是一家教育培训机构，宣传的是 IT 类培训。

我看着应聘表格，其中有一个问题是：你认为发传单的工作，需要的最基本的素质是什么？你的优势和劣势是什么？

我的心中有些不屑，一个发传单的工作而已，只要肢体健全智商正常的人都可以做吧，还需要填写什么优势劣势吗？我不快地将笔放到了一边。

苏茉在一边好像看穿了我的心思，她拿起一张表，拿起我放下的笔，竟认真地填起表格来。

"这个有什么可填写的？发传单谁不会？"我说道。

"洛冰，你没试过，你有把握一定可以做好吗？"苏茉看着我反问道。

"发传单，有手有脚的都可以做好吧！"我说道。

苏茉没有说话，将我手里的单子拿了过去，认真地帮我填写完毕后，将我们两个的信息表格，送到了坐在办公区的负责人那里。

我转身打量着这个地方，只是一间二十平方米左右的小办公室，中间是格子分开的五个办公桌，桌子上放着电脑和基本的办公工具，还堆放着一沓沓的单页，显得有些凌乱。

"洛冰、苏茉，请进来。"十分钟后，一个声音响起。

这期间，有人进来，也有人出去。有人一脸不屑地离开，也有人谦逊地请教。

"你觉得做好发传单这项工作，需要的能力和素质有哪些？"面试官问着千篇一律的问题。

"需要的是坚持和锲而不舍，要为自己手中的单子负责，要让它发挥它最大的价值。"苏茉看着面试官，大方地说道。

面试官笑着点了点头，转而问我："你觉得呢？"

"女朋友的陪伴吧。"我如实说。

苏茉的脸红了一下，面试官噗一声，笑出来。

当时的自己，的确不想纠结于那个听起来十分幼稚的问题，可是，当实践和经历过后，才知道，原来有时候幼稚的恰恰是自己。

我和苏茉被分在一个热闹的商场附近。

我们两个各自带着五百张单页，这是我们一天的任务，我们要分发完成，并且不可胡乱丢弃，中间还会有人来检查。

我看着来来往往的人，突然有些无从下手，那样冷漠的脸庞，如同这个城市里高耸起来的钢筋水泥一般，只有缤纷的色彩，没有灵魂。

我无法低下自己的头，将单子塞到别人的手中。

此时，苏茉拿出部分单页，向人群走去，她认真地将单页递到每一个经过的人手中，有的人甩甩手，拒绝了；有的人拿起单子，转身便丢弃在地上；有的人甚至露出鄙夷的神情。

苏茉有些失落，转身便捡起那些被丢掉的单页，我内心涌出一阵酸楚，更多的是心疼。

我走上前去，拉起苏茉，有些愤慨："我们没必要受这样的委屈，没必要让自尊这样被践踏。"

"我们才刚开始，怎么能如此轻易放弃？而且，我们是用自己的双手来劳动，不能因为这一点点困难便轻易放弃。"苏茉正色道。

她转身继续发着传单，我愣了一下，我要陪着她，不管是什么样子的境况。随即我也拿起部分单页，向着人群走去。

周六的商场永远是最热闹的地方，人们来来往往，商贩的叫卖声此起彼伏。随着人渐渐地增多，我们工作的情况也渐渐好转起来。

我在苏茉的感染下，渐渐进入工作的状态中，手里的单子在逐渐地变薄变少，还不断有人咨询学费的情况。

苏茉看着来人，热情地跟他们讲述着机构的情况，并积极引导，将单页上的电话和地址都细细地讲解给询问的人。

我拿起电话，按照工作的流程，给机构的老师致电，四处巡视的机构负责人在接到我的电话后，便骑着电动车，不一会儿来到了我们这里。

他带着咨询的人去参观机构的情况，走之前，给了我们一个赞赏的眼神。

"我们有业绩了。"苏茉高兴地拉住我的手，开心地说道。

"是啊，我们有业绩了，因为我们苏茉最棒啊。"我笑着，轻轻刮了一下她的鼻子，看着她开心的样子，从包里拿出纸巾，擦了擦她额头渗出的汗珠。

那一瞬间，我想我更深地认识了眼前的这个女孩子，时间仿佛就此定格在记忆中，在我以后的事业中遇到任何事情时，都会想到那一天那一刻那个女孩脸上的笑容。

在每个人看来，这是一件很小的事情，然而，就是这样一件小事，我看到了一个人做事时应该持有的基本态度——坚持和努力。

我突然意识到，暑假的打工，不过是被形势所迫，是在丢掉拐杖的不适后不得已的选择，是在生活的压力之下的无奈行为，那时候的我，只像是被生活拉着的一根木头。而苏茉的表现，更多的是一种对生活的积极态度，她用坚持和努力，将困难踩在脚下，为生活画出了一道漂亮的弧线。

我想我收获了一份不一样的爱情。

第六章　青春，因为你而变得不同

人生没有绝对，就像情境一样，没有绝对的好，也没有绝对的坏。在某些时候，苦和乐就这样掺杂着，在某个时刻，让生活突然变得有滋有味起来。我想这样的感觉，在恋爱的时候，是最容易体会到的吧。

夜幕降临，城市的霓虹灯也亮了起来，我和苏茉发完了手中的最后一张单页，看了看手表，下午六点半。

"累吗？"我看着身边的苏茉，有些心疼地问道。

"哪有那么娇气，"苏茉努力地打起精神，看着我，将疲累放到一边，眼中满含着期待，苏茉拉起我的手，说，"洛冰，我希望，你是一个男子汉，你是要比我还要厉害的男人，让我可以依靠的男人，而不是依靠家里的男人。"

我笑着点头："我知道了。"

看着苏茉眼中莫名的光，倒映着我的身影，柔声问："我们一起奋斗，你可以做的，我也可以。"

苏茉看着我，忽然笑容变得有些苦涩："洛冰，我知道你家世不错，我们家不是什么富裕人家，但是我和你在一起，不是为了你的家世，我喜欢的是你这个人，所以你要努力。"

"我知道生活的艰辛，我也明白，你的可怜是没有用的，没有人会因为你没有钱而真正可怜你，但是会有人因为你没有钱而瞧不起你。"苏茉看着我，"我不求富裕生活，只求健康平安地过一生，不为平常生计而疲于奔命，现在的就业竞争压力很大，所以我不希望自己辛辛苦苦上的大学，到最后却没有任何的用武之地。"

苏茉的想法，我从来没有过，我承认自己确实没有什么雄心壮志。

"我们家虽不是什么富裕的家庭，但是我们家很温馨。爸爸在外工作，妈妈在家属于相夫教子的类型。我以前也想变成妈妈那样的女人，温婉贤淑，但是后来，爸爸因为一次意外再也不能干重活，妈妈挑起家中的担子，瘦弱的肩膀扛起整个家。幸运的是，我有这样一个妈妈；不幸的是，妈妈没有像我一样能在学校里学上一年半载。"苏茉轻轻拭去眼角不经意流出的泪，深呼了一口气，"妈妈跟我说过，这一辈子要是想好好地活在人世间，就需'努力'二字。"

我和苏茉在一起有一段时间了，但是她从来没有向我透露过她的家世，我已经把我交女朋友的事情告诉了爸妈，爸妈说，不管女孩子家里情况怎么样，只要是个好姑娘，能进我家户口本是错不了的事情。

现在我知道了这个女孩的家庭情况，我不是一个矫情的人，但我还是想说，这个女孩让我看到了我平常接触的女孩所见不到的一面。

在我们这个社会中，好像攀比风盛行，每个人都在想着怎么可以空手套白狼，总是在做不着实际的梦，但是真正着手去做的，真正为自己的目标所努力的人少之又少。

在社会的飞速发展中，我们反而变得越来越麻木，如行尸走肉般，过完自己的一生。

我搂住眼前的女孩，在她的额角轻轻地吻了一下："苏茉，我希望你相信我，我们可以一起创造出一个属于我们的美好未来。"

华灯初上，城市热闹依然，无数车辆在我们身边驶过，那一刻，我觉得世界突然安静了下来，一天的辛苦和疲惫都被晚风吹得无影无踪了，因为有一个爱的人一起分享，一起承担，而人生中成长的这一天，突然变得甜蜜和不同起来。

我和苏茉将工作情况报告给了教育机构的负责人，那个大姐乐呵呵地看着我们，因为我们两个是今天唯一出了业绩的人，她拿出两张"毛爷爷"，发给我们一人一张。这是我们一天的辛苦酬劳。

我和苏茉走出大厦的那一刻，拿出那张一百元，在夜色中，仔细地端详着，看着自己的辛苦费，由衷地笑了起来。

这薪资和暑假获得的酬劳，有着很不同的意义，如果说，那时候是孤单地承受，现在则是甜蜜地辛苦，我想那是我第一次体会到劳动的味道，是甜的。

那一刻的意义，不是金钱可以衡量的，它是情感的寄托，是精神的收获。

在霓虹灯下，我惊讶地发现了一个 surprise，我抑制住自己的欣喜，将那一张一百元塞到了苏茉的手中："苏茉，这是你带给我的，所以送给你。"

苏茉先是惊讶地看着我，也有些意外："不行，你把我看成什么人了，我怎么能要你的钱？"她立刻把钱塞回我的手中。

我知道苏茉不是一个会接受别人金钱的人，我看着她认真的表情，笑道："你看一下，这张一百元的编号，我想这是为你专门定制的。"

苏茉狐疑地低头看了一下编号，脸一下子红了。

"尾号是0521，这是我刚刚发现的，所以，我只能送给我爱的人啊，苏茉。"我们虽然从确定关系到现在有一段时间了，但是我们很少说一些肉麻的情话，而此刻，在天注的缘分中，我将心中最真诚的话说给了我爱的人听。

苏茉看着我，眼中含着泪，扑到了我的怀里。

我相信一见钟情，却并不迷信缘分。然而，那一次，我开始相信，我们之间的爱情，有着属于我们最美的缘分。

后来，我们经历了很多，不管是去旅行还是经历刚毕业的困窘，苏茉总是把这张一百元压在钱包的最里层，它总是一副崭新的模样。她说希望我们的感情，在彼此的呵护下，也可以历久弥新。

后来，当人生尘埃落定之后，我在无数个夜晚，盯着那个红色的尾号，总会想起，在霓虹灯下，那双明亮闪烁、美如辰星的眼睛。

那天晚上，是我们从交往以来，第一次在晚上出去玩。在学校的外面过两个岔路口，便有一个夜市，在平常我是不出来的，所以对这里也不是很了解的，这一次因为打工回去，我们路过这边，发现了这一片热闹的天地。

苏茉走到这儿，拉着我东跑西跑。

我看到她的笑脸。"洛冰，你来过这儿吗？我们离这么近，还一次都没来过呢。"我走到她面前，摸摸她的头："我也没来过，我们就好好玩玩吧。"

苏茉在路上一直扯着我的衣角，忽然她就笑起来："你看看这糖人好不好玩？吹得好漂亮。"我也走到跟前，这里堆满了情侣，我们艰难地挤进去，问："要不要来一个？"苏茉摇了摇头，又拉着我走出来，我脸一僵："怎么了？"苏茉笑笑："我最近牙不好，不能吃甜的，再说了，没必要花那个钱啊，十块钱我们可以吃两碗拉面了，而且还能吃饱。"

我刮刮她的鼻子："那么会省啊？以后我也不用操心家里了，咱家财政大权就交给你了。"苏茉拍拍我："谁要管你家的财政大权啊。"

这是我们两人第一次结伴出来吃饭。苏茉挑了一家饭馆，那是一家不大的店面，我突然意识到，我们两个恋爱之后，似乎一直处于各自忙各自生活的状态，苏茉努力学习，而我则在宿舍睡觉、打游戏、想苏茉。相约吃饭，也是吴伟、魏海、郭驰和曲荻等一起吃，偶尔两个人的世界，也在食堂的嘈杂中解决。

我本想辛苦了一天，我们应该奢侈一顿，可是苏茉却坚持来这家。"今天辛苦一天，想好好犒劳你一下啊，而且这是我们第一次出来吃饭，你就这么给我省钱啊？"我打趣她道。

苏茉却认真地看着我，然后指了指店铺的门面。我打量着这家饭馆，"家缘"饭馆。我突然明白了。

"今天是我们的缘，我希望我们的缘，是像家一样的温暖。"苏茉仰起脸，看着我认真地说道，眼睛里面是满满的希冀和温暖。

我轻敲一下她的额头，然后重重地点了点头，我想，眼前的女孩子，一定是值得我用一生珍惜的人。

那家饭馆，是一对三十多岁的夫妻在经营，店面虽不大，却很干净，里面没有招财猫，也没有招财进宝的饰物，中间张贴的是一张字画，装饰也很文雅，没有一般饭馆的油腻和浮躁的味道。我很喜欢，也有点意外。

苏茉也精心地打量着这里，看得出来，她也很喜欢。

这会儿店里人已经不多了，老板娘走过来将菜单给我们递过来，温和地说道："这会儿人不多了，我让服务员下班了，有什么怠慢的，见谅哦，看看想吃什么？"

"你们这家店，很特别，很好。"我和苏茉由衷地赞叹道。

老板娘有些不好意思，轻声道："不过有一些我们夫妻的想法和希望在里面而已，你们也很好哦。"

翻开菜单，我想到了"文化"二字，每一道菜都有一个精致的名字，很多是以"家"为主题，我和苏茉像中了奖一样，收获了意外和欣喜。

"这道。"我们异口同声地说。

我们同时指向了一道菜——缘久。

想起那时，那份期待依然在心里回荡，后来我们成了家缘饭馆的常客，那里成了我们吃饭的首选之地。再后来，我们知道了，那家饭馆的老板和老板娘，也是我们学校毕业的，他们来自远方的一个城市，研究生毕业后，在一家国企上班，但是不知个中原因，最后他们又从国企辞职，为了纪念他们之间的爱情，便选择在他们相识的学校附近创业。

那时候，我觉得这是一件既浪漫又很有魄力的事情。

毕业很多年后，我再次回到那里，那个记录着所有期待的最初的地方。而在命运的转轮里，会不会就此顺着那份真心，在时间里得到美好的结局呢？

我们无从得知，只是那样纯粹地坚持和期待，在那时，给我们的内心注入了一种可贵的爱情力量。

当我们在夜色下散着步，看着天上的星星的时候，苏茉忽然指着天上的那颗最亮的星星，轻轻地开口："你知道吗？你跟我告白的时候，我就是一直盯着那颗星星，当时我心里想的是，原来我也有幸运的时候，原来我喜欢的男孩也是喜欢我的，当时我就在心里说赶紧答应他，千万不能让他和别人在一起。"

我惊讶地看着她："原来你也是喜欢我的？"

苏茉指指前面，原来我们已经到了女生宿舍门口："你还记得我们的第一次见面吗？"我点点头。"记得。"就是我们的第一次见面，我找到了我愿倾尽一生去守护的女孩。

"当时是你的一个兄弟跟曲荻表白是吧？"我看着苏茉的笑，下意识地点点头。苏茉继续说，"其实我当时还挺羡慕的，但是我也知道这些东西对于我来说是不切实际的。原来我认为的幸福，一切都不属于我。高考时，我考砸了，来到这里，心情一直都是很低落的，感觉自己对不起辛苦劳作的妈妈。"

我轻轻地拉过苏茉："好了，没事了，你想想，如果没来这所学校，你要怎么认识我呢？"

苏茉忽然就破涕为笑了，扑到我的怀里："谢谢你，洛冰。"

千言万语的感谢，都不及这一个拥抱。

那天同甘共苦之后，我深深觉得，我们之间的感情不再只是处于彼此好感的阶段，我也体会到了什么是相互扶持和相濡以沫。

而这个特别的女孩子，在经意和不经意间，用她浑身的正能量持续影响着我。

当我回到宿舍的时候，魏海过来，傻笑着问我："哥，怎么了？浑身的泥土气息，还透着喜滋滋的样儿？"我捶了一下他的胸膛，低头看了下，自己的白球鞋，已经被泥土染得变了色。

果然，人在恋爱的时候，是不一样的。我已经忘记了这一天的艰辛和不快，反而每一个细胞都被幸福充斥着，甚至感觉走路都是飘的。

郭驰走过来摸摸魏海的头："怎么样？还没女朋友啊？羡慕吧？"魏海直接一巴掌甩过去："去去去，一边去，我没有，你不也是没有啊？"

郭驰嘿嘿一笑，用手指指我们："怎么？瞧不起哥是吧？"

吴伟刚从洗手间出来，光着上身，把毛巾搭在肩膀上，疑惑地问："怎么了？"

我们正想摇头的时候，郭驰忽然大声道："我也是有女朋友的人了。嘿嘿……"说着拍拍魏海的头，"怎么样？"

吴伟把毛巾甩到一边，坐到我们身边，戳戳郭驰："你小子行啊，谁啊？哪个系的？"

郭驰笑笑："嘿嘿，网上的。"

魏海直接起身了："喊，网上的，这年头，网上的有什么可信的啊？你小子给人家姑娘看你照片了吗？就长成你这样的，人家姑娘见了，还不早就跟你掰了？"

郭驰直接一脚踹过去："你别乱说话啊，我跟人姑娘见过面的，她离咱们也不远，就在咱们附近的那个学校，学护理的，什么时候咱们有时间，我把姑娘喊出来，你们几个都带上女朋友，咱们几个聚聚。"

魏海直接躺在床上，一个枕头砸在郭驰脸上："故意不给老哥脸是吧？"惹得我们一阵大笑。

当初的我们就是这样，我们之间的感情，没有什么轰轰烈烈，都是在一朝一夕之间形成的。

在上大学之前，有个刚毕业的大学生在我们学校做实习老师的时候，就跟我们说过这句话："到了大学以后，你们应该放肆地谈场恋爱，你们最珍贵的感情，可能就发生在大学期间。当然，除了爱情，就是友情，兄弟之间的感情，最珍贵的就是舍友情，每个宿舍里都会有一个奇葩，如果别人都不是，那就看看你自己吧。"大家一阵笑，最后我记得最清楚的就是大学时代的兄弟情、舍友情，这是最珍贵的。

我永远记得这句话，只是有时候，再深的感情，也经不起命运的捉弄。

"郭驰，你和那女生在一起多长时间了？"吴伟想起什么似的，问道。

郭驰在床上躺着看手机："在一起很久了吧，应该是冰哥刚谈了没多久，我就跟那女生在一起了。"

魏海在上铺笑："你小子藏得挺深啊，这时候才告诉我们。"

郭驰得意地笑："那当然，这不是想等着感情稳固之后再跟你们说啊。"

我去卫生间将自己收拾了一下，将那些充满泥土气息的衣服丢到了洗衣机里，擦完脸我戏谑道："就是，郭驰，你可以去当特务了。"

"郭特务，你自己跑了都不告诉我，如果不是你不仗义，暗自行动，我岂会落在你身后？"魏海故意愤愤地说道，"快，这媳妇总要见公婆的，你和弟妹潜伏这么久，赶紧拉出来瞧瞧。"

第七章　当狮子男碰上摩羯女

"就是啊，郭驰，你看曲荻和苏茉大家都认识了，那姑娘，你也赶紧约出来，大家都认识一下。"吴伟也说道。

郭驰放下手机，想了想："择日不如撞日，不然就明天吧，冰哥带上苏茉，大伟带上曲荻，咱们哥几个出去聚聚，不过老魏别伤心，我给你备好酒。"

"一边待着去，哥没女朋友，那是因为哥眼光高，但女伴还是少不了的。"魏海瞪着郭驰说道。

说着大家都哈哈大笑起来。

"哥几个都要赏脸啊，这可是成言第一次和大家见面。"郭驰说道，笑起来，竟然还有些害羞了。

"冰哥，你今天干啥去了？打什么工啊？"吴伟突然想起早上我出门时说的，便问我。

"你嫂子要自立啊，所以我陪着一起去了。"我刚爬到床上，拿出手机，拍了拍有些酸酸的腿，说道，"明天还有一天，不过老郭的聚会，肯定去啊。"

"嫂子果然不一般！"郭驰啧啧称赞道，接着又补了一句，

"明天冰哥和嫂子一定要准时到啊，那可是关系老郭我的终身大事啊。"

我笑着答应，哥们义气，一直是我崇尚的情感，而这样的感情，除了亲情外，也是我从小到大维护得最多的情感。

"喂，苏茉。"大家约定好后，便都开始自己忙着自己的事情了，我趴在自己的床上，给苏茉打电话。

"怎么了？"通过电话的那端，我听到了苏茉的声音。

"累不累，今天那么辛苦？"我作为一个男生，腿都有些酸痛，想起苏茉那瘦小的身板，心中顿时涌出一阵心疼。

苏茉在那端忽然笑了："没事儿，我平时生活习惯好啊，不运动还会难受呢，这点不算什么的。"

我听到了那端翻书的声音。

"你这么晚，还在看书？"我知道苏茉爱学习，只是在外工作了一天，她还在坚持看书，我的内心很触动。

"今天在外面一天，这周的课就抽晚上时间来复习了。"苏茉解释说。

"嗯，不要太晚，不准熬夜，而且我们明天还要早起去工作。"我提醒道，一脸的触动，满心的心疼。

苏茉让我看到了另一个坚韧而纯粹的世界。

一会儿苏茉的声音传过来："嗯，知道了，大男子主义的洛冰，我再看半小时，就去睡觉，不熬夜。"

我满意了地"嗯"了一声，笑着答应："对了，苏茉，那个我宿舍的郭驰你知道吧？"

苏茉轻轻"嗯"了一声："怎么了？"

"郭驰有女朋友了，想大家伙一起聚聚，就定在了明天晚上，到时候，咱们忙完后，你跟我一起直接去？"我在询问她的意见。

苏苿干脆地回答我："好啊，到时候曲荻也会去吧？"

我应了一声："嗯，你早点休息吧，明天还有很多事情要做。"电话那边传来苏苿的笑声："好，明天我给你打电话，喊你起床啊。"

我笑着答应，等着她挂掉电话。

早上六点半，苏苿的电话准时响起。我透过窗帘，隐约看到窗外依然暗淡的光线。

"我醒来了，这就下去。"我迷迷糊糊地说完。

苏苿"嗯"了一声，我听到苏苿的脚步声，看来这丫头已经收拾完毕了呢，我努力让自己从蒙眬中醒来，蹑手蹑脚地下了床，收拾完毕后，向楼下奔去。

苏苿已经神清气爽地站在宿舍楼下等我了。

"哥们儿，你看人家谈恋爱，都是男生整天在女生楼下等着，怎么轮到我这里，就反了呢？"苏苿看着我睡意蒙眬的样子，佯装恼怒地说道。

"谁让我女朋友勤奋又懂事呢！"我伸展一下身子，习惯性地轻刮她的鼻子，轻声安慰道。

"洛冰同学，你学得越发贫嘴了，走了，开工喽。"苏苿瞪了我一眼，眼中盈满了笑意，然后意气风发地拉起我的胳膊，迎着朝阳，向学校门口走去。

青春的味道，在秋日的早晨洋溢着，我仰起头，牵着苏苿的手，突然感受到一种从未有过的满足。自从来到大学后，对学校的不满和失落，一直陪伴着我，一向不爱早起的我，因为没了管束，更加肆无忌惮地逃课睡觉，我曾经以为那才是青春的味道。

如今，有了一个陪伴，也多了一份期待，我突然发觉，我的生命在青春时光的腐朽里，有了一种神奇的变化。

我们在学校门口简单吃了一些早餐，便来到昨天面试的那个机构，我们到那里是八点整，负责人大姐也刚坐定，打着哈欠，在工位上发着呆，看着我们的来到，有一丝惊讶："你们比开工早到了半个小时呢。"

"早点来，做一些工作的准备，大姐，你也很早啊。"苏茉和负责人大姐寒暄道，我看着这个教育机构书架子上的书，发着呆。

"现在的大学生，很少有真正努力的了，大多都是混日子，像你们这样的还真是不错呢，以后毕业后想做什么工作呢？有没有兴趣做教育呢？"大姐越说越来劲儿，邀请苏茉坐下，凑上前问道。

苏茉笑道："还没想那么多呢，先把大学上完，然后跟着心走呗，也许出来找工作，也许考研，都可能呢。"

"嗯，果然有志气。"那个负责人老师一听考研两个字，啧啧赞叹了两声后，便不再说什么了。

我从书架子上，抽出一本《古代汉语》，坐在一边，随意翻了起来："既然是教育行业，为什么不开发一个宣传教育网站来宣传呢，这样子的话，即便是做传统的宣传，也可以省下不少纸张呢。"我看着那厚厚的单页，不由得感叹。

恰在这时，苏茉的考研两个字，钻进了我的耳朵。

曾经，我的目标，是陕西师范大学的研究生。可是如今，情况似乎不尽如人意，甚至可以说是相差甚远。我叹了一口气，将理想再次深埋在心中。

　　八点二十，很多兼职人员都陆续来到了机构，我们像昨天一样，领取了一定数量的单页，来到昨天的那个商场。

　　因为有了前一天的经验，今天做起来似乎也得心应手起来。我们没有急躁，先将单页整理好，并且已经懂得了单页要针对合适人群来发放，这样子可以少浪费，还可以发挥它最大的作用。苏茉在一旁，拿出一支笔和业绩单子，认真地端详着，然后做了一个标记。

　　"亲爱的，你在做什么？"我看着苏茉认真可爱的样子，凑上去问道。

　　"规定任务啊，做事一定要有计划的。"她认真地做完标记后，抬起眼眸看着我说道。

　　我扑哧一声笑了出来："那请问，苏小姐，我们今天的目标是多少呢？"

　　"五个单子。"我看着她伸出的五个手指，惊讶地问道："我们昨天才完成了一个单子，今天出五个是不是不太现实呢？"

　　"我不这样认为，首先，昨天我们对业务和地点都不熟悉，可是今天不一样了，我们熟悉业务了；另外，昨天有两个大哥表示对这个机构很感兴趣，而机构的优惠活动这是最后一天，所以感兴趣的一定会想要把握住这个机会。同时，昨天的努力，给我们今天奠定了一定的基础，综上所述，我觉得我们可以达到这个目标。"苏茉拿着笔，边在空气中画着不知名的弧线，边说道。

我听着苏茉有理有据的分析，笑了，不得不说我对她的计划很赞赏，可以达到，但是必须要拼尽全力。

　　我们只要多努力一点，再加一点点运气就可以达到这个目标。只是生活中很多时候，人们做事都是这样，口中说着尽力而为，而身体的惰性却在做着一定程度的保留。

　　拼尽全力，从不是说说而已。

　　我们分别在商场的两边开始分发传单，其中，有很多昨天见过的熟悉面孔从我们面前经过。一个二十岁左右的男孩子，从我身边经过后，又退了回来，他有些害羞地看着我："哥哥，这个是教育机构吗？"

　　我看着这个男孩，之后了解到，他从高中毕业后，因为没有一技之长，一直在打零工，所以想要学点东西，改变一下自己的现状。"你可以学习程序开发，很有前景；另外还有一些软件，比如工程类的 AutoCAD，还有 Photoshop、3Dmax 动画等，都是机构的一些教育内容，我给老师打电话，让他带你去机构参观一下，然后结合现在的优惠活动，选择一个最适合的方案。"我很有耐心地向眼前这个男孩子讲解着，他听完我的话后，点了点头。

　　"苏茉同学，我出单子了哦，你怎么样了呢？"我送走了男孩子，走到苏茉面前，她笑着瞪我一眼，甩了甩手中的单子，向我示意道："我也出了单子呢，但是，洛冰同学，千万别自满啊，我们才两个单子呢，革命尚未成功，同志仍需努力。"

　　"知道了，我的女王。"我拍了拍她的脑袋，笑着说道。

　　我看了看手表，一上午很快便过去了，我们在商场里简单地吃了午饭，本想带着苏茉逛一下商场，想要为她挑选一件礼物，可是倔强如她，"工作是工作哦，任务没有完成，没有心情逛街。"苏茉说着，声音中带着一丝倔强的娇嗔。

曾经，我觉得在高考那场战役面前，我尽力了。如今想来，也许那连努力也称不上。而一向大男子的我，在苏茉的努力和坚持面前，好像丝毫没有免疫力。也许潜意识里，我觉得苏茉做的是对的吧。

刚过了中午一点，我们便继续投入工作中。虽然已经是秋天，但是午后的阳光依然很炽热，苏茉一直坚持在自己的岗位，我走过去，帮她擦了擦额头的汗滴，她鼓励地看了我一眼，又将我推到了工作上。

我叹了一口气，苏茉是我遇到的第一个最努力也是最倔强的女孩子，她给了我不一样的感觉，可是那样的倔强，让我动容，有时候也让我感到无可奈何。

下午四点的时候，我们依旧每人出了一单。

"还差最后一个单子。"苏茉看着时间，拧着眉头，似乎压力有点大。

我不能称为一个有理想的上进青年，但是最基本的事情，还是必须做好的，只不过多了一些顺其自然："今天比昨天已经好很多了，我们尽力而为吧，不要给自己太大的压力。"我走上前，安慰道。

"洛冰，我给自己订下的目标，是一定要完成的，我们还有时间，不可以放弃的。"苏茉勉强挤出一丝笑容，坚持地说道。

随着时间的流逝，人渐渐地稀少，太阳也渐渐西去，只留下一点余晖，照耀在从熙熙攘攘中渐渐安静下来的世界。

苏茉依旧在坚持着，她翻着一张张的调查卷，好像突然想起了什么，立刻拿出手机，拨出了一个电话。

"洛冰，我们有机会了，昨天那个女孩子很感兴趣，我翻出她昨天留下的单子，试着给她打了一个电话，她刚好在附近，半个小时左右就过来了。"苏茉小跑着过来，兴奋地说道。

我看了下手表，下午六点半了，昨晚约定的聚会！

"苏茉，不行，我们昨晚和郭驰说好，要去参加聚会的，晚上七点，现在去刚好赶得及啊。"我拍了拍自己的脑袋，有些忙晕了。刚说完，郭驰的电话便打了过来。真是说曹操，曹操就到。"冰哥，我们从宿舍出发了，你和嫂子，记得准时到哦！"郭驰的声音通过手机传了过来，听得出来，开心且充满了期待。我答应了一声，便挂断了电话。

我抓住苏茉的手，打算打车离开。"可是跟那个女孩儿说好了，你看能不能和郭驰说一下，我们晚一点过去呢？"苏茉突然拉住了我，我转身，看到她有些为难的眼巴巴地望着我。

"今天是郭驰带着女朋友跟我们见面，我们第一次见人家就迟到，不太好吧？"我理解地抓紧了她的手，商量着说道。

苏茉嘟起了嘴巴："我们的目标马上就要完成了呢，我们只耽误一小会儿，等她过来，我们立刻打车带着她到机构，好不好？"

我揉揉她的头发："这个工作后面还可以再做的，但是聚会关乎兄弟的终身大事，我们迟到总归有点扫兴呢。"我试着说服苏茉。

"这虽然只是一份兼职，但是这是我们今天订立的目标，而且这个目标明明马上可以达到的。"苏茉有些懊恼地看着我，又坚定地说道，"我订下的目标，一定要尽全力做到的，我不想放弃。"

面对苏茉的倔强和坚持，我一向有些无奈。"可是我们也不能因为一个额外的单子，而耽误了郭驰的邀约啊?"苏茉扭过头去，脸色埋在阴影中。

我看着苏茉黯淡下去的神色，有些心疼也带着一丝不悦。"难道这一个单子就那么重要吗? 我们非要这么较真吗?"

我想，那时候的我，是没有理解一个女孩子骨子里的那份执拗的，对于在我看来微不足道的一件事情的坚持，让我无法做到低头和妥协。

苏茉看着我，声音带着些微的颤抖："是啊，我就是较真啊，我自己额外加的单子，我会自己完成的，你去参加聚会吧。"

我愣了一下，心里突然有些酸酸的。苏茉虽然不是我的第一个女朋友，但是之前的恋爱，在某种意义上来说，并没有带着太多认真，或是为了表现年幼的承担与蹩脚的成熟，或是为了满足被仰望的虚荣心。那样的感情，带着无法被跨越的限制，而我从来不懂得如何哄女孩子，也从没被女孩子摆过脸色。

也许是曾经那么多年，过得太幸福了吧，所以上帝要派一个人来教我，让我学会什么是成长，什么是爱情，什么是疼痛，什么是上弦的青春乐曲，什么是由不得自己。

我有点悻悻道："在你心里，你的单子，是不是比你的男朋友还重要? 你不觉得这样太自私了吗?"我不由得加重了语气。

苏茉愣了一下："看来我跟你说的话，你从来没有真正地听进去过，我要的是一个愿意跟我一起奋斗的人，你为了聚会，要我放弃我的业绩，虽然它没有多少价值，但是那是我工作的态度，可是你连十分钟的时间都不愿意给我，到底是你自私还是我自私呢?"苏茉说完，便转身，和迎面走来的女孩子，一起打车走了。

我站在原地，看着飞奔而去的计程车，失落悔恨和愤怒在我的情感里交织，我将手里的包重重地摔到了地上。

我没有跟你一起奋斗吗?那我现在在做什么?我何曾这样向别人低过头?那一刻，我第一次有了心痛的感觉。

昨天的我们还相拥在这个地点，那样温馨的画面，在我的脑海里回放着，霓虹灯再次亮了起来，我抬头看了一眼，似乎有些刺眼，也似乎在嘲笑我此刻在爱情面前的落魄。

电话再一次响起，是郭驰打来的。我努力让自己冷静下来，拦了一辆计程车，看了一眼那辆车的影子，已经在车流中渐渐驶出我的视线，我一跺脚，上车报了地址，向另一个方向驶去。

第八章　我们的青春协奏曲

我走进约定饭馆的时候，已经七点过了五分钟。

"冰哥，这边。"郭驰看见我走了进来，满脸笑意地招呼我过去。看得出来，他今天很开心，好像带着一种被爱情滋润的幸福。可是爱可以让你有如上天堂般的幸福，也可以给你带来有如入地狱般的痛苦。

这时大家都已经在座位上谈笑了。郭驰坐在正座上，旁边坐着一个女孩子，应该就是成言了。女孩子的旁边坐着另一个未曾见过的女孩子，旁边坐着魏海，然后是吴伟和曲荻，曲荻和郭驰中间空着两个座位。

我顿了顿，努力让自己笑出来，走了过去，挨着郭驰坐了下来。

"哥，给你介绍一下，我女朋友，成言。"刚落座，郭驰迫不及待地给我介绍道。

"成言，这是冰哥，我们宿舍老大，我们是不打不相识，冰哥就跟我亲哥似的。"郭驰又忙着介绍我说。

一句不打不相识，大家都想起刚进宿舍的那会儿，不禁都笑了起来。

我起身："成言，你好，洛冰。"

"冰哥好，我是成言，我们家郭驰冲动，没少给你们带来麻烦吧？"女孩子大方地站起身来，伸出手，玩笑道。

我笑了笑，不置可否。郭驰在旁边，"哪有……"本想反驳一下的，话没说完，看着成言的表情，想了想，又把话咽了下去，"你说得对啊。"

看着这样的场景，大家都忍不住再次哈哈大笑起来。

我打量了一眼，眼前这个女孩子，不是特别漂亮，看起来却也大方，和郭驰坐在一起，气场很合。我由衷地为郭驰感到高兴，可是心里却怎么也提不起劲儿来。

"冰哥，嫂子呢？怎么没跟你一起来？"这时，郭驰从热闹中反应过来，转过身来问我道。

我的脸色不由得黑了下来："她有别的事情，来不了啦，下次大家再一起聚。"我想起之前的事情，心里有些别扭，尴尬地解释道。

"苏茉昨天晚上还兴致勃勃地说，我们要一起来聚会的，她没事儿吧？"曲荻没注意我的脸色，继续问道。

我笑了一下，解释道："她就是临时有事。"曲荻似乎还想继续问些什么，被吴伟的胳膊捅了一下，便停下来没再说什么了。

场面一度有些尴尬。

"哥，你没发现，我旁边还有一个美女吗？"魏海及时打圆场说道。

我抬起头，尽量让自己打起精神，点点头。

"这是我女朋友，欧乐。"魏海看了姑娘一眼，故意大声地介绍说。

欧乐冲我点点头，笑了笑。女孩子挺漂亮的，长发飘飘，看起来很文静。

欧乐突然想起什么似的，斜了魏海一眼，说着挥出了自己的拳头："谁是你女朋友啊，老魏，你再说一遍。"

欧乐不说话则已，一张口，却是另一种不同的风景，像一个小马达，魏海这样形容这个女孩。

"好吧，我错了，是哥们儿。"魏海看着那小拳头，看着我连忙改口道。欧乐这才收起自己的拳头。

"欧乐，你不说话的时候还行，挺文静漂亮，一说话，怎么不超过一句就原形毕露呢？这样下去，谁敢要你啊？"看着好不容易熄火的小马达，魏海忍不住又补了一句。

欧乐这次毫不客气，揪起魏海的耳朵："你再说一遍，谁没人要？"

接着便是魏海的求饶声混合着大家的笑声，在饭店里回响。

魏海说，欧乐和他是从小一起长到大的，是一个院子里的发小，而欧乐性格大大咧咧，他们一直以哥们儿相称。

可是，随着时间的流逝，在朝夕相处中，那不知名的情愫，是否已在时光的累积中不知不觉地深种？而魏海的眼中带着的不就是幸福的神色吗？

我看着眼前欢乐的场景，笑着拉回思绪，看了看旁边的空座位，心里很不是滋味，想起之前的情形，觉得自己当时话说得有些重了，苏茉离开时，单薄的背影再次浮现在我眼前，心里升起一股说不清的情绪。

我望向窗外，天色已经全黑，苏茉应该已经回到宿舍了吧？我默默想到，突然好像看到了那个熟悉的身影，怎么可能呢？我摇了摇头，拿起手边的酒杯，将杯中的酒一饮而尽。

那天大家相谈甚欢，场面很热闹，我将情绪埋在心里，那时候，我更清楚地知道了爱情是解药，亦是毒药。因为我喝进去的酒，都是苦的。

我不知道那天晚上自己喝了多少，只知道我们回去的时候，是魏海和吴伟把我拖回去的。郭驰去送成言回学校了。

第二天，我直接睡到了中午，等我醒来的时候，头还昏昏沉沉的。

我倒了一杯水灌到肚子里，逐渐清醒下来，而昨天的情形在我脑子里一幕幕地回放。

"不知道苏茉怎么样了。""她也许并不在乎呢？"两种思想在我头脑中进行着对抗赛。

"冰哥，竹筒饭，吃点东西吧。"吴伟走进宿舍，将饭递给我。

"谢了。"闻到饭香味真的有些饿了，我拿起筷子，毫不客气地开始吃起来，"今天早上没事儿吧？老师有没有点名？"我边吃边问道。

"没什么事情，看了一早上电影。"吴伟看着我说道，神色有些怪异。

我抬头疑惑地看着他。

"冰哥，我都知道了，曲荻中午告诉我了，嫂子昨晚回到宿舍后，一直闷闷不乐，后来被曲荻问了好久，才说了昨天的事情，然后一个人哭了好久。"吴伟看着我，告诉我说。

我扒了两口饭，便吃不下去了，放下筷子，坐到了吴伟旁边，递给吴伟一根烟，自己也点了一根。

还记得上大学前的那个晚上，第一次光明正大抽烟的情形，那天对我来说，是不同的，在某种意义上说，这一次，算是我第二次抽烟。

"冰哥，我看得出来，你很在乎嫂子。"他顿了顿，"可是情侣之间，哪有不吵架的啊？谁跟谁都有意见不合的时候。"

我没说什么，抽了一口烟，说："她的一些想法，我接受不了。"

看着我郁闷的样子，吴伟碰碰我的肩膀，无奈地笑道："这有什么啊，现在女孩都是这样的，想法很奇怪，你看我女朋友就说了，她说，'对于男人就不能一味地对他好，要时不时地敲打才行'，我们才知道在乎她们。"

见我还是提不起兴致，吴伟把他手机递过来："看看，这是我女朋友宿舍的女生跟她们男朋友的聊天记录，你看看。"

接过手机，小小的页面里有密密麻麻的字：

舍友一："你为什么不等我？"

男友："我做作业。"

舍友一："作业有我重要吗？"（噼里啪啦摔板凳声音）

舍友二："我们分手吧。"

男友："为什么？"

舍友二："因为你不给我买烤地瓜，你不喜欢我了。"

男友：……

看完这些东西，我忽然笑了。吴伟笑着拍拍我的肩头："哥，对待女生，你就得迁就一点，即使是她们蛮横无理，只要是不太过分的，我们就要学会迁就，情侣之间分开之后可以吵到天翻地覆，但是当见面的时候，又如胶似漆，肉麻得让人受不了，你又不是没谈过恋爱，还摸不定女孩子的心思？"

在认识苏茉之前，我的确是谈过不少的女朋友。几乎每一段恋情我都很主动，只要占据着主动的位置，就全心地对待女朋友。只是觉得那时的恋情，不过是青春期躁动下的产物而已。

那时的我，还是不知道感情的可贵之处。

情侣之间的争吵是不可避免，很久之后，久到我们早就过了七年之痒，我们之间的感情，经过了无数个日日夜夜的见证。在我们彼此依附的同时，也渐渐地在生活中，在对方的身上，学到了很多的东西。

相互尊重，相互信任，相互依赖，以前的甜言蜜语早就消失在岁月的长河里，取而代之的只是双方眼中闪现的光亮，还有嘴角潜藏的微笑。

激情退去之后的生活，依旧是安逸且幸福的。

可当我全心全意地对待这份感情的时候，那样的矛盾，反而让我有些无所适从，昨天那样决绝的背影，想起来，让我的心隐隐作痛。

"冰哥，还有一件事，我得告诉你，昨天嫂子去过饭店了，在门外徘徊了一下，就走了，这是曲荻问了好久嫂子才说的，曲荻说，嫂子是个好强也倔强的人，她看了你一眼就走了。"吴伟看着我，轻轻地说道。

大学时候的我依旧有着些许的年少倔强，我顿了一下，想起昨天晚上隐约看见的那个身影，恍然大悟，我熄灭手中的烟头，推开吴伟："先走了。"

吴伟在身后喊道："你好好地跟嫂子谈，嫂子在你们经常约会的那个地方。"

此时的我，很多情绪纠结在心里，有心疼，有悔恨，有焦急。心早就飞到了苏茉那边。我飞快地跑到了我们经常约会的那个"秘密基地"，苏茉坐在树下的凳子上，好像在沉思着什么，背影带着一丝忧伤。我急躁的心忽然变得很安稳，那种感觉就像是许久未归家的小孩，看到了属于自己家的光亮。

苏茉转过头，看到我走过来，对着我温婉地笑着，有些忧伤地叫我："洛冰。"

我走过去，努力平静自己的心情，像往常一样，轻刮一下她的鼻子："苏茉。"

苏茉忽然拉住我的手低着头，我只能看到她头顶上的那个小圆圈，忽然觉得很可爱，只能听到她闷闷的声音："对不起，洛冰，是我太心急了，我不是不顾及你的兄弟情感，这是我自己做事的方式，我的经历是不允许我做任何一件事情马虎的，我只能拼尽全力，不顾一切地去做好，你知道吗?"

我把下巴放到苏茉的发顶，紧紧抱住她："我知道，不怪你，对于未来，我们肯定要努力的，但是我们不能太心急了，知道吗?"

我感觉到怀中的她点了点头，心情也放松了很多。

苏茉是个很倔强执着的女孩子，也正是她的坚强，让我对这个女孩有了一个更新的认识，也让我感觉到这个女孩是真正值得我珍惜的。

　　风吹过树叶发出沙沙的声音，每片叶子在风的吹拂下不停地碰撞，青翠的叶子就像是现在青春年少的我们，在不经意间的摩擦中，发生不寻常的事情。

　　"可是，你竟然放我一个人离开，洛冰，你知不知道那时候，我有多难过。"苏茉捶打我的胸口道，"你知不知道，我一个人像傻瓜一样，在饭店外面，看着属于你们的热闹，我有多难过，你为什么连十分钟都不愿意等我？"苏茉边说着，边哭了起来。

　　这是我和苏茉在一起后，第一次看到苏茉因为我掉眼泪。看着苏茉难过的样子，我有些不知所措，慌乱地擦去她脸颊的泪水。"以后，不管发生什么，我一定不让你一个人离开，是我的错，是我的错。"那一刻，我才知道，我有多在乎我们之间的那份爱情。我将怀里的人抱得更紧了，想要用我的一切去化解她心里的难过。

　　曾在书上看到过一句话：爱是一点一滴的积累，可能当时只是小小的一点点，可是当它们聚在一起的时候，你将会找到深藏在琐事背后的感激，以及生活空间中种种表现的爱。

　　在我们之间最开始的感情虽说是一见钟情，但是我们也是经过了时间的洗礼和岁月的考验。

　　"执子之手，与子偕老"的期待，不只是说说而已。

　　我们坐在池塘边的石凳上，苏茉靠在我的怀里摆弄着我的手指，轻轻地对我说："洛冰，我知道你是一个重情重义的人，你的感情我懂，我不会拖你后腿的，而且我欣赏有情有义的男人。可是我也希望，你能明白我的良苦用心，我不知道我们的未来是什么样子的，但是我只想好好地守护现在，尽全力做事，也全心珍视我们之间的爱情。"

我点点头："我懂的，傻瓜，我不希望你太累，我们一起努力，一起守护我们的爱情。"

很久之后，我在苏茉的一个本子里面发现了一句话：即使以后，我们没有办法在一起，或许洛冰会娶别的女人，或者我也会嫁别的男人，但是我们之间的努力和奋斗我会牢牢地记住，记住在青春的时候，还有这样一个男孩陪我奋斗过。

笑话，我的女人，怎么能嫁给别的男人呢？

不知道哪位佚名者说过，如果两个人足够相爱，那么所有的挫折和摩擦，都会成为两个人情感的催化剂；如果不够相爱，那么挫折和摩擦，只会成为爱情的消耗剂。

后来发现，这句话忘记加上适用范围。

值得庆幸的是，如果这是一次爱情考验，我们通过了，我们两个对彼此有了更深的了解，对我们的爱情有了更好的认识。

第二个周末，我和苏茉邀请大家一起聚在了家缘饭馆。

郭驰叫上了成言，吴伟带着曲荻，魏海这次似乎没有扭过欧乐那个小马达，所以自己来了，看着我们大家，魏海有些愤愤不平："我要吃最好的菜，喝最好的酒。坚决不做被虐死的单身狗，要做也做享受美食的单身狗。"

说得我们都哈哈大笑起来。

老板娘还是那么温和，她穿着一席米色长裙，与店面的精致相呼应，她笑着将菜单递给我们。

"话说，冰哥，苏茉，你们怎么发现这家这么特别的饭店的?"曲荻问道。

说着，大家都仔细地打量起这家店来。

"充满了饮食和生活的文化。"成言也忍不住啧啧称奇。

"就是，真的不错。"郭驰也说道。

"人家成言是真能看出来，你也就跟风说吧。"魏海瞪着郭驰说道。

郭驰也瞪着魏海："哎，今天是不是没有欧乐治你，又开始嚣张了呢?"

两个欢喜冤家，惹得大家又是一阵欢乐。

我和苏茉相视一笑："这是我们偶然发现的一家饭馆，叫家缘饭馆。"

曾经，我渴望远方，可是在我来到了远方之后，发现我想念家的味道，庆幸的是，在这个远方，我遇到这样一群人，给了我家一样的温暖。

"我们虽然来自五湖四海，但是我们聚到了一起，走到了一起，这是我们的缘，同时，我希望我们彼此珍惜这份缘分，都能够走得长长久久。"我动情地说道。

说着，大家不约而同地举起了手中的杯子，在碰撞中，交错着青春如酒般醇厚的浓烈情感，诉说着未来和对"缘久"的美好期待。

从那时起，"家缘"成为我们青春的集结号，记录着关于我们彼此青春，或青涩或成长，或欢喜或悲伤，或相聚或别离的青春协奏曲。

第九章　青春的那杯烈酒

　　曾经有人问我，这一生中，最让你难忘的时光是什么时候？我想了想，这一生，让我难忘的时光有很多，但是最让我怀念的，便是在大学的时光。起初，最令我没有期待的日子，却给了我生命最难忘的悲喜回忆。

　　也许生活有时候就是这样子，在你最充满期待的时候，不经意间泼你一盆冷水，而在你最不抱希望的时候，突然又送你一颗糖。而我，至今仍旧难忘，命运在青春里，赠予我的那段最刻骨铭心的日子。

　　周六的下午，和苏茉吃完午饭约完会后，我窝在宿舍回想着来到大学后的日子，猛然发觉来到这所大学已经一月有余了，和苏茉好后的这段日子，我每天都准时上下课，中午几个人聚在一起吃饭，晚上便是和苏茉相处的时光。心里盈满了一种从未体会过的充实和满足。即便在准备高考时，那样的努力带来的也只是焦灼，而不是充实。

　　我本以为，远方的新生命许是骤雨般的狂放不羁，抑或是随风飘荡自我放逐的姿态，像曾经痛快地将甜甜的蛋糕拍在蛋糕店玻璃上一样，用暴力的颓然去释放那个压抑的自我，用经过千辛万苦获得的产物，不加珍惜地拍在曾经用尽全力争取的生活上。事实上很多人都是这样的。

庆幸的是，我的新生命不是这样子的。它如爱情，像和煦的春风，温和地抚平了我内心的压抑和失落。如今，我的新生命好像满月了，是不是应该来一个满月典礼呢？想到这里，我不禁笑了起来。

"冰哥，傻笑啥呢？"听见我神经质的笑声，吴伟站起身，将头探到我的床边，不明所以地看着我。

我收起思绪，还有两天就国庆节放假了。"国庆节快放假了，你有什么安排？"

吴伟想了想："我本打算回家农忙的，但是妈妈打来电话说，今年机器收割，所以国庆就在学校了，不来回折腾了，也顺便和曲荻一起过个假期。"吴伟说完，有些不好意思地笑着摸了摸头。

看着吴伟那一脸痴情的样子。"没出息。"我取笑道。

"国庆节，我和吴伟都不回家，你们俩什么安排？"我支起身子，看着低着头的郭驰和电脑前的魏海问。

自从郭驰和成言谈恋爱后，他便与手机为伴了，整天流连于他们相识的媒介，在QQ上和成言甜言蜜语，也不再和魏海一起打英雄联盟了。此时，只有魏海一个人在窗边的电脑前疯狂敲打键盘。

魏海说，这样孤独而热闹的声音才是青春的主旋律，我们都笑着不置可否。

"我和成言说好了，也不回去了，一起过假期。"郭驰头也不抬，一边飞速地点击手机一边回答。

"你呢，魏海？"我打断他骂骂咧咧的声音。

想要筹划一个精彩的假期，只是，悲喜在一线之间扭转。

魏海没有理我，突然一停顿，重重地猛敲一声键盘后，游戏的声音戛然而止，宿舍顿时陷入了一片安静之中。停下游戏的魏海，将自己靠在椅背上，有些长的头发，挡住了斜看着窗外的侧脸。

魏海一向调皮强悍开朗乐观，但是此刻的情绪有些不对劲儿，我和吴伟对视一眼，瞬间一种奇怪的氛围在宿舍里升腾起来。

起初几秒钟，魏海的情绪像被点着的火药桶，刚"砰"地闷响了一声后，便像被浇了水似的，一下子熄了下去。靠在窗边的椅背上，眼睛直直地望向窗外。

那是我认识魏海以来，第一次看到他失魂落魄的样子。

郭驰也猛地放下了手机，也看向窗边的魏海。

"魏海怎么了？"吴伟用眼神问我，我摊开双手，无从得知。我带着满腹的疑问，在上铺调整了一下角度，在夕阳的照耀下，顺着魏海的眼光望去，我叹了一口气。

欧乐！

只见一个男孩子戴着帽子，背对着我们宿舍，他搂着欧乐的腰。而我恰好可以看到欧乐的表情，她看着那个男孩子，甜甜地笑着，表情出乎意外的温柔。那一副柔情蜜意的样子，刺得我眼睛有些不舒服。

我揉揉自己的眼睛，确定自己看到的不是一个偶然和欧乐长得很像的女人，而那个男生的背影，莫名地感觉到很熟悉。

吴伟满脸疑惑地看着突然神情凝重的我，我转过头，指了指窗外。郭驰也探过头来，我们三人看着窗外的一切，心中了然，有些担心魏海。

虽然我们只见过欧乐一面，但是谁都看得出来，魏海喜欢欧乐，而且不是一般的那种喜欢。

郭驰看着魏海失落的样子，有些跳脚："这男的是谁啊？看我不教训他？"

我也很好奇，可是心中泛出一股强烈的不舒服的感觉。正在这时，那人转过头来，我看着窗外那张熟悉的脸，倒吸一口凉气。

"章和！"吴伟看着刚好扭过头的人，惊叫道，"欧乐怎么会和章和扯到一起？"

"是啊，枉我一声声'章哥'地喊他，竟然敢抢我哥们儿喜欢的女人！"郭驰有些愤愤不平。

生活有时候就这样，可笑得让你忍不住地想要喷它一脸花露水，可是，喷出去之后，才发现，它还是那样的表情，不惊不奇不急不躁，任你像个小丑一样，怎么想也想不出它的缘由，怎么蹦跶也蹦不出它的玩笑。

我们三个人齐刷刷地看向魏海，魏海自始至终都直直地看着窗外的情景，没有说话，也没有激动，带着一脸的平静。

我有些担心，看不见的伤口往往才是最痛最难愈合的伤口。

郭驰急了，冲到魏海面前就是一顿劈头盖脸："魏海，你什么德行？你要真喜欢人家姑娘，就去追回来啊，别跟一个孙子似的，在旁边看着，屋子里躲着。"

郭驰揪着魏海的衣领，直直地瞪着他，吴伟一脸惊讶，想要上去拉开，我伸手拦住了吴伟。

"是啊，我喜欢欧乐，很喜欢她，一直很喜欢，也许从小就喜欢。"魏海歇斯底里地吼了出来。

在我看来，魏海一直是一个幽默理智的男生，我觉得他眼镜片的厚度便足以证明他理智的程度，然而，在感情面前，似乎所有的智慧和理智都会被感情蒙蔽，然后才清醒地发现，那厚厚的眼镜片，不过是打游戏造成的罢了。

喊出声来的魏海，将内心的情绪发泄出来后，整个人平静了下来，我们四个人围坐在宿舍的桌子边上。

魏海调节了一下自己的情绪，开口讲起他和欧乐的故事。

正如魏海之前所说，他和欧乐是发小，文艺点说是青梅竹马，而在他们的认知里，对方就是所谓的异性兄弟，一起逃课一起打游戏，欧乐的作业基本都是抄魏海的，甚至有的是直接由魏海代笔的。

不同的是，魏海虽然玩乐，却一直是他们班里的学霸，而欧乐便是真的玩乐了。在高三的时候，欧乐开玩笑说，以后上大学，没有魏海帮助她做作业，没有人跟她一起逃课一起玩儿，她一定很寂寞。

魏海想了想，真的要分开吗？那一刻，魏海在傍晚微凉的春风中，看着欧乐长长的头发随风飞舞着，他第一次觉得欧乐不再是哥们儿，而是一个漂亮的女生，他看着欧乐闪亮的眼睛，竟然脸红了，那是他从未曾有过的感觉。他的世界只能看到欧乐的笑容和飞舞的头发，还有他心脏怦怦地跳动的声音。

接下来的高三的日子，魏海拼命地帮欧乐补课，看着欧乐叫苦不迭，魏海一边幸灾乐祸一边压着自己的心疼。

高考过后，魏海考砸了，他的成绩被老师和父母数落了一顿又一顿，而欧乐的成绩却有了一大段的提升。即便如此，魏海的成绩还是甩欧乐几十分。当欧乐带着一脸的满足和炫耀，在魏海面前嘚瑟的时候，魏海偷偷看了欧乐的志愿，然后屁颠屁颠地填报了一份一模一样的。

魏海一直没有告诉欧乐，他被同一所大学录取了，只是为了不带给欧乐顾虑和怀疑。他曾经带着一种特别的心情，悄悄地看着欧乐的背影发呆，在郭驰要带成言见大家的聚会时，魏海才正式找到欧乐。

当他站在欧乐面前时，欧乐除了惊呆了还是惊呆了，当他想要多说一些时，却被欧乐一声声的哥们儿给噎了回去。

听完魏海和欧乐的故事后，沉默的氛围再次在宿舍的空气里流动。关于爱情的故事有很多，年少的总是最感人的那一个，我被魏海的故事感动了，一个男人愿意赌上未来去爱一个人，那完全听从自己心的声音，不计代价和得失的选择，竟成了我们青春里最肆意张狂的回声。

"魏海，你觉得你努力了吗?"我打破沉默问。

"我觉得我努力了，也付出了，我还要怎样去努力呢?"魏海无力地撇了一下苍白的嘴角。

我笑了笑："我也曾经以为我拼尽了全力去做事情，可是在我遇见你嫂子之后，我改变了自己的看法，首先你的心意欧乐并不知道，而我们也无法凭借一个偶然看到的场景去做一个全面的评判。"

"魏海，去告诉欧乐。"我说。

魏海重重地吸了最后一口烟，掐灭了手中的烟头，苦笑："只怕说了，我们连朋友都没得做。而且，对方竟然是章和，真是冤家路窄。"

郭驰骂骂咧咧："不说憋死你啊？章和又如何？怎么能比得上你们之间的感情？"

吴伟看着魏海，拍了一下魏海的肩膀："你不说，永远不知道结果，就像我追求曲获时一样，你应当比我有自信的。"

我们讨论了半天，没有一个最终的答案。那天晚上，宿舍里被烟气和酒气充斥着，我们陪着魏海，骂骂咧咧，哭哭闹闹，在酒精中，忘却一切，沉沉睡去。

我在魏海身上同时看到了勇敢和怯懦，但在爱情面前，那些矛盾的情绪，又要如何评判对和错？然而，魏海对欧乐的情感，在我的心中，掀起了一股不小的情绪波浪。

第二天，我告诉了苏茉关于魏海和欧乐的故事。

她瞪着大大的眼睛，眼中氤氲着水雾，有些语无伦次："洛冰，好感动又好残忍，欧乐好幸福，魏海好可怜，欧乐难道不应该有知情权吗？我们是不是应该帮帮魏海？"

"我们国庆节去西郊爬山，让魏海邀请欧乐。"

接下来的两天，魏海都处于精神不振的状态，不是坐在电脑面前发呆，就是躺在床上，像一个病人。

国庆节前一天，看着胡子拉碴的魏海，我把手机丢到他面前："给欧乐打电话，我们明天一起去西郊爬山。"

魏海抬头看了看我，拿起手机翻来覆去，带着一丝犹豫，旁边的郭驰实在是看不下去了，夺过手机，找到了备注"小马达"，拨了过去。

魏海没有反应过来，想再次夺过去，电话已经接通："老魏，干吗？"欧乐欢快的声音传了过来。

魏海苦笑了一下，声音有些沙哑："明天去西郊爬山，一起去吧？"

欧乐顿了一下，良久："不行，老魏，我明天有约了，我恋爱了，改天带你们认识。"

"欧乐，魏海喜欢你，很喜欢你。"郭驰看着顿下来的魏海，看不下去了，大声说。

"嘟嘟……"魏海有些慌张，没有说话，直接挂断了电话。他嘴角带着一丝苦笑，将手机甩到了一边，有时候，看到和说出来，就差一个早就知道的答案。

"我没事儿，兄弟们，你们的好意我心领了，明天我们一起去玩儿。"魏海起身到卫生间，刮胡子的声音和马桶冲水的声音，在卫生间响动了一个小时左右。

第二天，郭驰带着成言，吴伟带着曲荻，我和苏茉还有魏海一起去西郊爬山，刮了胡子的魏海，很精神很帅气，只是照片里的眼神总是带着一丝低落。

也许，这就是生活，从没有想象和计划里的圆满。

"洛冰，我们一起努力，纵然无法做到圆满，也要做到幸福。"苏茉看着有些不开心的我，安慰说。

接下来，魏海似乎和平时没有什么不同，上课、吃饭、睡觉、打游戏，除了不再经常提欧乐了，玩笑也不再那么频繁。

之后的日子，我和苏茉每天的约会便多了一个话题就是帮助魏海物色女朋友。

"魏海为什么不告诉欧乐呢？"苏茉对魏海的沉默和放弃感觉到无法理解。

我也曾经想问魏海这个问题，后来渐渐明白，即便欧乐知道后又会怎么样？只会增加困扰和顾虑，我试着按照我的理解解释。

"可是爱情，不应该是努力争取和珍惜吗？他不问，怎么知道增加的会是烦恼呢？而且他确信，别人会比他更爱欧乐，对欧乐更好吗？"苏茉靠在我的肩膀上，反问我。

我一时语塞，也许苏茉说得对。

后来，苏茉宿舍的女孩子夏伊听说了魏海的事情，姑娘竟然春心荡漾起来，反追起魏海来了，每天下课之前，在我们教室门口等魏海。魏海起初并不以为意，拒绝了姑娘，没想到的是，姑娘竟然一连好几天都坚持来了。

"人的眼睛长在前面，是不是应该向前看呢？有个真心爱你、陪你的人不容易，是不是应该珍惜呢？"听说，忘掉旧爱的最好方式，就是结识新欢。我试着说服魏海。

魏海没有说话，抽了一口烟："冰哥，如果你是我，你会那么轻易忘记吗？"

我摇了摇头，我也不知道。那么多年的感情，友情升华到爱情，想要放下又谈何容易。

后来，我们也不再劝魏海，也许时间可以酝酿爱情，也可以淡忘伤痛。经历一些事情后，一切看似没什么不同。

这里冬季有些湿冷，有一些有经商头脑的同学在女生宿舍门口摆起地摊卖起了毛线，并且教大家变着花样儿织围巾，苏茉也凑到这阵围巾风里，织了两条红色的情侣围巾，要作为平安夜礼物送给我。

我在宿舍里苦思冥想，要回赠什么礼物才有新意。

"吴伟，你送什么礼物给曲荻？"我问吴伟。吴伟挠挠头，也不知道。

"郭驰呢？"我转过头问他。

郭驰叹了一口气："女人真是让人搞不懂，送花嫌俗，实用的又嫌弃没有新意。"

"看这个怎么样？"魏海开口，放大了显示器，我们三人看向屏幕。一个精致的小熊，在做着各种各样的动作，时不时地扭扭屁股，拍拍手，最后手里出现了一张卡片，卡片上是荧光显示着：Merry Christmas！

"这个不错，老魏从哪里找到的？"郭驰问。

"万能的淘宝啊。你们俩觉得怎么样？动物可以自选，最后卡片上的话可以自己换，喜欢的话，我就订四个。"魏海说道。

"嗯？四个？"我疑惑。

"夏伊送了我条围巾，我得回赠。我这单身狗被你们虐得够久了。"魏海说。

第十章　圆满意外伤别离

魏海接受了夏伊，我们哥几个由衷地替魏海感到高兴。

"夏伊也很勇敢好不好？而且夏伊那么好的姑娘，也是你家魏海赚到了。"苏茉眨着亮晶晶的眼睛说。

那时候，我们都对幸福充满了无限的憧憬，追求着生活的圆满。

平安夜的晚上，魏海和夏伊，吴伟和曲荻，郭驰和成言，还有我和苏茉，一起约好在家缘饭馆聚会。

老板娘穿着一件大红色的呢子衣服将我们请了进来。

饭馆里挂着很多五颜六色的气球，还加了大灯，映出了 Merry Christmas 的影像。门口的圣诞树上挂着彩球和很多已经被贴上的许愿卡，圣诞树旁边的桌子上放着一些便签和签字笔，这是圣诞节老板娘专门为顾客准备的。

"好漂亮。郭驰，我的圣诞礼物要是没有这位老板娘准备的精致的话，我就跟你分手，跟老板娘做知心姐妹。"成言嘟着嘴说。郭驰一时语塞，惹得我们大家都笑了起来。"你别闹了，肯定是个精致的礼物了。"

"待我们吃完饭也来许愿吧。"苏茉看着可爱的卡片。

"哈哈，就是。"曲荻应道。

夏伊看了魏海一眼，站在魏海身边没有说话。

我们几个依旧选了那个靠窗户的老座位坐了下来，窗外车水马龙，到处洋溢着圣诞节的热闹气氛。桌子上，摆着以"缘"为主题的饭菜，冒着腾腾的热气。

"想想，这是我们几个最圆满的一次聚会了，第一次，苏茉没在，第二次，魏海身边是空的，这次有了夏伊，圆桌子坐满了，祝福魏海和夏伊。"我举起手中的杯子。

远方的缘，也有家的味道。

"谢谢大家，我们会好好的，谢谢夏伊。"魏海和夏伊四目相对。

八个杯子在桌子上碰撞出了它的圆满和温暖。

那天晚上，我们聊了很多，从火车上和魏海的相遇，聊到了宿舍的那场打架，从吴伟对曲荻的告白，聊到了我和苏茉的相识相知，从郭驰和成言，再到魏海和夏伊，唯独没有提欧乐，生怕一不小心，会触碰到魏海的伤口。

夏伊很懂事，似乎在给魏海时间，一直在魏海身边轻笑着，没问太多。

"说来也巧，你看我们三个都认识，对成言也是相见恨晚，你们几个男人，真是赚了。"苏茉喝了一口果汁，分析说。

"有我们，你们也不赔啊。"说着吴伟走到老板娘那边，跟老板娘说了几句，然后拿出了四个包装精致的盒子。根据上面的名字，递给了我们三位男生。

我打开包装盒，是我帮助苏茉挑选的一只米色小松鼠，它眨巴着眼睛，张着嘴巴，声音从那两颗门牙里传了出来。"苏茉，你是一只可爱的小松鼠，我就是你要停靠的桐树，我们潇潇洒洒地过以后的日子。"最后一个横幅出现在小松鼠的手中，上面写着：Love sumo，Merry Christmas。苏茉看着小松鼠，咯咯笑了起来，靠在了我的怀里。

吴伟给曲获挑选的是一只小兔子，因为曲获最喜欢小兔子，小兔子也张开口，咯咯地笑起来："你是我的幸运兔，我是你的青青草。""那是我要吃你吗?""哦，是我养你。""好吧，我喜欢。"曲获看了吴伟一眼，笑着收下了礼物。

那边，成言正在捶打郭驰。"你什么眼光啊，怎么给我选了一只狐狸，还说像我，你才像狐狸呢。"郭驰连忙求饶："哪有，你看阿狸多可爱。我指的是像阿狸那样的可爱的狐狸。""这还差不多，看在这个狐狸这么可爱的份儿上，我收下了。"成言嘴上虽不饶人，可是眼中明明就盈着幸福的光。

魏海帮夏伊挑选的是一只憨态可掬的小熊："夏伊，你就像一只小熊一样，坚持打开我的心门，让我重新看到了幸福的阳光。"看着横幅上的 Thanks，give me more time，I will love totally，夏伊接过去，有些动容，对着魏海重重地点了点头。

每当想起那个晚上，我的心里都会盈满青春的幸福味道，我们一生都在追求完满，而青春的完满，在于我们各自遇到了一份属于自己的真诚爱情。

在离开饭馆的时候，我们每个人都选择了一张卡片，写下了自己的心愿，挂在了平安夜的那棵圣诞树上。

"希望我们每个人都可以得到自己完满的人生，桐树和小松鼠幸福地生活在一起。"落款：洛冰。

走出饭馆的时候，已经是晚上十点钟了，天空飘起了雪花，苏茉兴奋地捧起雪花，她回头看我，眼里闪着光："愿有岁月可回首，愿以情深共白头。"

多年后再回首，我苦笑一下，无论生活教给我们的是期待还是无奈，我依然对那一刻的美好，充满了感激。

那个晚上之后，我感觉到每个人都找到了自己幸福的轨道，那几天，宿舍里盈满的不再是惆怅的烟酒味，而是清爽的幸福味道。

过了圣诞节，便迎来了新的一年，放了假的我们邀请四位女生到我们宿舍打牌。

我用了一早上的时间，将脏床单洗了个遍，换上了干净的床单，魏海将泛着臭味的鞋子，放到屋顶上晒了一早上。"没想到，咱宿舍的桌子面如此锃亮，擦干净后还能照镜子呢。"郭驰边擦边看着桌子理了理自己的头发。吴伟则负责将地板拖干净。

做完这些，我们四个已经懒得动弹了："把那些脏衣服能藏的都藏起来，能掖的便不让它们漏出来。"

经过这种办法处理后，终于把原来的脏乱差稍稍提升了一个档次。

吃完午饭后，四个人来到了我们宿舍，苏茉进门，像首长视察似的，将我们宿舍扫视了一遍，指着上面的铺："洛冰，我不问也知道这是你的床。"

"你怎么知道？"我疑惑。

"看你枕边露着的那只脏袜子，还是我给你买的那双吧？"苏茉盯着我看，我不禁心虚一下，又为她的观察力暗暗叫绝。

"就知道你们是怎么收拾的。姐妹儿们，咱们上。"说着，四个人将枕头下、床铺下、卫生间里的脏衣服全都翻了出来，像扔罪证似的，摆到了宿舍中间。我们几个则像被找到了罪证的犯人似的，低着头傻笑着，一副恳请宽大处理的样子。

几人无奈地摇了摇头，打开洗衣机，分工合作，半个小时，便将我们攒了一个礼拜的衣服处理得干干净净。

我们四个人围坐在桌子边上，乐呵呵地看着眼前的场景，那一刻，我心中充满了冲动的渴望，我希望在未来的某一天，把苏茉的名字印在我家户口本上。

我想最美的幸福也不过如此，只是人生总是充满了太多的未知，没有人知道，幸福和意外哪个会先来。

"红桃 A，红桃 10，毙了。"

本以为 10 分可以手到擒来。

"怎么了？魏海，该你了。"此时的升级正打得热火朝天。

魏海却突然停了下来，发着呆，看着窗外，迟迟没有反应。

"怎么了，魏海？"我看着他的反应，感觉有些不对劲儿。我凑过去，楼下的场景再次令我刺眼。

欧乐。

她似乎和章和发生了什么争执，看起来情绪异常激动，章和好像不为所动，一脸的不耐烦，一个甩手便将欧乐甩到了一边，欧乐没有站稳，一个趔趄，摔倒在冰冷的水泥地上。

其他人不知道怎么回事，面面相觑，也不约而同地向楼下看去。

曾经，章和说，什么都看清楚的人并不是快乐的，魏海就属于那样子的人。没想到一语成谶，而第一个被我们看清的人竟然会是章和自己。

那时候，我突然有些讨厌那个可以将楼下场景一览无余的窗台了。有时候不看那么透彻，何尝不是一种幸福。

我担忧地看向魏海，他没说话，神情严肃，眉头紧锁，似乎在隐忍着。而在欧乐摔倒在地上的那一刻，魏海一脸的愠怒，内心的情绪似乎即将喷薄而出，他穿着拖鞋，连鞋子都没换，飞也似的向门口蹿去，我试着拦他，却被甩开了。

"魏海。"夏伊唤了一声，眼中含泪。魏海顿了一下，我分明看见，那握门把的手，紧了一下，手的关节分外清晰，他干涩的嘴唇似乎动了一下，然而只是一秒钟的时间，他头也没回地打开门，向外跑去。

幸福的建立，需要长时间的积累，然而平静的破坏，有时候只需要一秒钟。

我和郭驰、吴伟迅速换上鞋子，跟上魏海向楼下跑去，成言和曲荻随后也跟着下了楼，苏茉留在宿舍里陪伴着夏伊。

平时学校里有熙熙攘攘的人群，倒从没觉得空落，此时因为放假，学校里的人一下少了很多，感觉情境越发地萧瑟起来。

我们三人跑到楼下的时候，魏海已经和章和扭打在一起了，显然，章和不知道怎么回事儿，有些不明所以，旁边的欧乐穿着一件白色的羽绒服，坐在水泥地上，有些狼狈，好像无法起身，她的表情看上去很意外，在萧瑟的寒风中，越发显得苍白无力起来，我想起第一次见到的那个小马达，欧乐短时间内如此大的变化，让我有些惊讶。

我来不及多想，连忙过去拉开扭打在一起的魏海和章和。郭驰和吴伟也过来帮忙。

"你们别打了，欧乐晕倒了。"跑下楼的成言颤抖着声音大喊道。

曲荻则颤抖着手，打了120。

魏海听到后，停顿了下，就在此时，本来处于下风的章和踹了魏海一脚，魏海好像毫无察觉，向欧乐奔去。我拉住章和，郭驰和吴伟装作不经意的样子，用胳膊肘用力地揍了章和两下。

魏海抱起欧乐，甩掉了拖鞋，只穿着袜子向学校门口跑去。而身后，在欧乐摔倒的地方，留下了一大片触目惊心的血红。

最后成言和曲荻两个女生陪着魏海，一起送欧乐到了医院。

我和苏茉、吴伟、郭驰赶到医院的时候，欧乐正在手术中，魏海失神地靠在病房门口，他站在冰凉的地板上，没有鞋子却似乎毫不在意，被磨破的袜子里露出了有些通红的脚趾，郭驰忙将魏海的袜子和鞋子放到魏海的脚边。

魏海眨了眨微红的眼睛，过了半晌回过神来，低头看了看自己的脚，晦涩地笑了笑，坐在走廊的椅子上，慌乱却无力地换上了袜子和鞋子。

成言和曲荻起身，说了欧乐的一些情况，我大概猜到了一些，不禁为欧乐感到遗憾。

半个小时后，手术室门上的灯总算暗了下来，穿着白大褂的医生从里面走了出来，说："你们这些小男生小女生，真是的，一点都不知道自爱，也不知道爱惜女生，手术很成功，但愿不会留下后遗症。"医生看着魏海，摇摇头便走了。

魏海愤怒地大吼一声，手狠狠向墙上捶去。

欧乐躺在白色病床上，脸色苍白得和病房那白色的气息融为了一体，完全失掉了往日的神采，她睁着大大的眼睛，眼泪无声地流着，湿了枕头一大片。

三个女生坐在欧乐的旁边，一边安慰她一边帮她擦拭眼泪。

"欧乐，你个笨蛋，你脑子长到哪里了？"魏海冲着欧乐吼道，眼中满满都是心疼。欧乐看着魏海红红的眼睛，再也控制不住地失声痛哭起来。

第二天一早，我醒来的时候，苏茉、曲获和成言趴在欧乐的床边睡着了，郭驰和吴伟则在另一边的座椅上靠着，我找了一圈，独独没有看见魏海的身影，旁边的座椅上还有余温，拨打魏海的电话却被他挂断了，我心下一惊，我赶忙叫醒了郭驰和吴伟，向学校奔去。

我们直接向章和的宿舍奔去，赶到的时候，魏海正把章和压在身下，对他一顿狂揍，章和边反抗，嘴里似乎还念念有词。魏海抄起桌子上的饭盒要向章和脸上打去，"不要！"我一边大喊一边赶忙上前阻止。可是，还是晚了一步。

章和最后被赶来的值班宿管老师送到了医院，医院诊断，章和的鼻梁骨被打歪了3厘米，同时折了两根肋骨。

两天后，假期结束了，对我来说，迎来的是意外之后的伤离别。

魏海因为故意伤人，被章和起诉，章和爸爸在本地有些权势，最后还是由魏海爸妈出面，赔偿了一些钱，并托了关系才私了了这件事，但是学校迫于压力，魏海还是被开除了学籍。

在魏海离开前一天，我买了五箱啤酒，我们四个人喝得酩酊大醉。

郭驰喝醉后，哭得稀里哗啦，念叨着火星人的语言。

吴伟红着眼眶："魏海，你就逞一时之快，抛弃了我们这些哥们儿。"

来到这个学校，魏海是我认识的第一个同学，也是最有缘分的人，只是相见的时候，没人会想到，别离竟然会来得这么快。

"魏海，你记得火车上，咱俩第一次见吗？我永远忘不了，我们永远是哥们。"我看着魏海的眼睛，看着他强忍的泪水夺眶而出。

之后，我便没什么理智了，骂声、哭声、酒瓶撞击声，似在做着最后的告别仪式。

最后，我隐隐约约记得，魏海说："等我再是一条好汉了，来看你们。"后来这个诺言他迟迟没有兑现，还是我在旅行的时候，去看了他。

离别经年再相会，时光总是催人老。

离别容易，再见不易。

第二天，魏海在我们还没醒来的时候，便收拾好了行李，悄然离开了。

我睁开眼睛，看到室内一片狼藉，没了魏海的影子，我恍惚间，觉得像是做了一场梦。

魏海终究是过不了这个坎儿的，他不希望我们去送他，只是，来的时候不是一个人，即便提前离开了这条路，也不该一个人孤零零地离开。

十一点二十分。魏海是十二点的车票，我晃醒了郭驰和吴伟，我们三个人打车向车站赶去。

在赶到车站的时候，魏海正在检票，他回过头来看见我们，红着眼眶冲我们摆了摆手，走向了他的另一个人生。

而一时的躁动随着一个人的离开尘埃落定了。

章和伤好后，依然在纪律部做部长，只是拥有权利久了，人似乎就变了，虽然只是那微不足道的小权利。他身边总是换着不同的女孩，只是初见时的那个学长模样再也没有见过了。偶尔与之碰见，也只是礼貌性地点点头，仅此而已。

魏海走后，我们宿舍冷清了一段时间，只是几个人聚会也不会忘了叫上欧乐，只是初见时的那个小马达，在少了那个倾听和宠溺的人之后，经过了血色的洗礼，所有的微笑和欢乐似乎都带了几分苍白。

苏茉靠在我的怀里："洛冰，我们永远也不要变，好不好？"

"好。"我说。

青春的承诺在记忆里化为一缕清风，在意外的离别伤痛中，温暖了那样的岁月。

第十一章 你还记得你的理想吗

生活的脚步从不会为谁的离开而停留，魏海的离开也在终日的喜怒哀乐和学习的烦恼中渐渐被时光沉淀下来。

而我和苏苿在终日的相处和学习中，感情也逐渐浓厚，虽不再是初见时的心动和热烈，却也是在日日的相伴中，体会着平淡的甜蜜和温暖。偶尔的吵闹，在彼此的宽容和理解中，体验着我们彼此的情感。

时光最是不饶人的。

转眼大三下半学期开学了，经历了一个假期的分别，我和苏苿刚到学校，便在我们宿舍楼下互诉着一个月的离别之苦。

"洛冰，快要大四了呢，我们是不是应该为未来早做打算了呢？"苏苿带着一脸的认真。

我想了想，现在的我，只是打算稳稳地混完大学生活，拿到一个本科毕业证，就这样度过我以后的人生。

"欸，洛冰，你的信。还是清华大学来的。"宿管师傅刚好过来，看见我，递给了我一封信。

我和苏苿对视一眼，这个年头，谁还会写信？还是清华大学的？

我疑惑地打开信封。

"苏茉，是魏海的！"我惊叫道。

魏海自从离开后，QQ再没上过线，手机号也经常不通，渐渐淡出了我们的世界，我起初无法理解，无数次暗骂这个不够意思的家伙。苏茉问我，如果我是魏海我会怎么做，我想了想，那样的低落，的确不容易过得去，便唯有深深把祝福寄给那个曾经的兄弟。

魏海的字没变，信中讲述了他回到老家后的情况。

冰哥，还记得我吗？我是魏海。很抱歉这么久没有和你们联系，没办法，有些痛苦需要自己一个人承受。

离开学校之后，我抑郁了很长一段时间，我从一个学霸沦为在家吃闲饭的人，一个让人失望的人，而大学的情感起伏，让我无法开始新的生活，我无法从那种消极的情绪中走出来，我封闭了自己。直到暑假的时候，欧乐回到家来看我，她长大了，也成熟了。

我从欧乐口中得知，你们都过得不错，我很欣慰。

然后，我们一起去了我们高中的母校，欧乐带着我，找到我们曾经的座位，而那个熟悉的座位旁边，刻着曾经的那句话。"清华大学，魏海的理想。"

那一刻，我清醒了，我找到了自己本来的理想，过了那个夏天，我重新回到了我的高中，向着我本来的理想进发，我一个高五年龄的人，过了一年高四生活，如今，我入学清华大学中文系半年了，一切都稳定了下来。

人有时候难免走弯路，可是，我从不后悔，两年前做的那个决定，不只是因为欧乐，还因为你们，你们这些兄弟，让我对那时候依然充满感激。

我的理想实现了，兄弟在这里也真诚地祝福大家的理想可以实现……

挂念你们的魏海

我和苏茉一起看完了魏海的信，心情久久不能平静下来。我打心眼里替魏海感到开心。

"洛冰，你还记得你最初的理想吗?"苏茉看着我。

我想了想，扯了扯嘴角，苦笑道："我曾经的理想是陕师大。现在好像无法实现了。"

"谁说不可以的，我们可以考陕西师范大学的研究生啊。"苏茉眨眨眼睛，一脸的认真。

我惊讶地看着苏茉。

考研之前我是完全没有想过的，在苏茉提出来的时候，我是有一点犹豫的。第一，我对自己不是特别的有信心，我连师大的本科都没考上，考研对我来说绝不是一件轻松的事情;第二，考研意味着我的大学生活要在书堆题海中度过，这不是我想要的生活。这三年的大学生活虽然按部就班，但是大学的课程毕竟不是那么紧张的，现在又要进入如高三那样一个紧张的学习状态中，这是我很难接受的。

可是苏茉对这个想法却表现出出乎意料的兴趣，她一股脑地跟我说了很多关于考研的事情，我听得一愣一愣的，可以看得出来苏茉是非常想要考研的，而她对考研这件事情，之前一定下了很大的功夫做调研。

在此之后，我觉得我给自己挖了一个坑。

在清晨，天色还未真正地明朗起来的时候，枕畔的手机忽然响起来，蒙眬着睡眼，伸手摸索："喂？"嗓子在这时候，也显得火辣辣的痛。

"喂？"苏茉轻轻地问着，"你醒了吗？"

我呵呵一下，继续在床上闭着眼睛，想象着那边的苏茉的模样："本来是没醒，但是现在醒了，怎么了？起这么早？"

苏茉清清嗓子："我们今天就要开始好好地学习了。"

我在心里哀号一声：果然，自作孽，不可活。魏海，你下次写信千万别跟我谈理想。

吴伟这时候也醒了，揉着眼睛："怎么了？怎么起那么早？"看着正在穿裤子的我，吴伟问道。我苦笑着指指手机："你嫂子喊呢。"

吴伟笑着调侃："你们这也太恩爱了吧，这大清早的。"我摇摇头："说什么屁话，我们是那种只顾风花雪月的人吗？我这是去学习，学习，知道吗？"

吴伟正好在喝水，直接被呛到："咳咳，哥，还是你，真文艺。"我拨拨头发："昨天魏海的信你还记得吧？说起理想来了，然后我说我本来想考师大，结果你嫂子说考研是实现理想的途径，然后你嫂子就认真了，非要计划考研，这媳妇考研，我能不跟着吗？我这学习成绩你也不是不知道，你嫂子说是帮我补补。"

吴伟忽然一本正经起来："哥，你得好好学，不能辜负了嫂子。"我推推他的肩膀："还用你说？"说完赶紧钻进洗手间，洗漱完了之后飞快地往楼下跑，等我跑到地方的时候，苏茉已经在了。

这已经是入春的季节，树上的枝干裸露着，依然萧条，个别的已经开始发芽，露出一点点的莹绿，苏茉坐在校园的长凳上，手里捧着一本书，身上穿的白色的长大衣，与乌黑垂直的头发形成鲜明的对比。

苏茉不是一个形貌特别出众的女子，不是倾国倾城、妖艳惑人，但是只要她站在那里，就能让你静下心来，"小家碧玉"四字来形容她，最贴切不过了。

这就是苏茉。

我慢慢地走过去，绕到她身后，轻轻地用手覆住她的眼睛，将头埋在她的颈间："猜我是谁？"苏茉无奈地笑笑，说："别闹了，洛冰。"我把手放下，趁她不注意的时候，在侧脸上留下一个轻轻的吻。

这就是属于我们之间的小甜蜜，小幸福。

苏茉推推我："你别闹。"说完指指身边长凳上的书，"你也拿着看吧，我看了你的成绩，你的英语是很好的，但是还是要加强巩固，我这里有一份学习计划表。"苏茉从身边的包里掏出来一张纸，上面写满了密密麻麻的小字，随手指给我看："咱们除了平常上课的时间，还有很多的空余，我们可以利用这些时间来好好复习，早晨的时间是不能错过的，英语我们要拿到的是六级的证书，所以把早上所有的时间都用来学习英语，在晚上的时候我们还是好好地复习我们自己的专业课，你看这样行吗？"

我皱着眉，尽量地让自己的语气缓和一下："苏茉，你不觉得我们这样赶时间会有点紧吗？我们真的就没有一点休息的时间了，在大学的最后一年里我们真的要这样紧巴巴地度过吗？"

苏茉看看自己手中的纸，这份计划全部是关于学习的，没有一点的时间留给我们自己，她皱着眉："怎么会？我们在吃饭的时间就算是休息了啊。"

我摸着苏茉的头："咱们不能这样，这样的大学生活实在是太没意思。"苏茉想说话，我直接打断，"苏茉，你先听我说，我知道你是一个认真的女孩，不管做任何的事情，都有自己的想法，而且是拼尽全力地去做好，但是你想想我，我在我的家庭里已经生活了二十几年，我的生活习惯也已经开始慢慢地养成，所以我没有办法一下子把自己带入这样紧张的学习氛围之中，我可以为了你好好地学习，努力地考研，但是如果是这样的计划我怕我坚持不下来，这计划要改。"

苏茉看看我的样子，没有说话，只是眼泪在眼眶中打转，我伸手想要擦掉泪珠，但是她却将我的手推开，举着自己手中的那张纸："你知道为了这个计划，我想了多长时间吗？你的学习成绩是什么样的，你自己不知道吗？你的英语是好，四级也就撑死了，但是其他的呢？咱们的专业你来到这儿之后，你学了多少？你自己不知道吗？这些全部都是为你准备的，为我们共同的理想准备的，考研不是轻轻松松一句话就能完成的事情，你想想现在的大学，你是怎么考上的？勉勉强强，要是现在考研，你觉得你自己真的能考得上吗？"

我知道苏茉是个倔强的人，她这一切计划都是为我做的，心里虽然不满，但是我知道她是关心我的，为了我好。

我呼出一口气："我知道了，我原来不知道，你是这样想的，你应该说出来的，但是苏茉，我还是要坚持我的看法，咱们不能那么紧，至少要抽出一点时间来让我们两个人轻松独处一下吧？"

在考研学习这方面我们产生了分歧，在我生活的环境里，我从来没有这样紧迫地逼过自己，但是苏茉刚才的计划，那紧锣密鼓的态势，是真的将我砸得晕头转向。

苏茉看看我："这件事随你，你决定好了再来找我。"苏茉离开了，在那一刻，我是有后悔的。

回到宿舍，手里拿着那份计划，我真是有些很无奈，我不是一个喜欢逆来顺受的人，或者说我是一个稍微有点大男子主义的人，我希望我的女人能够站在我的身后，我为她遮风挡雨，而不是让我自己的女人站在我的身前。

在拘束中的生活不是我想要的，学习可以，考研可以，但是不要计划。

"冰哥，这是怎么了？还没学一会儿呢，怎么就回来了？"吴伟洗漱完毕，从卫生间里走出来。

我抖了抖手里的作息表："你嫂子制定的，这是要我小命的节奏啊。完全没有休息时间，我觉得我大学能这么努力已经是个奇迹了，跟你嫂子这计划一比，根本就是小巫见大巫。"

吴伟接过去，看了看："你真幸福，冰哥，嫂子真是全心为你啊。"

"我知道你嫂子是为了我好，可是我压力山大啊。"我倒在床上，很无奈。

"冰哥，这件事，我站在嫂子那一边，我们大家都快毕业了。昨天我妈妈还给我打电话，问我未来有什么打算，我上大学花了家里很多钱，虽然助学贷款了，但是压力也很大，所以，我的理想就是快点找份好工作，然后让我家人都过得好一点，也让曲荻跟着我不会受委屈。所以嫂子的想法很负责，也很对，而且一心为你的理想考虑，真是很难得的，冰哥，我们时间真的不多了。"吴伟端着水杯，一脸严肃。

我拿起单子认认真真地看了一遍，是啊，我只是一句话，苏茉便奋不顾身地计划要陪伴我，陪伴我去我梦寐以求的大学读研究生，这是何其难得的事情。

曾经，我也为我的理想，日夜拼搏过，只是从小没有受过苦的我，是那样缺少危机感，而在时间的流逝中，时光让我学会了接受现实，却没有坚定地要去乘风破浪一场，而苏茉带给我的不就是乘风破浪的机会吗？而青春不去乘风破浪，难道要在安逸中让理想死亡吗？

我想起了魏海的信，吴伟的话也在我的耳边回响，而我的苏茉，是不是还在原地等我，要陪我一起去为理想奋斗呢？

也许我只是不想让我的女人为我安排一切。我在心里嘲笑鄙视了一下自己，迅速起身，向门外奔去。

"冰哥，加油。"身后响起了吴伟的鼓励。

我到小树林的时候，苏茉果然没有走，她在小树林里，我们常坐的那个凳子上，安静地看着书。好看的侧颜，看起来有些失落。

我过去，坐在苏茉身边，将她揽在我的怀里。

苏茉抬头看我，合上书，嘟起她的嘴巴，在阳光下，很是可爱："你想好了？"

"苏茉，我知道你是为了我们好，我原以为你是太心急，如今想来，我们的时间真的不多了，这次我听你的，我们一起为我们的理想奋斗，但是，亲爱的，我希望，凡事是我挡在我女朋友的身前，而不是让你为我承担和安排。"

苏茉捶打一下我："洛冰，那我以后等你挡在我身前。"

"好啊，苏茉同学，那我们开始学习吧。"

我们的嬉笑声和读书声，在小树林里回荡，记录着我们青春里，为理想奋斗的身影，而每当想起那时的时光，我的心里都是满满的感激。

我们的课程还是那些，没有增多也没有减少，唯独多的就是每天早上在小树林里都会响起英语的对话声，或者是普通话的练习。

第二天苏茉打电话喊我起床，我们到了地方天色还没有完全放亮，我们就是这样在大家的睡梦中学习，直到晨曦升起，当时的时光是快乐的，我能在每天早上太阳升起的时候，看到那一缕阳光，照在苏茉的脸上，柔和，温暖，肤如凝脂。

苏茉有时候会靠在我的怀里，笑着告诉我："你知道吗洛冰，你有时候真的很大男子主义！"我笑着回她："因为，我以后会是一家之主啊。"

苏茉皱着鼻子，闷声闷气地说："你不知道吗？歌德在《浮士德》第五幕的最后一章歌颂的是女性的伟大，他说'永恒女性自如常，接引我们向上'，记住没?"

我拉着她的手，认真地说："记住了。"

甜蜜不是语言堆砌的。

在生活中，从表面看，男人很刚强，但是男人有时候也像玻璃，也很脆弱，刚有余而柔不足。

都说是以柔克刚，而女性正好拥有的就是柔软之力，真正强大的力量是由内而外的，或许有时候女性比男性更坚强。

而我的苏茉就是这样。

温柔的一句话可以让干枯的心灵瞬间恢复勃勃生机。

在我以后的人生道路上，苏茉一直都是在我身边鼓励我的人，在我身边自始至终都在支持和鼓励我的人，苏茉对于我来说，不仅仅是爱情上的伴侣，也是精神上的伴侣。

得妇如此，夫复何求。

时间飞快地从指间滑过，我们的生活方式也慢慢地改变，大概就是食堂、寝室、图书馆、小树林，这就是我们常待的几个地方。

但是和苏茉在一起的日子，总是过得很快，虽然在学习的时候，苏茉还是会恨铁不成钢地拿着尺子敲我的头，但总是有幸福和甜蜜在里面。

第十二章　青春告别时

季节的更替遵循着自然规律迎来了寒冷的冬季，经过几个月的坚持，研究生的考试也如期而至。

犹记得，上一次的大考，还是高考的时候，考完后的我带着浓烈的小情绪，在那棵老槐树下，定格了青春伊始的小剪影。

一转眼已经快四年过去了。

经过极其"残酷"的作息训练后，面对研究生的考试，依然如同军队作战前的整装待发，大家紧锣密鼓地在做着最后的知识巩固。

这天的天气还是很不错的，太阳在云里躲了几天后，终于在天空中张扬起来，我和苏茉站在一棵梧桐树下，伴着飞舞的落叶，看完了我们自己总结出的小知识点，而经过半年"训练"的我们，带着我们点点滴滴的努力，四目相对，像平时复习时那般，互相鼓励。

"洛冰，加油！"

"苏茉，加油！"

我们深呼一口气，相拥击掌，是战友，是同盟，也是恋人，我们带着如日头般热切的期盼和为理想一搏的信念，向着各自的考场走去。

那一刻的心情，我意外地没有特别紧张，只是那一年中，我和苏茉之间的点点滴滴在脑海中回放着，那份喜怒哀乐不再是少年时的懵懂情绪和自以为是的轻狂态度，更多的是为理想努力后的那种淡然的心态，也因为这一年中的拼搏，多了一份尽人事听天命的豁达。

"苏茉，如果我们都考上了陕师大的研究生，我们就一起去我们喜欢的古城旅行。"

"好，一言为定。"

在疲惫无望的时候，那样的约定和目标一直激励着我们彼此前进。

我双手合十，为我们两个人祈祷，在进考场的最后一刻，转身意外地看到双手合十也看向我的苏茉，我们两个人的视线一直延伸，延伸到再也看不见彼此。而那一刻，感动和动力一齐涌上心头。

相濡以沫，共同拼搏，我想我们做到了。

在试卷发下来的那一刻，我是自信的，那是全力以赴后所积累的幸运和能量，我怀着感激的心情进行着一场向来不喜的考试。

出了考场后，我和苏茉相视一笑，谁也没有提关于考试的任何事情，我们两个就像翻身农奴般激动地拥抱在一起，然后向家缘饭馆走去。

家缘饭馆经过三年的发展，现在已经成了学校附近最受欢迎的一家饭馆，而我和苏茉也和老板及老板娘十分熟悉了。

"洛冰、苏茉来了，还是老样儿？"老板走过来问，老板娘似乎没在店里，这倒是一件很奇怪的事情。

"林姐没在呢？"苏茉好奇地说。

"林姐今天有事情，我没让她来。"林老板脸色似乎暗淡了一下。

我和苏茉没再追问，两人相视一笑，等菜上来后，开始大快朵颐。

我们走出饭馆，一起相依，向着学校走去。

"快毕业了，不知道以后还有没有机会来这家饭馆吃饭呢？"苏茉突然有点惆怅，回头看着渐渐淡出视线的饭馆，一脸的不舍。

"是啊，没关系，还有几个月的时间呢，我们多来这里，带着更多的回忆和美好，告别这里，好吗？"我看着苏茉的眼神，心疼地揉了揉她的头发。

她笑着点了点头："洛冰，谢谢你。"

我此时很感激，感谢命运，感谢有你，感谢那些曾经的曾经。

大四下半年的时候，有的同学为考研的成绩而紧张，而其他不考研的同学便都热火朝天地为应聘和毕业论文准备着。

我和苏茉在等待考研成绩的那个寒假都没有回家，各自找了一家公司，开始了实习的生活，也为自己的未来做着两手准备，毕竟理想虽然是丰满的，但是也不得不要多去考虑一下骨感的现实。

郭驰和吴伟、曲获和成言，这两对情侣也达成一致，决定早早地投入新中国的建设，在大四刚开学，在我和苏茉奋力考研的时候，纷纷着手应聘的事情，如今都在我们学校所在的城市，找了与各自专业相关的工作，开始为未来做打算。

我和苏茉在工作之余，下班回来后，在我们相约的小树林里，继续学习英语，同时要为我们的复试做准备，只不过更多的是口语和英文交流。

"洛冰，我们要把我们的英语练到去国外旅行都不需要翻译的地步。"苏茉戏言。

后来，我去过很多个国家旅行，每次到一个新的地方，都会想起苏茉说过的这句话，回忆里，总有一些无法让人忘怀的场景，那些经年累月刻在骨子里的情感和记忆。

在初试成绩出来的那天，我还在实习公司里，忙着处理一个客户的技术问题，那是一个很难缠的客户，他要求颇多而且诸多挑剔，我在实习的实践中，也感受着职场的诸多不易，同时自己也在不同的经历中成长着。

我下班时接到苏茉的电话后，便匆匆赶往了我们在学校的"基地"。

此时，已是初春季节，万物已有复苏的迹象，那些无精打采的树枝，在除旧迎新中渐渐地蒙上了一层新绿，小池塘也渐渐恢复生机，有了潺潺的流水。

苏茉像往常一样，坐在我们平时相约的那张凳子上，她穿着一件米黄色的大衣，低着头，似乎在沉思，似乎在憧憬，我瞬间想起，我们在那里相处的每时每刻，从大一开始到现在，彼此的成长和变化，都在彼此眼里和心里。

苏茉从原来的及腰长发变成了齐耳短发，如今经过年岁，又变成了齐肩的中长发。我们都成长了，也有了或多或少的变化，庆幸的是，我们的心还是最初的模样。那一刻，在春风的吹拂下，恍惚间，好像还是刚相识时的时光。

我像起初那样，蹑手蹑脚地绕到苏茉的身后，抬手蒙上了她的眼睛。

"猜猜我是谁？"我故意压着嗓子。

"洛冰，这么久的游戏，你还真是乐此不疲。"苏茉笑着拿开我的手，转身拍了我的肩膀。

"因为是你，所以不厌。"我看着苏茉的眼睛认真说道。

"虽然现在我听脚步声都可以分辨出来是你，但是如果你喜欢，我勉为其难，陪你玩这个幼稚的游戏吧。"苏茉看着我，一脸的坏笑。

我抱住她，嬉闹的声音在小树林中回响。

玩闹了一会儿，我们坐在凳子上，苏茉一脸的鬼笑，从包里拿出两张似乎刚打印出来的 A4 纸张递到我的手中。然后她转身，认真地盯着我看，我被她一时的严肃给唬住了，一脸的狐疑，满眼的担忧。突然她一把抱住我的脖子，一声喜悦的尖叫声打破了片刻之前的静寂。

"洛冰，我们初试过了，过了分数线了。"

"真的吗？"我接过苏茉递过来的两张成绩单，我们高出了全国分数线 50 多分呢。

"洛冰，你可以实现你的梦想了。"苏茉激动地看着我，眼中含着泪花。

"不，是我们两个的梦想。"我擦干苏茉眼中的泪水，紧紧将她抱在了我的怀里。

那一刻的喜悦，是我永生难忘的，我真切地感受到了全力以赴后的那份激动，那样的心情，如同海潮涌向海滩，那样的畅快，那样的没有顾忌，那样的汹涌澎湃，击打在我的内心深处，更令我激动的是，我身边那个一直鼓励我，我深爱的姑娘，因为她，我才有了无悔的青春。

"冰哥、嫂子，你们加油，等你们好消息。"第二个周末，我和苏茉接到复试的通知，要提前去西安准备研究生复试。郭驰和成言，吴伟和曲荻，趁着周末一起来火车站送我们。

我们向他们摆摆手，向列车走去，一瞬间有一种提早分别的错觉，而分别在青春中，纵然是走向新生活，也总是带着一丝不舍的哀愁。

我和苏茉找到我们的座位坐下，本来我要买卧铺的，可是苏茉却坚决要买硬座，她说："洛冰，你来的时候，是坐硬座来的，我们也可以再次坐硬座回去，可以省下钱去准备我们的毕业旅行。"

有妇如此，夫复何求？只是这样的苏茉总是让我心疼，我想，我一定要用我的余生，让她过上幸福的生活。

"总算带你去我的家乡了，是不是顺便带你去见见未来公婆啊？"我理了理情绪，看着苏茉。

"啊，是不是太快了呢？"苏茉带着一丝惊讶，脸也羞红了，一边捂着她发热的脸，一边慌乱地跟我说道。

"丑媳妇总要见公婆的呢。"我打趣。

"你说谁丑？"苏茉噘起嘴巴，威胁地看向我。

我缴械投降。

"洛冰，我怕见了你爸妈，我一紧张，研究生的考题全忘光了怎么办？"过了一会儿，苏茉转身看着我。

"好，那这次，我们不告诉我爸妈，等我们被研究生录取后，我再正式带你去拜访。"我看着苏茉，苏茉认真地点了点头。

我知道苏茉的心意，她希望，以一个更全新的心态去做最好的表现。

我找了距离师大不远的一个宾馆，在那里预定了一个双人标间。

"苏茉，我爱你。"我抱着怀里的她。

"我也爱你，洛冰。"她把头靠在我的胸口上。

我和苏茉相恋四年，但是从未越过那一道界限，我们恪守真爱彼此的原则，幸福要留在最美的那一刻。那时，我便在憧憬我们婚礼的场景了，我想，苏茉穿上婚纱一定很美。那一晚我笑着睡着了。

在研究生的复试中，我十分感激那些伴着太阳升起的黎明早晨，那些声声在小树林响起的英文字符，那些通通化为理想努力的声音，在复试中，变为流利的游刃有余的对答和导师满意的笑脸。

我和苏茉复试完毕后，作为东道主的我带着苏茉转了大雁塔，登上了西安的古城墙，我们游走在西安的小吃一条街上，去了我最爱的那家包子店。

因为毕业在即，时间紧迫，我们只在西安停留了一天时间，便匆匆上了回学校的列车。

我想下一次，再来西安，一定要跟那个女孩讲我所有的故事。然后，在西安给我们彼此安一个家。西安，等我们回来。我回首看着古城墙，看着身边的苏茉，心想道。

在回到学校后，我们全心准备着最后的毕业论文和答辩。在不久后的一天早晨，苏茉给我打了一个电话，让我赶紧下楼，我急匆匆地趿着拖鞋奔到楼下时，苏茉也恰好狂奔了过来，她弯着腰，捂着肚子，喘着粗气，抬起手，远远地向我摆摆手里的两封邮件。

我拍了拍苏茉的背，打趣道："你逃难吗？"

苏茉还没缓过气来，她没有理我，示意我先打开邮件，我带着一丝忐忑和探究，打开了手里的邮件。

是陕西师范大学的研究生录取通知书，我和苏茉同时被录取了！

我们的愿望实现了。

那一刻，喜悦在我的血液里狂奔，冲向我的心脏，布满我每一个细胞，化为一声低吼，在宿舍楼下的空气中回荡，我激动地拥抱住苏茉，而苏茉的眼泪已经夺眶而出。

"怎么了，冰哥？"吴伟惺忪着睡眼，在宿舍窗户边，冲着楼下的我喊。

我向楼上的他们，甩了甩手里的两张录取通知单，空气中都充斥着最甜美的味道，那时候，我觉得我站到了我心里最骄傲的那个位置。后来，即便取得了更多成就的时候，我依然会怀念那一刻，我真正地学会了怎样去成功的最初的样子。

后来，在我站在毕业答辩的讲台上时，我的内心充满了自信和勇气，这就是全力以赴后，上帝所给人的恩赐。

后来，我告诉过很多人，当你有你想要的目标时，不要徘徊，不要犹豫，尽管奔着目标全力以赴。

如果，你依然觉得有阻碍，就去寻找一份真诚而努力的爱情吧。

毕业答辩后，大学生活也到了它的尾声，离别也进入了倒计时。我和苏茉，吴伟和曲荻，郭驰和成言，我们六个人先来到了家缘饭馆，欧乐和她宿舍的姐妹在一起，说一会儿来。还是靠窗的老位置，空调在另一边呼呼作响，每一个桌子都挂着牌号，似乎都已经被预订了。

我们点了菜，每个人脸上都带着一丝不一样的情绪，或是感叹时光的不留情，或是写着密密麻麻的不舍的小情绪。

"我们第一次来这里，还是在我带成言跟大家见面的时候，那还是在四年前呢。如今，就要离开了呢。"郭驰开口，难得的认真。

"是啊，我还记得接下来的那个圣诞节，我们在老板娘精心准备的那棵圣诞树旁许下的心愿呢。"成言似乎受到了郭驰的影响，有些感伤。

"好了，大家不要感伤了，郭驰你赚了，来的时候一个人，走的时候两个人。而我和曲荻，打算留在这个城市了，我们打算在这里打拼出属于自己的一片天，大家什么时候想回来了，就随时看我们啊。"吴伟笑着说。

"就是，大家想吃这里的菜了，或者是想看哪里的景儿了，我和吴伟备好，给大家邮过去就是了。"曲荻也夫唱妇随。

对于吴伟的这个决定，我有些意外，但是也真心为他们两个高兴，吴伟不是本地人，而曲荻是本地人，而且是独生女，所以曲荻不想离开这里。而郭驰是独生子，成言虽是郭驰的半个老乡，却也心甘情愿地跟着郭驰去他老家奋斗。

很多人说，大学的爱情，大多夭折在毕业季，也许是因为没有领会到爱情的成全，有时候是需要牺牲的。

呵，我忘了，爱情的成全，有时候，还需要命运。

"一时的别离又不是永别，现在通讯和交通都很方便，所以大家多走动，我和苏茉随时在西安欢迎大家。"我说。

"古城西安还是很有韵味的，我就被洛冰给拐了。"苏茉开玩笑附和。

大家都哈哈大笑起来。

"不管怎样，大家都要好好的，干杯!"六个杯子，一起碰撞出对过去的不舍和对未来的期待。

接下来我们聊了很多，四年中的点点滴滴，有身边的他，有考试，有老师，还有魏海。

那些回忆在脑海中浮现，混合着酒装进了肚子里，变为最不舍的回忆，将其打包，放在了心里最深的地方。

酒过三巡后，我们三个男生已经微醺，醉话在周围回荡着。

"我洛冰，最感激的便是，遇到你们，遇到苏茉。"我隐约记得，这些含糊的酒后真言。

吴伟一杯接着一杯喝酒，而郭驰后来竟无厘头地哭了起来，几个人劝都劝不住。

后来三个女生，便不再过问，由得我们胡闹，由得我们发泄。

而四周也早已经熙熙攘攘的，大都是我们学校的学生，哭着笑着闹着，在我们的青春告别时。

第十三章　那天的别离，那一段旅程

不知过了多久后，欧乐赶了过来，当时的我，已经和郭驰、吴伟醉在酒精和回忆里，那残存的理智让我依稀记得，欧乐依旧是一脸的灿烂笑容，就像魏海第一次带她来见我们时一模一样。

苏茉的脸模糊地在我面前晃，她递给我一杯茶，我一饮而尽，摇摇头尽量让自己清醒一些。

本来几个人闹着笑着喝着，一切都是那样和谐和美好，就在这时，和我相邻桌子的另一边，来了一个人，走到了我们桌子边，给我们几个还有理智的人带来了无尽的静默。

"怎么，不欢迎我吗?"

我和郭驰、吴伟还在划拳，苏茉碰了碰我，我回过头来，酒精的作用也涌上头来，隐约中看见章和的轮廓在我眼前模糊地浮现，而欧乐低垂的眼眸中，似乎依然隐忍着一种哀伤。

"哟，这不是章师哥吗? 还记得我们呢? 请坐，喝两杯。"吴伟是我们三个男生中比较清醒的一个。

章和比我们大一届，但是他一心想留在学校做老师。当他毕业的时候，因为之前的事情，产生了一些不良影响，也因此在留校上产生了一些阻力，后来据说是他的爸爸花了不少钱，才将这件事情帮他定下来，加之后来我们几个和欧乐走得近，也从没给过他好脸色，所以，他一直对我们心有怨恨。而章和在学校的花边新闻也从未间断过。

此时，即便是我们喝了不少酒，彼此之间对峙的气场依然在心中升腾起来。

仔细想想，这一路走来，遇到了很多人。第一次在宿舍和郭驰打架，遇到章和的情景也不禁浮现，曾经，那个让我钦佩的学长，也在权力里，在别人的恭维声中，成为后来那个我不再熟悉的人，就像现在站在我眼前的，那个西装革履的模糊身影，也只剩下反感和陌生。

章和冷笑了一下："不错嘛，都过得不错啊。"

他说完，轻蔑地瞥了一眼旁边的欧乐。

"是啊，托章师哥的福，现在魏海在清华大学读书呢，冰哥和嫂子也考上了名校的研究生呢。我们都挺好的，欧乐也挺好的。"吴伟看着章和，皮笑肉不笑地说。

章和的嘴角抽搐了一下，看着我，我冷笑着，目光已在酒精的蚕食下渐渐呆滞，这时，郭驰上前："章师哥，我们也是相识一场，来，喝一杯。"踉踉跄跄地走过去，打算给他斟酒。

这时，欧乐起身，走到章和面前，瞪了他一眼，接过郭驰手中的酒瓶，斟满，递到了章和面前："章和，马有失足的时候，人有瞎眼的时候，不过，我也是感激你给我上了一课呢。"

章和冷哼一声，转着看了我们一圈，目光突然停在了我和苏茉脸上。那时，我已经失去了思想和理智，只模糊地看到他的嘴巴一张一合说着什么，笑得阴森而诡谲。

接着，郭驰好像骂了他一句什么，还想追过去，吴伟和成言拦住了醉醺醺的郭驰，章和似乎顿了一下，没有停留，背影隐约中带着一丝得意。

而苏茉看着我，脸上却意外地出现了一丝哀伤，我傻笑着看着她："谁欺负你了？"我想用手擦去她脸上意外出现的水滴，却抬不起手来，接着便醉趴在了桌子上。

第二天大早，我从睡梦中醒来，头痛得厉害。昨晚的情景有点模糊，只是依稀记得章和突然来了一趟，后来发生了什么，实在想不起来，我揉了揉太阳穴便下了床。甩了甩脑袋，努力将不知名的不快甩到了一边。

我简单洗漱了一下，想起我和苏茉接下来旅行的约定，心里一下畅快了起来，不觉哼起了小曲。

中午，我们几个人相约去了经常去的那家食堂，那些经常被我吐槽的菜，此时吃到嘴里，却异常香了。

我和苏茉成为我们几个人中最早离校的。

苏茉一直地沉默着，似乎打不起精神，许是离别在心里酿起了哀愁吧。

我们几人吃完饭后，出了食堂，带着相机一步步地走在曾经走过四年的校园小路上，一行行的柳树在夏日里神采奕奕，杨树也挺直腰身，在风中沙沙作响。而学校最有特色的花圃里也十分热闹，紫色的薰衣草、白色的丁香花，还有各种颜色的海棠花，美丽得十分惹眼。

我举着相机在学校里取景，带着过往，拍下了曾经。

"冰哥，来，把相机给我，你和嫂子站在花圃后面来一张。"郭驰拿过相机，将我和苏茉推到一起，选了一个好的位置。

"苏茉，笑笑。"曲荻笑着说。

我从抽屉里拿出这张我保存了好久的照片，下面便是我们六个人的照片，在学校门口拍的，照片过了好久，我用玻璃框镶了起来，但还是有些微微泛黄，那些事情，似乎走得好远，似乎又像发生在昨天，这就是记忆的神奇之处。

"同学，帮我们六个拍一张照片。"我将相机递给身边的学弟。将学校逛了一遍后，我们最终取景在学校大门前。那个我曾经引以为耻的地方，后来却成了我心中深深的眷恋。

下午六点，我和苏茉踏上了南下的火车。郭驰和吴伟，曲荻和成言买了站台票，一直送我们上了火车，我们互相摆手，随着火车启动，视线渐渐延伸，延伸成回忆里朝夕相处和曾经相伴的一幕幕，此刻，我深深地体会到了离别的滋味。

它不是我来时的感受，因为来的时候，我知道还会回去。可是此次一别，我不知道归途将会在何时，这个记录我青春悲喜的地方，这个有我们友谊的地方。

苏茉始终是一副恹恹的样子，提不起精神。当挥完离别的手，苏茉似乎再也忍耐不住地哭了出来，我将她的头靠在我的肩上。苏茉是个坚强的人，这四年来，在我们最艰难的时候，也从未见她哭得这么伤心，我一时有些不知所措，只能紧紧地把她拥在我的怀里。

过了良久，苏茉抬起头，泪眼婆娑地问我："洛冰，你对我们的爱情，认真的程度有多少？是百分之多少呢？"

对苏茉的问题，我有些摸不到头脑，甚至有些羞恼的成分在里面，难道她不明白我的心吗？

这份爱情，有我之前从未有过的悸动和体验，经过四年的磨合，已经渗进了我的骨血里。而其中的风雨和过程，哪怕是痛苦，我也是心甘情愿地去承受，只因为这份爱情，是我的百分百。

我用纸巾擦干了苏茉的眼泪，严肃地看着她，对着她的耳边郑重地说道："自然是百分之百，难道你没有感觉到吗？"

苏茉像小孩子一样吸了吸鼻子，我又忍不住觉得有些好笑，看来那句话真的很贴切，女人有时候就是小孩子。

窗外的风景飞速划过，没有做任何的停留。

她抬起头来，目光澄澈："我相信你。"

"你怎么可以怀疑我对我们感情的态度呢？"我温和地问道，女人间歇性地没有安全感，真的让我有些不知所措。

"嗯，那你要多给我些安全感就好了，"苏茉顿了顿，转而气鼓鼓地要挟道，"不过，你以后一定不要做对不起我的事，不然，我一定会让你后悔一辈子的。"

我看着苏茉情绪缓和了一些，又连带要挟，那撒娇又撒泼的样子，让我有些好笑，我轻刮了一下她的鼻子："女人心，海底针，好像还很厉害的样子哦。"我故意逗她。

"那当然，女人不狠，地位不稳。"苏茉作势道。

我扑哧一声笑了出来。

苏茉的心情似乎也渐渐变得明朗起来。"咿，快到了吧？"

此时，窗外一副花红柳绿的情景，很美。

丽江是我们此次旅行的第一站，那是苏茉最喜欢的地方。

"别人说丽江是浪漫之城，是艳遇的好地方，而丽江一直承载着我一个最浪漫的梦想，它不是艳遇，而是希望有一天和那个对的人一起佯装相遇，然后重新认识，一起前行。我们在学校小树林里，学习累了的时候，坐在椅子上，经常这样憧憬我们的旅行。"苏茉如是说。

我有些不解："我们不是认识吗？还需要重新认识？"

"难道你没有听说过，爱情的四年之痛、七年之痒吗？"苏茉抬头看我，"所以，我觉得度过四年之痛的最好方式，就是重新认识，而且要以最浪漫的方式。"

我有些好笑："我会让我们的爱情，没有痛也没有痒，只有开心和幸福。"

这样的言语，从来是心底最深的期待，我曾经天真地以为，我们顺利地度过了爱情的四年之痛，而七年之痒，也不会在我的爱情里发生，只是，未曾想到，在命运的拨弄下，爱情的四年之痛，一直在某个阴暗的角落里滋生成长。

男生："hi，你好。"我走在青石板小路上，和对面的女孩子相遇，视线延伸得很长很长，她在纸伞下，不经意间地抬眸，晶亮的目光，一下子闯进了我的心里，从此我在劫难逃。

女生："hi，你好。"我走在青石板小路上，心中忧愁，郑愁予的《错误》在我的心头回荡。

你的心如小小寂寞的城

恰若青石的街道向晚

跫音不响，三月的春帷不揭

你的心是小小的窗扉紧掩

我达达的马蹄是美丽的错误

我不是归人，是个过客。

"我不是过客，是归人。"

我想，这样的情景设定，一定在苏茉的脑海里一遍遍地播放过，即使再理智的女孩子，也有那么一道浪漫的思维，像眼中闪烁出的亮光一样，如同夜空中的烟火绽放，在情感里，期待得到，或释放，或慰藉，或救赎。

那大概是每个恋爱中的男女内心的需求吧。

我尝试着走在青石板的小路上，收起情感中积累的那份熟悉的感觉，将情感清零，放空。在眼神碰撞的那一刻，我"扑哧"一声笑了出来，男生的理智告诉我，这样的行为是那么幼稚，而我的大男子主义思想在内心深处挑衅。

苏茉拧眉，佯装生气地转过了脸，我转念踏着小步，脚步的声音在小巷子里回荡，头顶的天空那样透明而安静，房檐上湿漉漉的小水滴，滴滴答答，在细碎的回忆里，唤醒两个大孩子的爱情心绪。

我一个跨步跑到了苏茉面前，一脸的严肃："在下洛冰，敢问姑娘芳名？相逢就是缘分，小生可否有幸与姑娘共用一把纸伞。"

苏茉听此，这次换她绷不住了，"扑哧"一声笑了出来。"你少来，不过看在你这么真诚的份儿上，本姑娘勉为其难将你收在伞下了。"

我接过苏茉手中的纸伞，苏茉看着我，我看着她的眼神，温柔而明媚。我牵起她的手，在纸伞下，走在悠然的小巷子里。

丽江的美，像犹抱琵琶半遮面的女子，充满一股神秘迤逦的气息，那灵动的眼神，那美妙的身姿与乐曲，又令人想入非非，让人忍不住想要探究一二。

下火车后，已经是下午四点钟，我和苏茉带着简单的行李，简单逛了一下那青石板的小路和悠长的小巷子，便乘车来到了我们之前预定住宿的地方。

我们选择了一家农家乐作为落脚之地，下车后步行了五分钟，便到达这个地方。远远地便看到"不亦乐乎"四个金色大字，大门是红漆木门，门两边的绿树生机勃勃，枝丫伸了出来，像两只打招呼的手，真是与那句"有朋自远方来，不亦乐乎"十分相得益彰。

跨进大门，院落很大，分为两部分，西面是老板自己的菜园子，正对的北面便是住宿的地方了。这是一幢五层的公寓式住宅，带有当地古建的风味，很有风格，东面是一个二层的饭店，可以为居住的旅客提供食物，而建筑和北面的住宿风格相互辉映。

老板很热情，看起来三十岁左右的样子，口音较重，听起来应是北方人，问了之后才知道，他是来自北京的自由主义者，到丽江来，因为喜欢这个地方，便留在这里创业。

老板一边跟我们讲这里的风土人情，一边带我们到了我们居住的房间。二层中间的一个房间，打开门，很宽敞也很干净。而且这里交通方便也很实惠。那时候，对于经济拮据的我们来说，简直就是一个最美丽的天堂了。

令人惊喜的是，房间还带着一扇大而古式的窗，残留的夕阳竟然也洋洋洒洒地透过米白色的窗帘照射进来，很惬意。

苏茉很开心地站在落地窗前，眼神看向窗外："这里有家的感觉，洛冰。"

夕阳洒在苏茉的身上，在她瀑布般的头发上跳动着，犹如一个舞动的精灵，散发着温馨而灵动的气息。

我抱住苏茉，她的脑袋抵住了我的下巴："喜欢这里，以后等我们老了，我们就到这里养老，然后我们也开一家客栈，养两棵木棉树，让它们手牵手，客栈的名字就叫作，'执子之手'，怎么样？"

"嗯，与子偕老。"苏茉重重地点了点头。

第二天一早，苏茉便将我晃醒，早上七点钟，晨光已经照亮了整个房间，我揉了揉苏茉的长发，便去卫生间洗漱，准备开始我们接下来的丽江之行。

从高三开始备战起，每当我望着门前那棵梧桐树枝丫的时候，我便会想象，远方的世界是什么样子，而旅行的情结，便在我的心里生根发芽。

这次和苏茉的旅行，我们虽然期待已久，但是并没有做太多准备，至于待几天，我们更多的是倾向于看心情，喜欢哪里就在哪里多待几天。

洗漱完毕的我们，轻装上阵，去了丽江古城。从小生长在西安的我，对于古城并不陌生。只是丽江古城与西安不同，西安作为几代帝王城，更多的是巍峨及厚重，而这里不同，这里更倾向于古朴自然、悠闲自得的生活，家家流水，处处垂杨，绿水青山，古境悠然。

"美景如此，心情也不同了。"苏茉闭着眼睛，站在碧绿的湖边，河两边别致的建筑物有序地坐落着，成排的灯笼在风中摇曳，苏茉身穿一件米色的长裙，及腰的长发自然地垂于身后，齐整的发帘上挂着一圈小编发，十分别致。我拿出相机，悄悄地绕到了她的侧面，按下快门，拍下了这一张侧影。

"啊，洛冰，你偷拍，我还没摆好姿势呢。"苏茉听见快门的声音，回过神来，看向我娇笑道。

"我的苏茉，不摆姿势也可以很美。"我深情地说。

苏茉并不是那种看起来十分惊艳的女生，但是苏茉的心性和努力，让她有着与众不同的温和气质。

我们之间的感情就像陈酒，历久弥新，越发香醇，在我的心里荡漾着美好的爱情涟漪。

第十四章　那一段旅程

"贫嘴，"苏茉看着我，难得的娇嗔，"但是谢谢你，洛冰，我的理想因为有你，才有了更不同的意义。"

"那当然，以后我们的理想，都要一起实现才行。"我看着倒映着我们影子的湖面安然地说道。

半晌后，看完了这边的景致，我牵起苏茉的手，从河边走了上来，集市也渐渐热闹起来，河面上的小船儿也在招揽着顾客。

两边的建筑里都是一些商铺，有卖当地特色服饰的，有卖特色小饰品的，有卖乐器的，有卖茶叶的，还有咖啡馆及餐厅等。

突然，一套特色情侣装映入了我的眼帘，是两套当地民族的服饰，女装是一件印花红色连衣长裙，男装是一件背心和一件到膝盖的短裤，上面印着同样的藏青色的花纹。

苏茉也停顿了下来，眼光远远地掠过价码，便想要拉着我继续走，我坚定地拉住了苏茉，将苏茉带到了店里。

店里坐着一位大妈，带着老花镜在一边认真地绣着图案，看见我们进门，只是冲我们点了点头，然后不知道喊了一句什么，立刻从里面跑出来一个二十四五岁的女孩子，她扎着一个马尾，满脸笑容地向我们走了过来。

"两位看些什么？"女孩子热情地问道。

"麻烦把那件情侣装拿下来，我们看一下。"我说。

"好嘞。"女孩子豪爽地答应，从展示架上拿下了两套衣服，"两位真是好眼光，这是我阿姆今天刚绣出来的新样式，也是我们店里的招牌样式呢，很适合情侣的。"

苏茉看了我一眼，我笑了笑，我明白苏茉的意思，刚毕业的我们，经济并不宽裕，而且即将读研究生，那也将是一笔很大的费用。但是，不能送给女朋友自己喜欢的衣服，那将是我自尊最大的不允许："麻烦，女装 M 码，男装 L 码。"我对那个女孩子说道。

"快去试一下。"我转而对苏茉说。

"不用了，我觉得这件衣服并不适合我呢。"苏茉顿了顿，看了那位和气的阿姆一眼，犹豫了一会儿，脸上挤出一丝笑容。

我看着苏茉："试一试，好不好？我们还没穿过情侣装呢。"

苏茉为难地看了我一眼，然后转身走进了试衣间。

我看着苏茉的背影，有些哭笑不得，有时候一个太懂事的女朋友，也会让人有些无所适从。

不一会儿，苏茉从里面走了出来，红色的服装衬得苏茉的皮肤越发白皙，而那样的民族特色，也着实令我眼前一亮。

"适合你，姑娘。"那位大妈看着苏茉，也不禁用带着民族特色的普通话夸赞道。

苏茉听到大妈的夸赞，脸上微红了一下，有些不好意思地低下了头。

"这位男士，你也试一下吧。"那个女孩唤了我一下，我的眼神从苏茉脸上移了出来，回过神来，点了点头："好。"

我三下五除二地换好了衣服，从男士试衣间里走了出来。

我走到苏茉旁边，站在镜子前，看着镜子里的我们。

苏茉紧抿着嘴唇，眼中透着一丝犹豫。

"你们穿起来，很棒。这套情侣装上的图案，代表的是千里姻缘一线牵呢，这个可不是我自己杜撰的，是这里远近闻名的道馆里的师傅讲究出来的呢，所以你们喜欢就定下吧，而且我阿姆做了近五十年的绣手了，可是这里最棒的绣手呢。"女孩子看着我们滔滔不绝道。

听女孩说起，我和苏茉都细细端详起上面的图案来，细看竟是丽江古城的缩影，而且两座高耸的山，南面的文笔山和北面的玉龙雪山分别屹立在古城的南北两面，特别的是，两座山在古城图案的牵引下，就像两只手牵在一起呢。

"我先将衣服换回来。"苏茉犹豫了一会儿说道。

我也从试衣间走了出来，将卡递到了女孩子手中，付款买了下来。

这时苏茉从试衣间走了出来，边走边说："阿姆的手艺真的很棒，不过等以后有机会，我们再买吧。"

"女士，你男朋友已经付款了。他在旁边的小吃店里等你呢。这是你们的衣服。"苏茉犹豫了一下，想要继续说些什么，还没等她开口，女孩子又道，"而且你男朋友特意交代，不让我接受退货的。"

我在旁边的小吃店一个靠窗的位置坐着等苏茉，我可以想象出来苏茉那气鼓鼓的表情。

"洛冰，你真是太铺张了。"苏茉远远地看见我，走到我旁边坐下，将衣服放到桌子上说道。

"亲爱的苏茉，你男朋友不至于连一件你喜欢的衣服都买不起的，而且，还有特别的意义呢，很值得。"我看着苏茉认真地说道。

"可是，我们非要花那么多钱买吗？这可是你实习时将近半个月的工资。我们可以等以后条件好些的时候再买。"苏茉不解道。

"我们难得来一次的，而且下一次来会是什么时候呢，遇见就去珍惜，这可是你教我的呢。"我轻刮苏茉的鼻子，笑着说道。

苏茉无奈地看了我一眼，嘟着嘴巴："嗯，那仅此一次，后面我们要节省一些了。"

"好的，遵命，老婆大人。"

"谁是你老婆！"

"你啊，反正迟早都得是我洛冰的老婆。"

…………

那样的时光，在我眼前闪亮，像走在宽阔的路上，跌跌撞撞，却因为身边那个人而变得有意义起来。

在很多年后，我回想起来，那段可以称为生命馈赠的时光，它是那么的短，却又延伸得那么长。

不是几生几世，却是刻在骨子里的永世不忘。

下午的时候，我们看到了举世闻名的丽江壁画，那在历史下镌刻的故事，色彩纷呈，它们化为了彩色的幻影，带给我们不一样的视觉体验和历史感悟。

历史是我们的先人创造的，他们通过自己的方式，记录了下来，留给后人观望瞻仰，而作为恋爱中的我们，踏着足迹，也带着爱情，在镜头下留下了我们的欢声笑语，刻下了我们的若梦浮生。

历史在过去，可是爱情在哪里？我们看不见也摸不着，只在心里某个神秘的角落里，牵动着你的神经，你的心情，你的思维，甚至你的一切。

它是世间最神秘的东西。

我们花了一天的时间，逛完了丽江古城，有山的高耸，有水的温婉，如同恋人之间，相望相守。在四方街里，在古建红灯之下，在八卦阵的足迹里，创造出了一片安然平静。

我想，如果世间真有八卦阵这样的东西，真希望，我们这份真诚的爱情，可以在人生这个局里，刻下永生永世。

我们回到客栈的时候，是晚上七点多，我和苏茉在客栈的餐厅里简单地吃了晚饭，虽然疲惫却依然很兴奋，看完今天拍摄的照片后，在老板的介绍下，决定去附近的广场上感受一下丽江夜晚的身姿。

丽江的夏天，晚风湿润而凉爽，我和苏茉换上了今天刚买的情侣装，踏着缓慢的脚步，在广场上悠闲地走着。

此时，太阳的余晖在天边闪耀着，红色的云彩晕染了大半的天空，我抬眼，不禁想到，待我们年老的时候，也在这样的余晖下，手牵手到白头，那一定是一件很幸福的事情。

"年轻人，能帮我们拍张照片吗？"一位老大爷叫住了我们，大爷看起来七十多岁的样子。

我和苏茉点了点头。

大爷说完，便向不远处的一个大妈那里走去，他牵起了大妈的手，在夕阳下，站在一片红花绿柳间，安然地笑着。眼神明亮而悠远，似乎游走在幸福的回忆里。

"丽江是记录我和我老伴儿爱情的地方，年轻人，也祝福你们啊。"大爷好似看出了我们的心思，笑着说完，便牵着大妈的手，向着另一个地点走去。

谁说丽江只是年轻人的天堂，它记录着一代又一代年轻人的爱情，当年轻成为曾经，当黑发变为白发，但愿那最初的爱情依然在心里，闪闪发光。

"苏茉，等我们老了，我们的爱情，也可以这样子闪亮。"我看着苏茉的眼睛，由衷地说道。

这时，一对大学生模样的情侣走了过来："朋友，可以帮我们拍张照片吗?"我诚恳地问。

男孩和女孩笑着点了点头。

在夕阳下，周围的鸟儿叽叽喳喳，远处的雪山依稀可见，我轻抱住苏茉，一声快门声响，镜头记录下我们相依偎的身影。

"谢谢你们，希望在我们老了的某一天，再来这里的时候，依然相依相偎的我们，可以再次遇到相依相偎的你们。"我像说绕口令似的说出了我那时的心情。

我看着那两个同学，似乎似懂非懂，却重重地点了点头。

我回头，看到苏茉微笑的眼神，冲着我，在夕阳下点了点头。我仿佛看到了夕阳下，年老的我们。

与爱的人相守到老，便是那时候我们最大的期待。

第二天，玉龙雪山成为我们的目的地，之所以选择这个地方，除了客栈老板的极力推荐之外，还有一个原因便是，我们拍的很多照片上都有远处那个巍峨的影子。那神秘的身影，成功吸引了我和苏茉的注意力。

而攀爬雪山也一直是我心中的一个小梦想，每当夏季，我看着西安的家门外的梧桐树在烈日下曝晒的时候，便会畅想雪山的巍峨和那份可以令人冷静下来突破自己的极度寒冷。

我知道攀爬雪山时的艰险，而苏茉又极其怕冷。"不然你今天去博物馆看看，在客栈等我回来，好吗？"

苏茉狠狠地瞪了我一眼："你是觉得我胆小怯懦，还是嫌我麻烦，竟然让我一个人去看博物馆？"

"不是，我……"我一时语塞。

"不是什么，是你的大男子主义症又犯了。"苏茉看着我，一双看透我心思的大眼睛，炯炯地盯着我。

"雪山上很冷的，你不怕吗？"我有些担忧。

"那就穿厚点好了。"苏茉嘟起嘴，一脸的俏皮，"但是你要保护我哦。"

那样简单的想法，在我心里荡漾起一股温柔的暖意。我将苏茉抱到我的怀里。

只听得她浅浅呢喃："我们做什么都不要分开的，洛冰。"

玉龙雪山看起来距离很近，实则距离较远，所以我们在老板的提醒下，我们六点钟便从床上爬了起来，此时天已经亮了。

我和苏茉吃了早餐，自带了一些食物，便乘车向玉龙雪山奔去。

经过一个半小时的车程，我们来到了玉龙雪山脚下。

下车的那一刻，苏茉惊叫了起来，蓝天白云，巍峨雪山，美景如画，让人不觉赞叹大自然的鬼斧神工。

在玉龙雪山下，有一条十分干净的河流，它清澈见底，游鱼戏水，听同游的人说，这条河叫作白水河。可是，白水河的水，却是清透的蓝色，而真是"河水共长天一色"，很美！

苏茉走到河边，蹲了下去，掬一捧河水，作势要扑到自己的脸上。随后，在我还在感叹大自然的美景的时候，脸上却意外地感受到了一丝清甜的凉意。

我擦干脸上的水，苏茉那一脸的坏笑，呈现在我的眼前，我作势要扑上去，苏茉调皮地跑到了另一边。在蓝天白云下，我们两个像孩子一样，放空自己的心情，在白水河边嬉戏打闹着。而那样快乐的笑声，在我以后的时光里，时常在回忆里出现。

我按下相机的快门，苏茉在清透的蓝天蓝水中间，脸上洋溢着明媚的笑容。在感叹大自然的鬼斧神工之时，我突然发觉，爱情恰如大自然的美景，可令人心旷神怡，可令人恨不得朝朝暮暮。

苏茉格外喜欢白水河："为什么河水是如此清透美丽的蓝色，它却叫白水河呢？"

"笨，它里面肯定含有丰富的铜元素。"我戏谑苏茉。

苏茉回过头，白了我一眼："男人果然是理性动物。"

我"扑哧"一声："这是科学道理，苏茉同学。"

"那你说，那么高的雪山，我们都需要做什么准备呢？"苏茉转而问我，看着雪山的未知，眼中带着一丝惧意。

"你是不是怕了？现在后悔还来得及哦。"我故意戏谑她。

"洛冰，我昨天说了什么？你的记性呢?"苏茉气鼓鼓地反问，眼中透着坚定和认真。

"好，那不管怎样，我们一起去面对挑战和未知，装备我都已经定好了。"我看着苏茉认真地回答。

"这还差不多。"苏茉从河边走到了我的旁边。

陪伴才是最真实的幸福，我心中洋溢着一种满足。

"白水河那边有朵奇怪的云彩，大家快看。"突然河边和我们坐一辆车的一个大姐喊道。

我和苏茉沿着大姐手指的方向看过去，只见一朵艳丽的云彩仿若挂在玉龙雪山白蒙蒙的半山腰上，十分夺目，还带着一丝炫目的色彩。

"好漂亮。"苏茉惊呼道。

"的确很美。"我也不由赞叹。

有此美景的吸引："洛冰，让我们一起去征服玉龙雪山吧。"

苏茉雀跃地喊道，声音清脆而响亮，引得人们都大笑起来。

苏茉尴尬地低头笑了笑，我拍了一下她的脑袋，那样的时刻，那样的笑意，从眼底到心里，再也挥不去。

这次乘车来的，都是来攀爬雪山的，下到二十岁左右的年轻人，上到四五十岁的中年人，大家看到这样美丽的云彩，内心都激动异常。

"我劝大家最好都改天去，这个是异兆。"在激动的人群中，一个六十多岁的大爷有不同的声音。

"现在雪山防护还是不错的，大叔，别迷信才好啊。"一个三十多岁的大哥似乎不认同。

"哎，大家看着办吧，人心和人事，就是一念之差别。"大叔叹了口气转身走了。

人群中顿时躁动了起来，有人坚持己见，要去攀爬，有人则觉得大叔的话高深莫测，有了退缩的心态。

我看向苏茉，观察着她的表情。

一丝迟疑划过面庞，转而变为了坚定。

"我们既然来了，就去呗，既来之则安之。不然下次不知道还是什么时候呢？"

我们这次旅行没有做全面的计划，但是几个地方是必去之地，一个是北京，另一个便是玉龙雪山。

我点点头："好。"

选择是人生永久的命题。

第十五章　生死相依

大自然是造物主最神奇的做工，它无须任何言语，用那充满爱与力量的眼神，仿佛只是轻轻一瞥，天空便辽远而广阔；用那看不到的手指，轻轻拈起一块土地，便形成了雪山的巍峨。

而那不经意间的一个喷嚏，也会引得人们在生命与死亡之间徘徊，而命运有时候就是这样不可思议。

我和苏茉在雪山之下，看着眼前的一切，肃然起敬。我们从人群中找到几个看起来很有经验的登山者，决定跟随他们一起战胜内心的抗拒，征服雪山的巅峰。

由于雪山上温度很低，所以我们在山下便穿上登山服，带上常用装备和食物，兴奋地跃跃欲试。

此时，雪山管理员再一次重复着登山安全常识："大家千万要谨记安全常识，一旦有突发情况，一定要及时联系大家登山服上的电话，不要走其他没有开发的不安全的道路……"

等待登山的人员已经有些不耐烦了，纵然是为了安全，但是人们那猎奇和探险的心理，使得人们纵然在高寒之地，依然热血沸腾。

我和苏茉沿着雪山栈道，跟着前面的大哥向上攀爬。那皑皑的白雪在光的照射下十分夺目，在太阳光的反射下出现了缤纷的色彩，一瞬间，仿佛置身于彩虹之上。

我不禁抬眼，这样的风光，那壮丽而神秘的色彩，在我们每个人的心中沉浮荡漾，似乎撼动了在尘世中浮躁而淡漠的灵魂，使得我们对这一切的神秘和绮丽心生神往。

"这里应该距离天堂不远吧？"

苏茉从厚厚的围巾中露出口鼻来，深深地吸一口气，颤抖着声音兴奋地大声问道。

我看着她像熊一般笨拙的样子，咯咯地笑出了声。

"洛冰，你笑什么？"苏茉疑惑地看着我。

"某人像熊，还不让别人笑。"

"你以为你好很多吗？"

说着，一队人在一片片看似白茫茫却绮丽神秘的雪域上都哈哈笑了起来。

"这里还不算高，去过珠穆朗玛峰吗？"领队的一个大哥说道。

"8844 米，没去过。"我木讷地点点头，听清楚后又摇摇头。

"你们有机会可以去西藏看看，那里比这里距离天堂更近。"那个大哥说道。声音在静谧的周围带着回音，在雪山之上回荡。

世界屋脊，那样的地方，是那时候的我从没想过的。对于一个平凡人来说，有些事情总是需要在一种契机下才能够成就。

命运，就是这样在看不见的背后，左右着你我的人生行程和轨迹。

而我也没想到，多年后，珠穆朗玛峰，会成为我九死一生的地方。

一阵冷风吹过，挪开依然沉浸在虚幻色彩中的眼睛，猛然看见的是一片白色的虚无。仿佛千帆过尽，仿佛尘埃落定，仿佛什么东西在随着时光沉淀忽然变得浓烈或消散不见。

突然那空荡刺伤了我的眼睛，溢出了一滴液体，我豪气地用手甩掉那滴不知名的悲伤。吸了吸鼻子，紧拉着走在我身后的苏苿。

越向上走，空气越发稀薄，寒风也更加凛冽，它失去了起初的温和，以一个看不清的角度无情地向我们扑来。

带队的大哥，脸色在开玩笑的轻松中，也渐渐严肃起来。

"我怎么觉得我们在兜圈子呢?"身后的大哥也轻声地说道。声音在凛冽的风中，穿过我的耳膜，变成了一种无声的敲击，我的心颤动了一下，陷入了担忧的情绪中，我不觉紧了紧拉着苏苿的手。

我试着回头看一下走过来的栈道，可是，回头间，我的眼睛被无边无际的白色所充满，完全没有来时的栈道的痕迹，我们走过的脚印也被瞬间的风雪所掩盖。

那样的感觉，像身处于没有方向、没有希望的绝望境地，只有漫天的白色和狂吼的风雪。

没有来时的痕迹，没有未来的方向。

面对眼前的情形，我们这队的七个人中，有三个大哥是有过登山经验的，我和苏苿是来这里体验的，完全是零经验，而另外两个二十七八岁的女生，似乎也是跟着来玩的，那眼中的盲目和惊恐，与我和苏茉眼中的情绪是如此的相似。

我努力吸了吸鼻子，强装镇定，看着苏茉的眼睛。意外的是苏茉眼中的恐惧和惊慌只是一瞬而逝，她看着我的眼睛，我心中满溢了愧疚，使得我想开口说些什么。

我刚欲开口，苏茉用手指堵住了我的嘴巴，脸上呈现着理解的笑意。那一刻，我想，有一个如此善解人意并且通达的女朋友，我洛冰是不是也该死而无憾了呢？

只是，生命是最可贵的，而放弃总该是尝试之后的事情。

那三位大哥看着身后的我们，停了下来，一个趴在雪地上似乎在听什么声音，另外两个大哥站在原地观察着周围的地势和风雪的情况。

我们四个人屏息凝神看着前面的三位大哥，满心的期待，希望可以得到茫然中的转机和生命最后的希望。

那个大哥不多会儿从雪地上爬了起来。

他点了点头，和其他两位大哥一起走向我们。

没有说话，像周围的白色一样的沉默。

这使得我的心脏扑通扑通地狂跳起来。

其中一位大哥拿出手机，轻轻地关闭声音，用手指哗啦出一行字，示意给我们。

"大家不要出声，雪体有滑动的迹象，风雪很快会过去，我们有希望。大家在原地拿出栖身保暖装备，轻轻到那边风小的地方，等。"

我拉着苏茉跟着三位大哥，到了那个指定的地方，拿出上山前每个人带着的备用装备，在那个特别的地点，先躲避越来越强的风雪。

每个人的心情都是沉重的，纵然是第一次来登山，但是看到"雪体滑动"四个字时，我的心里依然咯噔一下。来之前我也是在网上查询做过一定准备的，一旦发生雪崩，我们几个人恐怕只能葬身于这皑皑白雪中了。

那三位大哥看着我们每个人的样子，摇了摇头，从随身携带的包里拿出了一本书，在装备搭建起来的暂时安宁中，细细地品读起来。

我和苏茉对视一眼，很是震撼，这要有怎样豁达的心胸才能做到在危险面前如此的从容淡定！

大家似乎都从中受到了一些影响，情绪渐渐平复下来，看着这茫茫雪山沉思起来。

我静静地聆听风雪的声音，想起我在远方的父母，想起我未尽的为人子女的责任，想起我未完成的爱情誓言，我将苏茉紧紧拥抱在我的怀里。

我想起海伦凯勒在《假如给我三天光明》中的期待，而我，也像海伦凯勒一样渴望这次意外的风暴可以尽快平息。

年轻的时候，曾经以为可以潇洒地不顾一切，不论生死地走自己的路，只是在生死的边缘上，才明白最珍贵的始终是最爱的亲人、爱人和朋友。

我终究是个凡人，一个看不穿情谊，超越不了感官的凡人，一个对于未来充满情感的期待和幸福愿望的凡人。

只是，矛盾的心情，总在经历过一些风雨后而产生。

多年以后，我曾经想，如果我和苏茉相依相偎，成为玉龙雪山上的两座雕塑，那么我们的爱情，是否就会成为永恒，一段永不过期的永恒？

"雪停了！"另一个女孩子，在经过了将近一个小时的等待后，看着平静下来的雪山，不禁惊呼了起来。

只是话到嘴边刚说出口，好像意识到了什么似的，立刻看着那边三位沉静的大哥，噤了声。

那三位大哥看着女孩子的模样，不禁都笑了起来。

苏茉也从我的肩膀上抬起了头，我们相视一眼，刚刚在风雪中的情绪还在彼此的眼中激荡，在生活中形成的默契、信任和期待，总是心底最真实的温暖和感动。

那埋在乌云里的太阳，也探出了头，柔和而瑰丽。

这样的美丽带给我一种错觉，仿佛刚刚的风暴和惊险，只是一场梦。

"大家不要高兴得太早，我们来时的栈道已经模糊不清了，虽然雪崩不会很快来临，但是这里的雪域是脆弱的，所以，我们要赶快联系外界，然后找到回去的路才行。"那个大哥收起了书籍，轻手轻脚地收起装备，轻声说道。

"不然，大家试着拨打求救电话。现在没有风雪，应该会好联系上的。"我想起来时雪山管理员的话。

"对，林哥，你和这几个孩子在这里等待，同时拨打救援电话，我和逸老弟一起去前面探探路。"

他们三人默契地点了点头，便各自行动了。

这一路上，我了解到，这三位大哥是经常登山的老登山员了，他们在生死边缘经历过很多次了，正是这样的经历，让他们更加坚韧和从容。

我们几个人在林大哥的示意下，开始挨个拨打登山服上的求救电话。

"您拨打的电话，暂时不在服务区。"

"嘟嘟……"

我们五个人，不停地按着手机拨打着电话，在寒冷中，我隐约看到了大家额头上开始冒出的细汗。

如果说等待的时间是静谧的折磨，那么尝试了却没有回应便是躁动的残酷。

我们几个人尝试了无数次，还是没有结果，随着天色渐渐暗了下来，每个人的脸上从焦急的期待，逐渐罩上了一层疲惫的影子。

而去寻路的那两位大哥迟迟也没有归来。雪山上的夜总是来得迟一些的，可是，此时我只是希望，黑夜可以来得再晚一些，因为我知道，一旦黑夜来了，即便我们小心翼翼没有雪崩，只怕也会在这寒冷之中被冻死。

我有些沮丧，心中充满了一种末日的悲凉感，因为我将我爱的人带入了绝境中，这让我无法将自己从愧疚中解救出来。

"苏茉，你不该来的，是我将你带到了这样的境地中。"

"来与不来，是我自己的选择，难道绝境要你一个人面对吗？还是未来要我一个人面对，至少我们现在还在一起。"苏茉看着我，在我耳边耳语道。

在雪山夕阳下，我们紧紧相拥，我拿起相机，趁着光还在，拍下了我们的照片。

那是我人生中情感最热切的纪念。

也是我们彼此拥有的最难忘的回忆。

记得那天的夕阳很美，也很悲切，我们留守的五个人都在做着最后的努力，我们眼睁睁地看着太阳从圆形变为半圆，最终消失在地平线的另一端。

"大家聚集在一起取暖，不要放弃希望，逸老弟和王老弟一定会回来的。"林哥看着夕阳的余晖说道。

夜还是如期降临，我们拿出三部手机，打开手电筒来照亮，并摇晃，我们带着这样的希望，希望救援的人来临的时候，可以看得到我们。剩下两部手机则存电，等待有信号的时候，拨打求救电话出去。

我们裹在装备里瑟瑟发抖，我紧紧地抱着苏茉，互相取暖。我可以感觉到苏茉上下牙齿撞击的声音，我知道她最怕冷了，那一刻，我才意识到，我内心最害怕的是什么。

"苏茉，别睡，你还记得我们在春季的晨光下，一起朗读的情形吗？是那么的温暖和明媚……"我脱下自己的保暖服裹在苏茉的身上。

"大家都聚集得更近些，将装备互相掩盖。"林哥说着取出所有能取暖的装备和包裹全都盖在大家身上。

"我还没谈过恋爱呢，不想就此死去。"一个姑娘说道。

"我还没完成我爸妈的心愿呢，我想赚一百万，想做那么多那么多的事情。"另一个姑娘也说道，声音里带着一丝哽咽。

我抬头看着明亮的星星："苏茉，你看，这里的星星是不是很亮，很美？"我低头对苏茉说着，生怕她会睡着。

"嗯，是很美，我还没嫁给洛冰呢。"苏茉有些迷糊地说着。

听到苏茉迷糊的声音，我压抑很久的情绪，再也无法抑制下去，我的眼泪突然就决堤了。"没关系，你就是我唯一的爱人啊。"我摇晃着苏茉，哽咽地说。

"你看远处的那是什么？那才是最亮的那颗星。"苏茉眼神看着远处黑暗的一处光亮。

我们顺着苏茉的手指看去，林哥突然兴奋了起来。

"快，大家拨打电话，我们有救了，那个应该是信号塔发出的光。之前没有信号，可能是风雪太大，设施被破坏了。"林哥意识到什么赶紧说道。

我晃了晃苏茉："我们有救了。"

我颤抖着手，拿出手机，快速拨打了烂熟于心的电话号码。

"你好，这里是雪上管理处，请问你们是被困于雪山的人员吗？你们情况如何？大概在什么位置？"那边的声音传了过来。

当听到声音传来的那一刻，我已经激动得说不出话来，上下嘴唇不住地颤抖，我好像失去了语言能力，只有舌头在嘴里打架，我感觉到我的血液仿佛从冰点瞬间到达了沸点，咕咚咕咚地在冒着热气。

我的眼泪不觉涌了出来，那是在黑暗且绝望的深海里看到一丝亮光后的喜悦，也是在冰冷也茫然的雪山上看到温暖方向的悸动，还有，我爱人可以延续生命的希望。

林哥看着我的样子，喜悦地拍了拍我的肩膀，接过我手里的电话，将我们的具体情况向相关人员做了简单的说明。

"你说的两位中年男性已经被我们救援人员救了下来，救援人员在他们的带领下，正在救援的途中，我会马上将情况报告给救援人员，让他们加速前进。"

林哥听到后，俯下有些疲惫的身躯，将耳朵贴在雪地上。半晌后，站起身来："大家打开手电筒，晃起来，好像有脚步声。"林哥激动地说。

我们打开了四个手电筒，用力地晃着胳膊，那无声的求救在微弱的光亮和雪上的寒冷中，诉说着对生命的渴望，对爱的珍惜，对温暖的召唤。

大约十分钟后，救援队终于进入我们的视线中。

"是老逸和老王来了，他们带着救援队来了。"林哥颤抖着声音说，这个坚毅的男人，此刻第一次露出了他的紧张情绪和激动心情。

我扶起苏茉，将我身上的取暖设备都披在了苏茉的身上。"苏茉，一定要支持住，我们有救了。"

苏茉点点头，用力扯出了一个苍白的微笑。

在救援离我们越来越近的时候，我深切地感受到我的心情起伏的曲线，那样的跨度是我人生中从未有过的跌宕。

那时候，天上星星点点的亮光，伴着高寒的天气，眨巴着眼睛。

下山后，有人问我，是否后悔当初登山的这个决定。我想了想，先点了点头，然后摇了摇头，点头是因为我害怕失去我的爱人，而摇头是因为，那是检验我们爱情的地方，也是让我怀念终生的一天，是我们的生死相依。

第十六章　我的青春，my sunshine

　　第二天醒来的时候，我已经身处在玉龙雪山下温暖的房间里了。窗外红花绽放，绿树茂盛，鸟儿叽叽喳喳的叫声，穿过窗户和窗帘在我的耳边回响，一切仿佛只是一场梦。

　　"苏茉呢？"

　　我下意识地四处寻找，睁开眼睛的刹那，感受到的依然是满目的纯白，这样的颜色刺痛了我的神经。那样强烈的风雪，打到我的脸上，似乎遗留下了如针刺般的疼痛感觉。而那份压抑着的恐惧和骨子里的寒冷，依然如恶魔般在我的神经深处张牙舞爪。

　　突然眼前的颜色由白变为了红，渐渐晕染开来，那样的美丽却又是触目惊心。

　　我惊叫一声，坐起身来。

　　"怎么了？你没事儿吧。"一个声音叫醒了我。

　　原来是场噩梦。

　　我擦了擦额头的汗滴，身边是昨天一起的林大哥、逸大哥和王大哥。

　　我拍了拍脑袋，昨天我们被救下山后，就被安顿在了山下管理处的房间里休息。

"小子，没事儿吧？"林大哥温声问道。

我回过神来，点了点头。"苏茉呢？"我环视四周，灿烂的阳光穿过落地窗，照射进来，却没有看到苏茉的身影。

林大哥好像看出了我的心思："是不是担心你女朋友呢？她和另外两个女孩子在隔壁房间休息，跟你一样，大概是受了寒，加上体力透支，下山后就昏厥了，不过经过保暖和防护，已经缓过劲儿来了，没什么大事儿。"

苏茉体寒，我一直都是清楚的，却还是固执地去爬雪山，听到这里，我不禁抱住了自己的脑袋："都怪我不好，非要这么固执，才害得苏茉受了这么多的苦。"

"你也别太自责，爱情的价值，不只是单方面的保护，纵然安逸，却显虚弱，只有一起经历，虽然是磨难，却也是最实在的意义和力量。"

我想了想，感激地点了点头，话虽这么说，但是，于我看来，为了自己的理想，而让苏茉身陷险境，我始终无法原谅我自己。

我站起身，简单地整理了一下自己，带着劫后重生的庆幸和深深愧疚的复杂心情，走到了隔壁房间。

此时，那两名女生已经收拾完毕，打开门后，我笑着点头。

"你找你女朋友吧？她还没睡醒，不过医生说没事儿了，就是有些冻坏了。"

"谢谢，你们这是要离开了吗？"我看着两人打包好的行李询问。

"是啊，劫后重生，要继续上路了，不错这次，我看到了你们之间相依相偎的爱情，我也想要抓紧时间找一份这样美好的爱情了，祝福你们。"

　　我有些不好意思，笑了笑，目送这一份邂逅。

　　我轻轻走到苏茉的床前，此时，她依然在熟睡，却紧紧地蹙着眉头，阳光打在她白皙的脸上，我伸手轻轻地划过她小巧的鼻子，抚摸到她的额头，想要抹平她的不安。

　　她的脸依然透着几分苍白和冰凉，这使得我的心阵阵发紧，我紧握着她的手，如果昨晚我们没有机会下来，我会怀着怎样的心情向这个世界告别呢？是深深的愧疚，还是隐隐的庆幸？

　　从我记事起，我便很少流泪，这时，泪水却意外地来袭打湿了我的眼眶。

　　"你干吗呢，洛冰？"苏茉睁开眼睛带着一丝疲惫。

　　我反应过来，急忙擦干了我的眼泪。

　　"你好点了没？冷不冷？饿不饿？"我看着苏茉，有些慌不择言地温声询问着。

　　"哎呀，我没事儿。"她看着我的眼睛，竟然笑出声来，"洛冰，我可是乐观向上、积极努力，谁都打不败的苏茉！"

　　我看着苏茉的反应，心里头的阴云似乎一下子就消散了，我感激地看着眼前的人儿，紧紧地将她抱在了我的怀里。

　　"洛冰，你不用愧疚，是我愿意跟你一起去冒险的，谁让你是我的命运呢？"

　　"苏茉，你就是我的青春，my sunshine！何尝又不是我的命运呢？"

"你坐在旁边休息，我来收拾行李。"中午时分，休息得差不多的我们，开始准备收拾行李，离开这里，继续我们的下一站。

"洛少爷的表现这么好，我都有点不习惯了。"苏茉坐在沙发上，看着我忙前忙后笨拙的样子，只在一旁乐呵。

太阳晒出了我的汗滴，我却甘之如饴，岁月静好，现世安稳，有你，有我，也有未来。

"三位大哥，这次遇险，要不是你们，我们两人恐怕就下不来了，多谢三位大哥，我是西安人，这是我的电话，我们两人下个月就去西安读研究生了，哥哥们有机会去西安，一定要给我机会招待啊。"我感激地向三位大哥致谢。

"哈哈，你们两个好好的，等你们婚礼了，别忘了邀请我们就行。"

我和苏茉笑着点点头。

我们走出了雪山，带着感激，回到了客栈。

"你们俩没事儿吧？我听说雪山大风雪，昨晚担心了一晚上，看你们两人没事儿就好了。"客栈大哥看见回来的我们，赶忙询问。

我们将事情简单地叙述了一遍，老板笑着看着我们："经历患难的情人，一定要在一起幸福才行哦，我看好你们。"

我和苏茉相视一笑，将昨天的焦虑和寒冷告别在了昨天，只留下了我们幸福的现在，和对未来满满的期待。

我们退了房，坐上奔赴大理的火车的时候，已经是晚上十点钟了。

我们坐在下面的卧铺上，苏茉靠在我的怀里。

"昨天是不是吓坏了?"苏茉的懂事,我一向知道,只是昨晚那样的惊险,纵然再坚强,也无法不恐惧。

"害怕,但是不后悔。"苏茉想了想,认真地回答道。

我抚摸着苏茉的头发,喃喃自语:"苏茉,有你真好。"

"知道就好。"我的低声呢喃被苏茉听到了耳朵里,苏茉装出一副傲然的样子,看着我笑。

那一刻,我想,有你,人生便足矣。

而人生,如果能够一直那样该有多好!

夜间十一点,卧铺熄灯了,我和苏茉刚好在一个车厢里,分睡两个下铺。苏茉靠在我的怀里,迟迟不愿分开。我们顾不得上铺人们的好奇,只是紧紧相依相偎坐在下铺,安静着,任由心和眼神在空气中流动,互诉着这次惊险背后的信任和爱恋。

在列车轰轰的行进中,记录着我们互相依靠,彼此依偎的热烈爱情季。

"啊。"突然一声叫喊,惊起了我和苏茉,以及上面睡着的两位大姐和一位大哥。

声音来自苏茉上铺的那个女孩儿。

"怎么了?"苏茉从我肩膀上起来,好心地问女孩儿道。

那个女孩子和我们差不多的年纪,脑袋后面的马尾被枕得有些凌乱。

"啊,没什么,我看错了,我刚脑袋朝那边,以为看到了老鼠,不过好像不是,应该是外面光线的原因,我眼花了,不好意思。"女孩子笑着致歉。

我和苏茉没再说什么,中铺和上铺的人们则翻了个身,继续躺好，我帮苏茉铺好被子，等苏茉躺好后，我也躺了下来，伴着火车的晃动，在旅程中，我们缓缓进入梦乡。

我犹记得，我做了一个冗长的梦。

"你愿意娶眼前的女孩为妻吗？"

那个女孩子，脸上蒙着一层纱，在梦里带着一丝蒙眬，我用力地想看清楚，却怎么也看不清。

我想我的新娘一定是苏茉。

我打着哈欠，伸了一个懒腰，将自己从白色被子中叫了出来，此时，天已经蒙蒙亮了，安静的车厢内也渐渐热闹起来。

苏茉一向勤快，此时已经从卫生间洗漱完毕回来了。

"洛冰，快去洗漱，我们就要到了，可以去洱海了。"梳好头发的苏茉看着我兴奋地说着。

"遵命。"我揉了揉眼睛，含糊地答。

"这年轻人真是比我们年轻时候浪漫多了。"上面的老大姐说道。

我嘿嘿笑着，而苏茉那白皙的脸，瞬间蒙上了一层羞涩的红色。

待我回来后，苏茉已经整装完毕，和上面正在收拾的女孩子，有一搭没一搭地聊着天。

"你们也是来大理玩儿啊？"上面的女孩子笑着问。

"是啊，逢假期就出来走走。你呢？"苏茉笑着答。

"我也是来大理玩儿的，只是没你那么幸福，有男朋友陪着。"女生也笑着说。

听到这里，苏茉反而有些不好意思地低下了头，看见走进来的我，接过我手里的漱口杯和毛巾，整整齐齐地将东西放在了行李包里。

"大理到了，请到大理的乘客们，准备下车。"广播里的声音重复播报着。

我望向窗外，隔着玻璃窗户，似乎都闻到了一种古朴的味道。

"再见，旅途愉快。"苏茉笑着和女孩儿告别，我也点头示意。

这时，女孩儿突然对我微笑，亮晶晶的眼神令我有点尴尬，我转过头，拉着苏茉，便匆匆下车向出站口走去。

云南的确是个好地方，有昆明的四季如春，有丽江的柔美，还有大理的古朴。

"大理虽然没有丽江的柔美，却很真实，我还是挺喜欢这里的。"我拉着行李，苏茉拉着我，对我说道。

"一般是大叔大婶儿们更喜欢大理呢，苏茉'童鞋'。"我笑着调侃。

"切，这是境界，你懂吗，洛冰？"苏茉嘟起嘴吧，反问我。

"没事儿，等你变成大妈，我们还来。"我腾出一只手，拍了拍苏茉的脑袋说道。

"等我变成大妈，你可就是变成大叔了！"苏茉调皮道。

"那我们先一言为定，这次先探探路，走起。"我伸出胳膊，苏茉好笑地挎住了我的胳膊，向旅馆走去。

曾经，在我看着窗外梧桐树的时候，对于时光，总会有一丝恐惧感，不想长大，害怕看不见的时光会将我带到我看不见的未知里。

这个时候，我却开始不再恐惧，反而有些期待，期待看到未来的幸福的我们，这便是爱情所赐予人的信心，带给人的力量。

在大理，我们依然住在农家小院里，环境清幽，花儿芬芳，驻足其中，仿若来到了世外桃源。花丛中，有一位阿姨一脸认真地在侍弄着花花草草。

老板是当地人，很热情，操着一口不那么标准的普通话走了出来，询问着我们的需求。我们拿出预订的信息递给了老板。

老板点点头，笑得很憨厚，拿出钥匙递给我们。

我们的房间在三楼，朝向南，阳光很充足，房间也很整洁，带着独立卫生间。

"好棒！"苏茉放下自己的包，躺在床上，赞叹着。

我也很开心，在旅游高峰期，以这么便宜的价钱住到这么棒的房间，真的很不容易。尤其是对刚死里逃生的我们来说，这真的令人满足而欣慰。

更棒的是，我们的房间自带香薰，在这个鲜花盛开的季节，当我们一打开窗户就可以闻到一股沁人心脾的花香。

"这里还自带天然香气，真是美妙极了。"苏茉循着香味，起身走到窗边，再次由衷地赞叹道。

岁月静好，现世安稳，凉风习习，美景依依。

笑容就那样纯粹地挂在我们的嘴角，其实，对年轻的人们来说，快乐哪需理由呢？

年轻的我们，纵然什么都没有，可是拥有着这世间上最珍贵的情感和自由。

我承认，再后来，很久很久后的我，纵然跨过了千山万水，穿过了海角天涯，却再也没有像曾经那般没有牵绊地开心过了。

　　我不责怪命运，不追究对错，因为我的青春，my sunshine，点亮了我整个人生，温暖了后来那么长那么长的岁月。

　　"洛冰，你看。"彼时，我正沉浸在甜蜜的憧憬中，躺在床上，好像看到了美满的未来。突然，被苏茉的惊讶声给抓回了神。

　　"怎么了？"我走到窗边，奇怪地问道。

　　"那个女生，我们在火车上认识的女生。"苏茉惊讶得差点跳了起来。

　　我顺着苏茉的手指望去，果然是那个女孩，她穿着一身长裙，正站在花丛中，和那个大妈说着什么。

　　女孩子站在阳光下，在花中很耀眼，客观来讲，这是一个漂亮的女生，白皙的皮肤，精致的五官。

　　我正发呆之际，突然，那个女孩子的眼神敏感地看向三楼，两个眼神不觉在空气中相遇，我尴尬地笑了笑，点点头，算是打招呼。

　　笑容很阳光，但是不知道为什么，我总觉得那灿烂的笑容里藏着一种让人说不清楚的什么东西，我自顾自地想着。

　　只是，我没注意到的是，身旁的苏茉从起初的喜悦到意外，现在渐渐地冷了脸。

　　"洛冰，洛冰……"苏茉在我的眼前晃动着她白嫩的小手，伴随着高分贝的声音，我回过神来，她正一脸严肃地瞪着我，眼睛里还隐隐地藏着几分怒气。

"哟，洛冰同学，你是在感叹缘分的大，还是世界的小？难道是和窗外的女孩儿相见恨晚？"苏茉看着我，气鼓鼓酸溜溜地说着。

"你想到哪里去了？我不过是觉得有些奇怪而已。"我看到苏茉难得露出她小女孩的样子，有些好笑，我试着解释说。

"什么奇怪，是你奇怪吧？你奇怪地盯着人家看！"苏茉说完，一副赌气的样子。

"好好，我保证以后只看你，绝对不盯着别人看，而且我看她也不是故意的啊，只是觉得这个姑娘有点奇怪，你看她，出火车站明明跟我们走的反方向，现在竟然跟我们来到了一个客栈。"我举起双手一边保证道，一边跟苏茉分析。

苏茉看着我有些急切的样子，"扑哧"一声笑了出来。

"谁让你只看我了？哼！而且，谁说只准我们住在这里，别人就不能住了？也许人家只是半路去了别的地方呢！"

苏茉竟然替那个女孩辩解了起来，对于苏茉这种善良的反应，我也有些哭笑不得。

"好了，我知道了，刚刚是我思考得太多了，引起了不必要的误会。"我抱住苏茉，恳切地说，"不生气了，好吗？"

苏茉靠在我的肩膀上，点了点头："好吧，我接受你的解释，刚刚也是我过于敏感了，但是自己男朋友跟别的女生四目相对，忽视自己的存在，很不爽欸。以后坚决不可以了！"苏茉说完，还没等我反应，猝不及防间狠狠地在我肩膀上咬了一口。

我的肩膀上传来一阵痒痒的疼痛，我想这是我第一次遭受到的"暴力对待"。

心理学上说，这应该是一种甜蜜的疼痛。

　　我忍着，任由苏茉在我肩膀上狠狠地留下了她牙齿的痕迹。属于苏茉的痕迹，后来再也不曾磨灭过。

　　"好了，不生气了吧？"我轻轻地抚摸着苏茉的头发。

　　"嗯，疼不疼，洛冰？"苏茉抬眼有些心疼地询问我。

　　"你说呢？"没等苏茉开口，我轻轻地吻上了她的额头。

　　"我爱你，苏茉，以后不管遇到什么事情，你要相信我。"伴着花香，房间里盈着满满的温情。

第十七章　意外的偶遇　感情的锤炼

一晚的火车颠簸似乎并没有影响我们游玩的兴致，在经过短暂的情绪小波折之后，我们小做休憩，那些不快的尴尬已经消散得无影无踪，情感也在小吵小闹中，如窗外花香般浓烈而甜蜜。

我握着苏茉的手，走下楼享用我们的午餐。

在静谧而充满花香的楼道中，一道视线再次迎面而来。

"哇，你们好，好巧!"

空气中顿时有一股子的尴尬气息，我清了清嗓子，大方地招了招手，我洛冰何时是小气之人了，一瞬间，我在心里狠狠地笑话了一下自己。

大理虽然没有丽江的浪漫情怀，却别有一番历史的底蕴。

空气中飘着的都是花的香气，带着历史的香气。

"老板，我们要两辆自行车。"我拉着苏茉来到了一个出租自行车的摊位，老板是一位中年大叔，很开朗也很健谈。

"你们要去哪里玩儿啊，我这里的自行车是大理出租摊位中，样式最多，最好骑的，你看这自行车的颜色，比大理的花海还多样，还丰富，最适合你们年轻人了……"

我听着大叔那滔滔不绝，"王婆卖瓜，自卖自夸"式的推销和介绍，哭笑不得，原来在这年头，连出租自行车的大叔都如此善于推销了。

最终，我领会了什么叫销售中的"盛情难却"，我从摊位中选了一辆看起来比较结实的带后座的蓝色山地车，苏茉则挑选了一辆红色的相对小一号的没有后座的山地车。

"你干吗选带后座的？"苏茉看着蓝色山地车后面多出的一个座，好奇地问我。

我看了看车子后座，也有些纳闷，心理学上有言，选择是最能体现潜意识的时候。

我想了想，脑海中浮现出了那个校园时代的单车场景：我骑着单车，载着那个爱笑的姑娘，游走在青春的校园里。

"应该是来源于我们幸福的碎片时光。"我认真地想了想，笑着答道。

"很文艺嘛，勉强算你过关。"苏茉说着骑上车子，向前方潇洒地骑去。

我愣了一下，难道我被苏茉式敏感跳跃性思维给击打到愣头了吗？我摇了摇头，只能自叹一句女人心，便向前追去。

时光静好，现世安稳。

那些自由游走的岁月，有青春，有爱人，纵然未来模糊不清，也是令人满足的。

未来不就在车辘辘底下的路上吗？纵然是自行车辘辘下，又何尝不是一种幸福？

"洛冰，你慢点。"我边打着呼哨，躲在路边的小竹林边上，听着身后苏茉的号叫，吹着小风，心中带着一种恶作剧式的快感。

"苏茉，我是不是应该叫你'苏牛'呢？"我看着不远处，用力蹬着自行车，气喘吁吁的苏茉，故意调笑着。

苏茉白皙的皮肤在阳光下憋得通红，不知道是因为蹬自行车导致的，还是气恼导致的。

我骑着自行车，从竹林中探出身来，向后骑去，骑到了苏茉的面前。

"洛冰，你不是能骑吗？你再快点，有本事比飞机还快！"苏茉从自行车下来，喘着粗气，停下了自行车，靠在了路边。

我从背包里拿出了一瓶水，拧开盖子，递给苏茉。

"这还差不多。"苏茉咕噜咕噜喝了两口水，靠在一边，眺望着远处另一边的河岸，似乎在享受微风，似乎又在畅想未来。

自然美景，秀丽风光。我看向四周，也不禁望向远处，安静了下来。

"真美，洛冰，你看那边。"苏茉突然动了我一下，我顺着她手指的方向望去。

漫天的白云若隐若现地荡漾着波纹。

我呆站了一会儿，转身却没了苏茉的身影，我下意识一阵慌乱。顺着路，只看见苏茉骑着自行车，已经甩出了我老远，在蓝天下，摇着嚣张的胳膊，留给了我一道得意的背影。

"有仇不报非君子。"那得意的笑声，带着回音，从前面传到了我耳朵里。

"世间唯女子与小人难养也。"我哭笑不得，骑上那带着后座的山地车，向前奔去。山地车带后座果然是别扭的。

吵着，闹着，晃悠着，当洱海静静地躺在我们眼前的时候，一切似乎都静止了。

"好美啊！"我由衷地赞叹道。

苍山远远地俯瞰着我们，洱海静静地流淌在眼前，轻柔的风缓缓划过脸庞，在不经意间，吹走了细密的汗珠，而多天来积累的浮躁、劳累、恐惧似乎也随着微风都消散了。

"我觉得我被'治愈'了！"苏茉看着眼前的洱海，眼中带着惊叹的光，声音清脆而平静。

我牵起苏茉的手，站在洱海之畔，想起了离校的不舍和悲伤，想起了我们这次旅行的朝朝暮暮和甜甜蜜蜜，想起了我们之间的拌嘴和不快，想起了雪山上的九死一生……

我静静地看着苏茉，她的嘴角带着一丝温和的笑容，眼中透着深切的情感。

"我觉得我到达了另一个境界，这里唤起了我生命里压着的一种向往。不只是学习和责任，还有对幸福深切的期待。"

青春是躁动的，也是迷茫的。它造就了我们拼搏向上，也造就了我们的多愁善感和患得患失。那个年纪的我们，对成功的渴求、对爱的渴求是最强烈的，它没有叫作将就的东西，也不懂什么叫委曲求全。只是奋发，带着蓬勃的朝气，带着爱，带着她，勇往直前。

"苏茉，你就是太懂事了，你的懂事，总是让我心疼，可是与懂事相比，我更希望带给你快乐，我想我们一起，可以对未来更加坦然，而幸福我们也可以一起创造。"我认真地回应着她那陷入美景中的情绪。

"嗯。"苏茉看着我，点了点头。

人生最珍贵的不过是心与心的交流，情感与情感的碰撞。

"于美景中，携爱人之手，絮叨往事，憧憬未来，人生乐事一大件！"我坐在苏茉铺开的毯子上，从包里拿出两瓶水，拿出些吃的，席地而坐，不觉有些得意忘形。

"你现在整个就显示出两个字——嘚瑟。"苏茉坐在我旁边，喝了口水，轻舒一口气。

我拍拍我的肩膀，拿出男朋友的绅士风度，苏茉轻轻靠在我的肩膀上。

"如果可以，我真希望，可以在这里扎根停留。"

"那不行，你注定是西安的媳妇，喜欢这里，我可以带你来，但是你注定要跟我回西安去，然后我们一起创造幸福。"我打断苏茉的天马行空，告诉她，她的未来必须有我的这个事实。

"洛冰，你大男子主义。我以后在不在西安，那得看你表现。你要对我不好，我就跟你拜拜，然后来大理，在这里扎根。"苏茉忽闪着大眼睛，用威胁的口气，慢悠悠一字一顿地说道。

"我洛冰向来说到做到，什么时候食言过，苏茉同学，你就认了吧。"我用手指亲昵地刮过苏茉的鼻梁。

苏茉咯咯地笑出声来，那清脆的笑声似惊起了河岸边的小鸟儿，它们扑闪着翅膀，向水岸的深处飞去。

"某人把鸟儿都吓跑了。"我看着苏茉戏谑道。

"都怪某人乱动我，才会把鸟儿吓跑。"苏茉毫不示弱。

我们有一搭没一搭地聊着，正在此时，一声惊叫声，在一片静谧中，突兀地响起。我和苏茉打了一个激灵，周围的游客也不知所以，开始窃窃私语。

"怎么了？什么声音？"

"看那边，有人掉到河里了！"突然一个声音响起，人群立刻躁动起来。

我和苏茉顺着游客们的手指看去，只见离岸的不远处一个身影在水里挣扎着。

我顾不上想太多，给苏茉示意一下，脱下了鞋子，向挣扎的那边游去，与此同时，旁边的两位大哥，也脱下了鞋子，一起向那个女孩儿游去。

我们三个几乎同时到达那个女孩子那里，三个人一起合作，经过十分钟，终于将落水者拖上了岸边。

当我们爬上岸的时候，苏茉手里拿着毛巾，正在岸边等待着。看得出来，苏茉一直在岸边关注着河里的情况，她的眼里透着几分焦急，看见我们爬上了岸，将一条毛巾递给了我，我简单地擦拭了下头发，又把毛巾递给了另外两个同样下手救人的人。

落水者是名女孩，长发湿漉漉地耷拉在脸侧，幸亏被救及时，没有窒息，她趴在栏杆上咳嗽了几声，将水咳了出来，苏茉走近那女孩，将毛巾递给那个姑娘。

那个姑娘将头发撩到耳后，抬起头，我看着她的侧脸似乎有些熟悉，她颤抖着手接过了毛巾。

"怎么是你啊？你没事儿吧？"苏茉突然惊讶的声音吸引我看了过去。

是火车上和旅馆里遇到的那个女孩！

"谢谢你们，你们真是我的救星。"那姑娘说着，带出了些微的哭腔，眼中闪着泪花，显然是受到了惊吓。

苏茉搂着女孩颤抖的肩膀，帮她把头发擦干，路边的游客看见这个姑娘安全上岸，好像还遇到了认识的人，便都善解人意地散去了。

一场喧闹过后，这里再次安静了下来，人们继续在这片仙境中，享受着片刻的闲适和静谧。

那两位大哥救了人之后，也匆匆走向他们原来的伙伴群中，没有留下只言片语，只留下那关切的目光。

世界上还是好人多，我内心不由得感叹。

苏茉带女孩来到我们铺的毯子上，帮她找了件衣服，披在身上。

"谢谢你们，要不是你们，我估计就葬身于此了。"女孩抬起头，情绪舒缓了很多，她感激地看着我。

"没事儿，会水的人都不会见死不救的，而且不是我一个人把你带上岸，还有另外没有留名的两位大哥。"我看着女孩感激的目光有些不好意思。

"真是太谢谢你们了，都是我太笨了，非要看那只鸟，才落到了水里，给你们带来了麻烦。"女孩言语间都是愧疚。

"没事儿的，这也正常，就算是成全我男朋友去圣湖里洗个澡了。"苏茉的幽默引得女孩笑了起来，一时尴尬的气氛也消散了。

"哦，对了，我叫言微，南京人，这次是来旅游的，还不知道恩人叫什么？"女孩子缓了过来问道。

"哦，我叫苏茉，他叫洛冰，很高兴认识你，你自己来旅行的吗？"苏茉大方地跟女孩介绍道。

"是啊，自己一个人来的。"女孩说完，眼神中透着几分失落。

有些女孩的善良是与生俱来的，苏茉就是这样的善良，即便是在误解中有过不愉快，然而，还是温柔地对待他人和这个世界。

"晚霞真美。"当天边被红霞浸透，残阳似血，也别有一番风味。

骑行在晚风中，身心一定很轻松。

"苏茉，知道我后座是为谁准备的了吧？坐上。"我呼唤着在后面收拾的苏茉。

"言微，你骑我车子，我让洛冰载我。"苏茉收拾完后，和言微边走过来边谈笑着。

"我……那个，我自己坐车回去就行了。"言微支支吾吾道。

"干吗自己搭车？你就骑我的自行车就可以了。"

"不好意思，我不会骑车。"言微说完，不好意思地低下了头。

"那，没关系，反正有后座，让洛冰载你，没关系的。"苏茉看着言微为难的样子，果然还是口是心非地这样子安排着。

我无奈地摇了摇头，带着这个叫言微的姑娘，踏上了回旅馆的路。

实话说，言微是那种漂亮的软妹子，一个眼神过去，柔波都能荡漾到一个男人的心神里。

但是，当言微冲着我释放这种信号时，也许我有一瞬间的失神，但是瞬时的失神不过是出于男人的本能，而不是真情。

我虽然不是坐怀不乱柳下惠，但是自制力作为一个男人基本的自我要求，是年轻时的我自认为出淤泥而不染时，一直坚守的原则。

从一路上时不时地被言微不经意地拽住衣角的尴尬开始，在到达旅馆后，在美女的诱惑下，我们的感情经过了一次所谓的锤炼，也算是社会经历的一次小缩影。

曾经，一个朋友和他的女朋友约法三章："人的一辈子说长不长，说短也不短，如果将来我一时犯浑，不论是被美色还是被金钱诱惑，你一定不要放弃我，一定要唤醒我们的感情……"

起初，当我听到这样的话语时，内心是有些不屑的，真正的爱情怎会被小小的诱惑所打倒？

后来才明白，那样乌托邦式的青春无敌大傻瓜的简单想法，那弥足珍贵的固执相信，才是生命里最让人坦然的幸福。

"洛冰，这是我借房东阿姨厨房自己包的饺子，给你们送来一些，尝尝我的手艺。"在从洱海回来的第二天，我和苏茉在大理城逛了一圈回来后，苏茉洗完衣服去楼顶搭衣服，而我正窝在沙发上闭目养神时，一睁开眼睛便看到言微推开了我们虚掩的房门，将饺子放到桌子上。

"来，洛冰，尝尝我的手艺，上次你救我，我还没有好好地谢你，这是一点小心意。"说着言微拿起旁边的一次性筷子，夹起一个饺子，送到了我的嘴边。

我愣了一下，对于这唐突的动作，一时没来得及做反应，在我呆愣的片刻间，这一幕，刚好被搭衣服回来的苏茉看进了眼里。

我突然意识到了这个动作的暧昧，我下意识地缩了缩自己的脑袋，让自己与这只暧昧的饺子保持在安全的距离内，可是一刻呆愣和犹豫，已经造成了一个大的误会。是的，在我看来，是一个极大的误会。

我站起身来，看着苏茉不可置信的眼神，我如同电视里所有的脑残男主角一样，说出了如下的解释："苏茉，我们没什么，不是你想的那样。"

当我回过神来时，不禁想到，我们终将会成为我们曾经最讨厌的那种人，还是这样的对话，恰好表现的是人性软弱却最真实的一面。

然而，令我意外的是，苏茉并不是像狗血电视女主角那般跑出门去，她淡定地将手里的盆子放到了洗手间，然后非常有气势地指着言微，轻声却果决："你先给我出去。"

言微愣了一下，似乎对于苏茉这样的反应有些意外，她脸似乎被某种情绪所晕染，尴尬地开口："苏茉，你别误会，我只是想向你们表达我的谢意。"

"好了，你的'谢意'我们收到了，你可以出去了。"苏茉再次一脸冷静地赶人。

言微最终尴尬地走了出去。

对于这样的事情，我其实有些不知所措，我突然知道，在中国博大精深的汉字文化中，为什么会有"误会"这两个字的存在了。

苏茉卸下情绪似的坐在了床沿上。

我看着这样的她有些担心，良久，我走到苏茉身边："请相信我，我不会那样做。"

"可是你在纵容别人做对不起我们感情的事情，因为你不懂拒绝。"苏茉掷地有声地说道。

第十八章　再见魏海

"苏茉，你应该相信我。"我不知道我该说什么，才可以将这一幕解释清楚。

"我不是不相信你，我只是想告诉你，如果一个男生真的爱一个女生，那么就一定要学会拒绝。"

我明白了，只是，后来才知道，误会的伤害力究竟有多大。

一个男孩如果真正爱一个女孩儿，那么就不要让任何可能存在的误会发生，而杜绝发生误会的最直接的方式，就是学会主观地去拒绝。

爱不只是一种情感，也是一种能力。

这是后来，我用一生悟出来的道理！

看着苏茉的眼泪在眼眶里打转，我愧疚地紧紧地把她抱住，我深深理解了误会是情感里多么大的一种伤痛。只是我不知道，误会在悄无声息中，成为日后我们之间用生命的代价最终才能跨过的鸿沟。

最终，一个拥抱化解了误会的伤口。

年轻的我们，总是可以轻易地相信梦想、青春这样的字眼，似乎所有的伤口都可以用信念和情感化解，哦，对了，还固执地相信那份永久的爱。

在准备离开大理的前一天，本来打算前往苏州杭州游览的我们，接到了一个不知名的电话。

"冰哥。"那个陌生却带着熟悉味道的声音。

是魏海。

他听说我和苏茉如愿考上了陕西师范大学的研究生，便提前结束假期回到学校，并极力热情地邀请我们前往北京。

魏海的话是这样说的："冰哥，反正你和嫂子去旅行，只要不在西安，不在我们学校的城市，那么走到哪里都是旅行，不如来北京，我管吃、管住，还管玩，而且游览祖国的大好河山，都不如祖国的心脏来得刺激，因为，祖国的心脏有魏海啊。"

魏海的那股贫劲儿在考上清华后变本加厉了，看来清华并不是我们所以为的那般都是书呆子啊。

终于，在魏海三天两头的电话骚扰下，我和苏茉提前结束了云南游，考虑到时间问题，我们直接买了北上火车票，直奔首都北京。

记得报志愿的时候，老师们都说，北京是理想的拼搏之地，是年轻人的梦想殿堂。

可是，不论老师怎么推崇首都，我都没有报北京的学校之心，大约这就是为了应那句，你到一个地方去，总是有着特别的安排，也许是为了成长，也许只是为了遇到某个人。

下午六点左右，我和苏茉刚从北京西站下车，走出站口，便远远看到魏海冲着我们招手。

"魏海，好久不见！"

"冰哥、嫂子，好久不见！"

真的是好久不见，三年的光阴，我们都长大了，魏海也成熟了。

魏海穿一件军绿色短袖，下面是一件黑色的流行紧身裤，搭配一双尖头棕色皮鞋，架着一副黑框眼镜，很有学霸的式样和调调。

"哥，啥也不说了，这几天弟弟就好好陪你和嫂子逛逛北京城。今天先好好嗨一下，走起。"

"对了，饭店我已经订好了，在清华附近的一家特色餐厅里。一会儿再让你们见个人。"说完后，魏海嘿嘿地撇嘴乐啦。

"魏海，你一定是交女朋友了吧。"苏茉喜闻乐见地猜测。

女人总是在这方面有着超出男人不知道多少倍的强烈第六感。

超越情，这家餐厅的名字。就在清华大学校门附近，走进餐厅，光色稍微有些黯淡，但是人很多，熙熙攘攘的，有生活的味道，走到侧间，还有清华学堂的字样，也算是一家应时应景小有格调的餐厅了。

走进包间的时候，我和苏茉看到坐着的那个姑娘，心中惊讶也有些哭笑不得。

有些人就是有那个缘分，不论绕多远，经历多少人，还是会绕到原点。

"冰哥，嫂子。"欧乐笑意盈盈地站起身来，看着我和苏茉，有些不知所措地向我们招呼了一下。

我坏笑着看着魏海："你们俩，什么时候的事儿啊？"

魏海看着欧乐，依旧含情脉脉，眼中的笑意似乎都要溢出来。

"嫂子、冰哥，快请坐。"

四个人再次相聚，是一别三年后。

欧乐经过那件事之后，整个人温婉了许多，也成熟了许多："冰哥、嫂子，在魏海离开后，一直多亏你们几个照顾我，却一直没机会对你们两位好好地说声谢谢。我敬你们两位一杯。"欧乐说完将杯中的酒一饮而尽。

"欧乐，你一直是最棒的，我记得初见你时你的笑容，就一直暖到了我的心里，你跟魏海啊，就是天生一对，该在一起的人。"苏茉站起身来，由衷地说。

"魏海，要好好照顾欧乐，不准欺负欧乐。"

"就是，魏海，我可是有冰哥和嫂子撑腰的。"

"哥、嫂，从来谁欺负谁，你们懂的。"

"冰哥和嫂子说什么就是什么，魏海，你不准顶嘴。"

看着两人的模样，我和苏茉哈哈大笑起来。

欧乐一跟魏海在一起就会露出来的小爪子似乎一点都没有弱化的趋势。

无论经历了什么，当再次相聚时，彼此还保持着最初的幸福模样，那我们就放心了。

"嫂子，我带你去个好地方，走。"欧乐一脸的神秘。

"哪里？"苏茉疑惑。

说着，欧乐拉着苏茉向门外走去。

我和魏海自顾自地说着我们的话。

"北京这个古老的城市，如今已经是现代化都市的代表了，古城的气息渐渐被淹没在时代的洪流里了，有机会，你们去西安啊。"

"好，去那里旅游，去看你们。"

"我和你嫂子打算以后留在西安了，读研，工作，结婚，生子。你跟欧乐呢？"

"我跟欧乐说好了，她毕业后就来北京，然后我们一起奋斗，然后一起去西安看你们。"

"好，别太久，不然我会想你们的……"

我和魏海两人一瓶接着一瓶，仿佛没有语言组织能力似的，将心里的话，粗糙地说了出来。

"嫂子，我相信，你许的心愿一定会实现的。"喝到一半，苏茉和欧乐走了进来。

"欧乐，你的心愿也一定可以实现……"

"你们去哪里了？"我看着两人神秘的样子，好奇地问。

"许愿！"苏茉故意调皮地用口型说。

多年后，当我站在这粘满心愿纸的许愿墙前，疯狂地翻着那些密密麻麻的心愿纸，却再也找不回那被命运收回的幸福，随岁月消逝的那个遗憾的心愿。

那天晚上，我和魏海不知喝了多少酒。

我们四个人，走在清华的荷塘月色边，看着盛夏的满月，青蛙的声音在周围兴奋地鸣叫，似乎在为我们的久别重逢而欢呼，荷花在月色下俏皮地站立着，似乎也是在见证我们之间的友谊和情感。

"吴伟和曲荻、郭驰和成言，知道我们在逛清华的话，肯定不知道怎么羡慕我们呢!"魏海想起兄弟姐妹们说道。

我颤抖着手，从包里掏出手机，非要跟吴伟和郭驰打电话，被苏茉伸手阻止了。

"现在已经十二点了，你和魏海喝得醉醺醺的，明天再跟他们打电话。"苏茉边扶着我，边劝着我说。

最后，欧乐带着我们在清华服务楼里，租了两间房，醉醺醺的我们，在清华大学里闹腾了一晚上，絮叨着我已经记不清楚的话语，但是却是可以让人念叨一辈子的情谊。

第十九章　一切都是新的开始

第二天，我和苏茉两个人就打算离开清华回西安了，距离开学的日子也越来越近，对于我们即将迎来的新生活，我和苏茉的心中充满了期待。

魏海和其他的兄弟姐妹都去了火车站送我们。现在想想，似乎是有些矫情，魏海帮我们买了很多路上吃的东西，又叮嘱我们注意安全，像极了一个唠叨的老大妈。苏茉对魏海开玩笑说："魏海，你以后要是找不到工作，可以直接去居委会当大妈了。"

可是我们谁都没有笑，远处火车的轰鸣声已经慢慢传来，我们要上车了，不知道什么时候才能再见面。

"冰哥，我这个人吧，不太会说话……"魏海的声音低低的，我发现自己的心里也不是滋味儿。

我拍了拍魏海的肩膀，努力挤出一个笑容："别说了，兄弟这么多年，我们都明白！咱们是男生，没那么多婆婆妈妈的，兄弟，好好奋斗，不管以后遇到什么困难，记得找我，风里来火里去我也愿意！"

我说的是真心话，一个人一辈子能有几个交心的朋友是一件幸福的事情。

魏海这个家伙反而有点儿绷不住了，他故作豁达地说："你放心，哥们儿好着呢，你们以后就别担心我了，好好加油，我可是等着吃你们的喜糖啊。"

倒是苏茉先笑了，她有些不好意思："魏海你够了啊，三句话就不正经了，好好操心自己的事儿吧。"

苏茉的话音刚落，已经传来了火车进站的声音，我拉了拉身上背包的带子，笑着对魏海说："好了，我们走了，多多保重！"

火车停了下来，我和苏茉两个人拉着行李上了车，找好自己的位置，朝着窗外看过去，魏海和其他几个人还站在原地。

"魏海，你们回去吧！"我和苏茉朝着他们挥了挥手，笑着道别。

不是有那么一句话么，认真说过再见的人，以后还能再相见。

火车缓缓地开动了，远远地还能看见几个小黑点，苏茉的眼里已经有了波光流转。我把手覆在她的手背上，轻轻地抓了抓："放心，不管去哪里，你还有我。"

其实我不是一个喜欢说这些肉麻话的人，我也不知道是为什么，自从在玉龙雪山经历过那次雪崩之后，我竟然也能这样说出自己的心思，仿佛也是从那一天开始，我对感情和生命有了新的认知。

而苏茉回应我的，是在我的脸颊处印上一个简单又温热的吻。

那一刻说真的，我有点儿懵，那种感觉说不出来，也不能用语言形容，就是那种"只可意会不可言传"的感觉。

"苏茉，你……"待了几秒钟之后，我转过脸去看她，叫了她一声，接下来又不知道说什么。

苏茉也没有说话，她脸上的笑容淡淡的，却如同最清新怡人的一杯香茗，沁人心脾，荡漾进我的心里。

"不用说什么，以后……有洛冰的地方就是我苏茉的家。"苏茉对我说。

我的心里突然就好像涌入了一股暖流，大概是那种终于有了一个人一直陪伴的安定感，我们的手十指相扣。硬座车厢晚上是不关灯的，四周的乘客打牌的打牌、聊天的聊天，还是那么热闹。火车的轰鸣声也一直都在耳畔，我们却旁若无人，在那个夜晚，我们彼此依偎在一起，睡得格外香甜。

第二天。在我和苏茉睡得迷迷糊糊的时候，我们的耳边传来了火车鸣笛的声音，与此同时，火车里的广播也响了起来："各位乘客请注意，各位乘客请注意，我们的列车即将到达古城西安，请到站的乘客带好您的行李做好下车准备，谢谢合作……"

我揉了揉眼睛，果然，我看到了熟悉的西安火车站，我低头看了看苏茉，她还在我的怀里睡得很沉，可是看着火车马上就要到站，我不得不轻轻地摇了摇她："苏茉，苏茉，快醒醒，我们到站了……"

苏茉在我的声音中醒了过来，她迷迷糊糊地睁开眼睛问我："这么快就到了？"

看着她可爱的样子，我忍不住去揉她的头发："傻瓜，哪里快了，你都睡了一夜了。"

大概是听到我这么说，苏茉不好意思地起身，直到这个时候我们才发现，她刚刚趴在我的肩膀上竟然留下了：口水！

"哎呀……"是苏茉先发现了这个秘密，然后她连忙抽出一包纸巾按在我的肩头，脸上也随之氤氲起了一抹可疑的红晕。

看到她这个样子，我也才反应了过来，不过我倒是一点也不生气，反而觉得她这个样子有点儿可爱。我忍不住打趣她："我以前看过一个故事，生活在澳大利亚的考拉最喜欢流口水了，以后你就是我们中国的考拉了。"

听我这么一说，苏茉的脸更红了，她轻笑着打我："讨厌，你要是再这样我可就不理你了。"

我本来还想继续和她开玩笑，可是车厢里的乘客们有很多都开始各自收拾行李，我们也不得不抓紧时间准备下车了。我的一只手里拉着我们的箱子，另一只手紧紧地牵着苏茉的手，我们说好要一辈子不分开的。

终于到达目的地了，当我们站在西安这座熟悉的城市时，天空才刚微微亮，鱼肚色的天边微微泛白，太阳好像就要跳出来一样。我们两个人手牵着手，看着这个古老的城市，它将是我们俩将来生活和学习的地方，也是我们的未来。

我和苏茉没有在火车站多逗留，打了一辆出租车直接去了我们的学校——陕西师范大学研究生公寓，因为临近开学，学校已经拉起了"欢迎新同学"的横幅，我和苏茉走在清晨的校园里，心里别提有多惬意了。

根据学校的安排，我们跟着迎新的工作人员去了研究生公寓。那是一座颇有历史感的公寓楼，朱红色的墙面和斑驳的大柱子无不显示出岁月走过的痕迹。因为男女宿舍离得不远，我先帮苏茉把她的行李放到了她的宿舍，又一起收拾好了床铺，看一下时间，已经到了上午十点。苏茉因为昨天晚上在火车上没有睡好，一双大眼睛好像兔子一样红红的，我看了也是一阵心疼。我对她说："你先在宿舍里睡一会儿，我自己去收拾宿舍吧，等到下午天气凉快一点儿，我再带你出去逛一逛。"

苏茉虽然也累，但又不想让我一个人收拾东西，她拉着我的胳膊说："我不睡了，咱们一起去你的宿舍吧。"

"听话，你这个样子我也不想让你累着了，你好好睡一觉，等你睡醒了我也就收拾得差不多了。"我极力安慰着苏茉。

听到我这样说，苏茉也不再坚持了，她乖乖地点了点头："好吧，那你也别太累了，慢慢收拾。"

从苏茉的宿舍走出来，我又拖着行李去了自己的公寓，听说这个公寓楼今年暑假刚刚装修过，房子里也是乱糟糟的，我叹了一口气，好吧，今天我是注定要当一名劳模了。

直到我把东西都收拾妥当，擦了擦额头上的汗，我才发现，时间竟然已经到了晚上六点多，想来苏茉应该是饿坏了吧，我拿起手机准备给她打电话。

我刚刚拿起手机，苏茉给我设置的"情侣铃声"也响了起来，是苏茉打来的，我笑着接起了电话。

"洛冰同志……"电话里传来了苏茉拉长的音调。

我忍俊不禁，却又还想逗逗她："报告苏茉同志，洛冰收到，洛冰收到！"

"洛冰同志，你要是再不带我去吃饭我就要英勇牺牲了你信不信？”苏茉故意有气无力地问我。

我被她的话逗乐了："哈哈哈，咱们两个真是心有灵犀一点通，不瞒你说，你打电话过来的时候我刚准备打给你呢，谁让你的速度要快一点呢？"

苏茉听我这样说也笑了起来："那你快点儿过来，给你五分钟时间，五分钟之后我要是再看不到你，我可就要动用军法处置了。"

"军法处置？难道不应该用家法吗？老婆大人的话绝对就是圣旨。"这句话说得十分顺嘴，后来我才发现，那是我第二次叫苏茉"老婆"。

很显然，苏茉依旧被我的这个称呼吓到了，她在电话那头沉默了几秒钟，然后才说话："谁是你老婆了？我可没答应要嫁给你啊！"

听见她没有生气，我原本悬着的心也终于放了下来，我笑着打圆场："这可不是你能决定的好吗，等我带你去见了我爸妈，看你还会不会这么说了。"

"好了好了，你别贫了，咱们快去吃饭吧。"苏茉只是咯咯地笑。

我挂了电话，洗了一把脸，等到我下了楼走到她的公寓那儿，就看到苏茉已经等在公寓楼的楼下了。浅浅的夕阳笼罩在她的身上，她站在那里笑着笑着，笑得那么美，那么温柔。

"苏茉同志，我来接你了。"我笑着走近她。

苏茉盯着我看，脸上是一脸嫌弃："哼，你要是再不来我就要哭了。"

"哈哈，那你哭一个给我看看呗？"我笑着对她说。

苏茉停了几秒钟，然后立刻就蹲在地上，两只手捂着脸就开始哭了："呜呜呜呜……你果然不爱我了，你都想让我饿死了……"

我被苏茉逗得哈哈大笑，又连忙蹲下身去哄她："好了好了，你别哭了，我就是逗你的，我就爱你一个人好不好？"

"哈哈，我就知道你会中计……"苏茉听见我这么说，立刻扬起了脸来，我才发现她竟然都是装出来的："好啊，你竟然敢骗我？看我怎么收拾你……"

我伸手去挠她的胳肢窝，逗得苏茉坐在地上求饶："好了好了，我错了我错了，你饶了我吧……"

我们两个人闹成一团，笑声飘荡在空气中，传得好远好远。

西安素来都是一个以热闹的夜市闻名的城市，苏茉拖着我满大街地乱逛，回民街那边哪家的冰糖葫芦好吃，哪一家香蕉薄饼最正宗，她都一清二楚，也直到这个时候我才意识到，这个城市她竟然比我熟悉多了。

"苏茉，你怎么会知道西安这么多好吃的？"我好奇地问她。

她嘿嘿地笑着："因为这里是你生长的地方啊，所有和你有关的地方，我都想要好好地了解。"

听她这么说我就更加好奇了："那你都是怎么知道这些的？"

苏茉拉着我的手一脸的得意："很多方面都可以了解啊，我们在一起之后，我就一直从网上搜了很多关于西安的资料，秦始皇陵、兵马俑、大唐芙蓉园、华山，我都知道啊。"

听着苏茉这样说，我的心里忽然如同有一股暖流流过，我一直都不知道，原来苏茉在背后竟然做了这么多的努力。

"苏茉，谢谢你。"我拉着她的手站在街道中间，忽然没头没脑地说了这么一句话。

苏茉笑着问我："怎么忽然想起来说这个了？"

我轻轻地说："谢谢你一直都为我做了这么多，而我竟然都不知道。"

"傻瓜。"苏茉笑着拉了我一下子，脸上却还是飞来了一片红云，好像是熟透了的红苹果。

我顺着苏茉的动作拥抱了她，恋人之间往往肢体语言比交谈更能抚慰对方，我紧紧地将她抱在怀里，感受着她似远似近的心跳，心里是说不出的满足。

西安的街道两边有许多梧桐树，满树的梧桐叶在风中摇曳，让人感觉秋意仍浓。偶尔看到叶片坠落，竟有些不舍。长长的街道，被梧桐延绵得看不到尽头。梧桐树上的天空蓝得透明，叶与叶的空隙填满了灿烂的星光。

说真的，虽然我从小到大就生在西安，长在西安，也一直都知道南大街是这里著名的商业中心，拥有数百年的历史。不过说起来我还是第一次真正来到其中体会它的繁华，我们去了钟鼓楼广场，带着她去骡马市买了好多好吃的，我站在她的旁边看着她兴致勃勃，觉得自己心里也像开出了花朵。

就这样走了一个多小时，苏茉实在是走不动了，只能抱着我的胳膊撒娇："洛冰，我真的走不动了，我们休息一会儿吧……"

我看着苏茉的样子也是一脸无奈，只能四处转了转，看了看我们身处的位置，突然拍了一下后脑勺："这个大厦四楼就是一家电影院，要不我们去看电影吧？"

听着我这样说苏茉当然开心了，要知道看电影可是情侣之间最浪漫的事，我们又一起兴致勃勃地到了影院，好像一点也感觉不到累了。

暑期是影院必争的档期，满城的电影院里都是"黄金甲"，我们两个人却不约而同地选择了《伤城》。影片很流畅，爱情、悬疑、凶杀交织在一起，九十分钟的时间很快过去，一起走出影院，这一晚也不算虚度。

我笑着对苏茉说道："很少见你看得那么认真。"

听我这样说，苏茉回答我："我没有料到会是这样的一个结局。"

"料不到梁朝伟会死？"我问她。

"不是，我料不到他会那么爱对方。"苏茉悠悠然地吐出自己的心声。

影片的最后，徐静蕾的眼神让她莫名地战栗，"你没爱过我……"片里那个叫金淑珍的她最后看着丈夫说，不是责问，而是心如死灰地陈述。

梁朝伟饰演的丈夫回报她的是射向自己眉心的一颗子弹，我能感受到苏茉忽然在风中微微一抖。

我们两个人出门的时候天气阴沉沉的，不料电影散场后才发现外面下起了大雨，好在苏茉的包里带了把折叠伞。我们两人挤在小小的伞下并肩回公寓去，本来还有几分浪漫情调，不料刚走了一百来米，苏茉脚下的鞋子被积水一泡，其中一只竟然报废了，而且是底面分离，连凑合着穿回去的机会都不给。

那个时候大雨伴着疾风，势头越来越猛，天色不早了，看样子这雨一时半会儿也停不了，一辆辆载客的出租车疾驰而过，苏茉虽然有伞在手，身上也很快湿了一大片。

看到这个样子，苏茉干脆连好的那只鞋也脱掉，赤脚跑到我身边。

"走吧，没几步就到学校了。"苏茉对我说。

我抹了一把脸上的雨水，瞄了一眼她半没在积水中的脚，轻轻地嘲笑道："本来就不是什么纤纤玉足，要是路上磕破了就更不能看了。"

说着，我把自己的鞋踢到苏茉的脚边："穿吧，别把我的也弄坏了。"

苏茉似乎是有点不好意思，非要我重新把鞋穿上，我见苏茉固执，只能装作不高兴的样子说道："那就谁都不要穿了，反正这鞋穿着也不舒服，趁早都扔了。"

我虽说不出什么好话，但苏茉却很清楚我是在心疼她，她转念一想有了主意。她走到我的身后，示意我弯腰，我也很快明白了苏茉的用意，笑着把她背了起来。

第二十章　谢谢你在我身边

苏茉让我穿上鞋，自己拿着伞，还不忘了调侃我："洛冰同志，考验你体力的时候到了。"

我的心里忽然很踏实的感觉，我笑着开玩笑："苏茉，你怎么会那么重？"

她用力捶了一下我的肩膀，伞上抖落一串串水珠，苏茉的笑声被雨声盖过，我却可以清晰感觉到我背上的震动。

走了一段路，我忍不住对苏茉说："宝贝，你把伞往后放一些。"

"哦。"苏茉很听话地顺势动了动手中的伞，可这么一来，我胸前的衣服很快就湿透了，雨水顺着脖子往下淌，她着急地又挡了过去。

"都挡住我看路了。"我对这件事前所未有的固执，腾出手把伞柄往后一推。

"哪有！"苏茉觉得有些委屈，大概是她怎么看都没觉得遮挡了我的视线。

我好像怕她掉下来似的用力往上颠了颠，说道："我身上反正都湿透了。你别让背上淋雨，一不留神感冒了，我可不想照顾你。"

这个时候，苏茉才知道我是怕伞太小，兼顾不了两个人。

"难道你就是铁打的？我也不想照顾你。"苏茉必须承认，她非常乐于和我斗嘴。

"苏茉，你再不把伞拿好，小心我把你扔到路边的水沟里。"认识这么久，我还是第一次觉得自己有点大男子主义的味道。

苏茉吐了吐舌头，不再和我较劲，伞稳稳地挡在两人头顶："有什么好争的，就这么点地方，你湿成这样，我能好到哪儿去？"

我不再说话，一路上行人渐少，她就那样伏在我的背上。听见路边店面轰隆隆地拉下卷闸门，车轮轧过积水哗啦啦地响，雨点噼里啪啦地打在伞面上，还有我每走一步鞋子都会发出可疑的吱吱声……

那些声响好像是从别的世界传来的，我的心如秋日的湖面一样宁静，全世界好像只剩下伞下的方寸天地，只觉得她的心跳持续而有力，起初平稳，渐渐随着脚步的加快急促了起来，一下一下，好像落叶荡在湖心，浅浅的涟漪被晕开……

说起来，我和苏茉认识那么久了，我从未觉得自己和她是这么亲密，这种亲密不是身体上的紧紧胶着，而是像血肉都长到了一起，分不清哪一部分是她，哪一部分属于自己，这种感觉让我陌生而惊恐。

直到很久以后，苏茉才告诉我，认识我之前，她习惯了独来独往，即使后来的大学四年里一直都喜欢着我，也始终在心里为自己留有一寸余地。说到底她是有几分凉薄的人，在她看来，太爱一个人是件可怕的事，怕他走，怕他变，怕他老，怕他抽身离开，怕他比自己醒得早。

假如这里只有她自己，一把伞归去足矣，而我身边若没有她在，轻松上路，也绝不至于如此狼狈。

伏在我背上的苏茉开始思考，人为什么会离不开另一个人呢？哪怕是相互拖累。你顾及我，我舍不下你，结果都成了落汤鸡，真是傻子行径。

可是苏茉发现一起湿透了的感觉却没有那么糟，大不了都感冒了，我死不了，她也死不了，头昏脑热的时候也知道身边那个人必定还在。相反，苏茉开始无法想象如果这时伞下没有我会怎样。

"洛冰。"她叫了我一声。

"嗯。"我回应她。

"洛冰！"她又叫了一声。

"怎么了？"我稍稍转过头问我。

"洛冰……"她还是只叫我不说其他话。

"你被雨淋得卡带了？"我和苏茉开着玩笑说。

听着我的声音，苏茉心中的不确定一扫而空，一只手把我环得更紧，放心地把所有的重量交付在我的身上。她一直都相信，总有一天她能和我一起等来天荒地老。

冥冥之中好像被施了"缩地成寸"的法术一般，研究生公寓比想象中要近得多。我进到学校才把她放了下来，苏茉落地，觉得脚都麻了，都怪我的手压得太紧。

我们为求避雨，穿过一层的地下超市回宿舍。苏茉大概是看着我脸色泛红，仿佛还冒着热气，知道我背这一路也不轻松。笑着说："累了吧。"

"这算什么。比你重得多的杠铃我都举得动。"我保持了一贯的嘴硬，"看清楚，我头上是雨水不是汗！"

"哦——"苏茉笑着拉长了声音，"别人是'汗如雨下'，你是'雨如汗下'。"

我没有听到她说的话，反而将注意力放在了路过的珠宝柜台上。

"咦，这个手镯倒是挺好看的。"我走过一个珠宝柜台时随口说道。

那手镯旁摆着一对耳环，坠子是小而淡的蓝色，不是很起眼，苏茉却觉得别致，不禁多看了一眼。

我当时注意力都在苏茉身上，见她这么感兴趣，心中一喜。我早想送她些什么，上次陪一个朋友买东西的时候就起了这个念头，但苏茉平时从不戴首饰，我也不知道她喜欢什么样的，唯恐弄巧成拙，没想到这倒成了我的一桩心事。

见状我忙不迭地让柜台小姐把耳环拿了出来，兴冲冲地放在苏茉的耳边比画。那耳环是铂金的，上面镶嵌了一小颗水滴状的海蓝宝，原本也不是什么贵重的东西，只不过那石头纯度还不错，幽蓝如人鱼眼泪，加上做工精细，很是雅致，配在苏茉的身上，有种说不出的贴合。

"不错不错，这个好。"我满意地说。

那柜台小姐开始讲述这对耳环的好处，对我听来如耳边风一般，在我看来，这对耳环最难得的地方就是苏茉真的喜欢。

"就这对吧。"我当即就去掏钱包。

苏茉拦了我一下，细细看那耳环上的标价，吓了她一跳，连忙放了回去："不用了，我们走吧。"

我哪肯错过，坚持道："干吗呀？我说了要买。"

"我都没打耳洞。"苏茉小声地对我说，"况且那么贵。"

那柜台小姐见我们年轻，又犹如刚从水里捞起来一般狼狈，一开始便存有轻视之心，撇嘴笑笑："我们的每一件作品都出自名家设计，价格自然要高一些。要是想挑便宜的，两位觉得这对怎么样？"

她指的是一对米粒般大小的纯金耳钉，说着，还不动声色地拿出抹布在靠近我俩的地方擦了擦。

"我说要哪对就哪对。"我有些不高兴地皱眉，"用不着你替我省钱。"我后面那句话是对苏茉说的。

"要买可以，必须用你自己赚的钱买。"苏茉还是笑着按下了我的手。

我有些不解地问她："那有什么不同？反正我有信用卡，每个月自然有我爸妈还，根本用不着我操心这些……"

说到这儿，我的话停了下来，我突然反应过来，我们认识这么久，我好像都没告诉过苏茉，我们家里具体的情况。

"你爸妈帮你还信用卡？"果然，苏茉听出了我的话里的不对劲。

"额……不是啊，我的意思就是好不容易碰上你喜欢的了，我想送给你当礼物。"我尝试着岔开话题，却发现根本没办法做到。

苏茉定定地站在原地，满脸严肃："洛冰，咱们认识这么久，我好像从来没听过你说起你爸爸妈妈，特别是……他们的工作？"

我有些意识到问题不对了，却还是想要拼命掩饰："那是因为我们平时要聊的东西非常多啊，所以没提到我爸妈……他们就是特别普通的人啊，自己做一点小生意……也没什么特殊的。"

"小——生——意？"苏茉显然是不太相信我说的话，"如果是小生意怎么会给你办信用卡，而且你刚刚说每个月都有人去还款？"

我们认识这么长时间，我从来都没有和苏茉说过谎，面对她的追问，我开始有些慌了。

"不是的不是的……"我开始彻底不知道该说些什么，"苏茉，你听我说，事情不是你想的那个样子……"

苏茉没有理会我的话，而是开始自说自话："我明白了，毕业的那天晚上，难怪章和要说那些话，我当时还没反应过来，原来……原来如此……"

"章和？"我有些发懵，"章和说什么了？"

"事到如今你还是不肯和我说实话是吗？"苏茉没有回答我的话，而是径直开始往回走，一步也不回头。

她走得很快，我连忙追过去，竟然都跟不上她的步子，我知道，我一直都知道苏茉对这方面很重视，可是事到如今，我又该怎么解释呢？

"苏茉……"我大步跑上前去追她，拉了一下她的胳膊，"我错了我错了。我不该瞒着你……"

苏茉终于停了下来，她看着我，眼睛红红的，声音里也听着有些委屈："那你说，你爸妈究竟是做什么的？你们家到底是什么情况？"

我知道已经无法再隐瞒下去，只能如实交代："好吧好吧，我爸妈确实是个企业家……我们西安市最大的房地产公司就是我爸一手创办的，所以……"

"所以，其实你就是人们常说的'富二代'对不对？所以你从来都不用为钱发愁，只需要随时刷信用卡对不对？"苏茉问我。

我有些搞不明白，就算我们家确实经济状况不错，这又有什么气生呢？她是在生气我骗了她，还是在生气我有一个富裕的家庭呢？这样想着，我的态度也有些急了："就算是这样，那又有什么关系呢？你们女生为什么总是因为一些莫名其妙的事儿生气？我都已经给你道歉了，你还想怎么样？"

苏茉大概是没有想到我会说出这些，她原本红着的眼睛开始流眼泪，大大的眼睛里波光流转，让人看了之后有着说不出来的心疼，认识她这么久，我还从来没有见过她这个样子。

"洛冰……我们回去吧……"这是那天晚上苏茉对我说的最后一句话。

后来的整整一个小时里，我们很好地保持了相互不理睬的状态，我搞不明白她为什么生气，她则一个人默默掉眼泪。

走到学校，原本我是打算送她去公寓楼的，可是到了校门口，我却看到了一个再熟悉不过的身影，那是我们家的司机——冯叔叔。他站在校门口，背后靠着的是我们家的小轿车，如果没有猜错，他应该是在等我。

"冯叔叔，你怎么来这儿了？"我连忙上前一步问他。

冯叔叔也看到了我，他很高兴地拍了拍我的肩膀："你爸说让我来看看你，听说你回西安了，怎么不回家去？要不是我在这儿等着，估计都见不上你一面啊？"

"哪里哪里，冯叔叔您又开始开玩笑了。"我笑着对他解释，"我这不是考上师大的研究生了吗，所以去外面旅游完了直接把行李带来学校，也省得再麻烦您给我送过来，今天才刚到，我们就出去吃了个饭，手机大概是没电了。"

听到我说"我们"，冯叔叔也反应过来了，他往我身后看了看，看到了一直默默不说话的苏茉。

"哎呀，原来这儿还有一个人呢，你是我们洛冰的朋友吧？洛冰也是我看着长大的，你们好好相处，他是一个好孩子啊。"冯叔叔笑着对苏茉说。

苏茉原本脸上的泪痕都还没有消退掉，现在听着冯叔叔这样说，只能轻轻地笑了笑："好的，我知道了。"

我连忙打圆场："冯叔叔，我们今天才刚下火车，刚刚又收拾了宿舍，她大概是有些累了，您可别介意啊。"

冯叔叔听了我的话明白了过来："原来是这样，不会的不会的，年轻人嘛，累了就不想说话我理解，那就先这样，你们赶快回宿舍，我也是来看看你回来了没，不然电话打不通洛总还一直担心呢，明天就回家看看吧。"

冯叔叔离开了，我转身看向苏茉，她没有理会我，只是苦笑了一声："你看，你果然是公子哥，都有司机专程来看你，而我……什么都不是。"

说完这句话，苏茉就转身回了公寓，只给我留下了一个背影。

我看着她进去，也没有想明白她为什么生气，在我看来这不过是再正常不过的一件事，就算我一直没有告诉她我家的真实情况，好像也不需要这个样子的吧？

这一夜，我们第一次没有互道晚安，我们陷入了冷战。

第二天一大早，我起床打开手机，才看到手机上竟然有十几个未接来电，还有几条短信，全部都是苏茉打过来的。

"洛冰，对不起，我知道今天是我无理取闹了，其实我不是在对你生气，我只是在气自己为什么这么敏感，为什么这么没有安全感，你的家庭情况不是你能决定的，可我还是感受到了差距，所以才隐隐地有了担心，对不起，是我的错……"

我看了看时间，是凌晨三点钟，看来她应该是整夜没有睡着吧。

我的心里顿时涌起一股说不清的滋味，我真不是个东西，苏茉因为这个事彻夜难眠，而我却关了手机睡得那么沉。

正在这时，手机又传来了一条短信，还是苏茉发来的："你起床之后下来吧，我在楼下等你。"

我立刻爬起身来穿好衣服，跑到楼下才看到，苏茉一个人蹲在楼下的大树下，就像一个回不了家的孩子。

"苏茉！"我喊了她一声，然后站在原地向她张开手。

苏茉看到我这个样子，立刻跑了过来，稳稳地落入我的怀抱之中，我们紧紧地依偎在一起。

"对不起，洛冰，都是我不好，是我的错……"苏茉在我怀里说。

我的心里更加难过了："不是的不是的，是我不对，我应该懂得理解你，是我没有考虑你的感受，是我的错。"

"好啦。"苏茉从我的怀里抽身，"我们都不要计较这些了，过去的就让它过去吧。"

我也终于松了一口气："嗯嗯，你能这样想就好了，收拾一下，我今天带你回家去见爸妈。"

"好，我听你的。"苏茉笑得十分开怀。

等到出租车来到我家小区的时候，早就等着我们的爸爸妈妈已经在楼下了。

"爸，妈，我们回来了。"我的手里拎着行李，虽然有些累，却依然挡不住那颗思念的心。

爸爸和妈妈看着我们两个人也是止不住的惊喜，他们也都是老实巴交的人，一个劲儿地点头说好。

而苏茉呢，我起初还在担心她见到我爸妈会害羞，没想到只是我多虑了，她等着我和爸爸妈妈说完了话，才轻轻地从我身后走到前边来，落落大方地对我的父母打招呼："叔叔阿姨你们好，我叫苏茉，是……洛冰的女朋友。"

此话一出，爸爸妈妈的所有注意力都被她成功地吸引住了。虽然之前我就已经告诉他们，我会给他们一个惊喜，可是他们大概是想不到，我这个看起来内向而腼腆的儿子，竟然就这样没有任何铺垫地把女朋友带到了他们面前。

"哦……"爸爸和妈妈两个人愣了几秒钟才忽然反应了过来，妈妈拉着苏茉的手只是笑："苏茉是吧？昨天洛冰打电话说要给我们一个惊喜，没想到竟然把你都带回来了，欢迎欢迎。"

第二十一章　我们终将成为他们

　　看到爸爸妈妈对于苏茉如此喜爱，我一直以来悬着的一颗心也总算是落了地。因为平时工作的关系，我父母对于很多事情都有着太多的挑剔，也有着太多的谨慎，现在看到他们这样，我也总算是完成了一件最重要的事情吧。

　　我一手牵着苏茉，一手拎着行李上了楼，一到家的第一件事就是趴在我的床上感叹："哎呀，走了这么多地方，原来还是家里最好。"

　　苏茉站在我身边没有说话，她的眼神怯怯地打量着周边的环境。我明白她的感受，她从前就告诉过我，她从小日子比较贫穷，生活也一直都是紧巴巴的，忽然来到了我们家，心里自然是有些担心的。

　　我爸妈都去厨房给我们煮晚饭了，我的房间里只留下我和苏茉两个人，我从床上站起身来走到她的背后，轻轻地环住她。

　　"想什么呢？嗯？"我的下巴抵在苏茉的额头处问她。

　　苏茉没有说话，只是笑着摇了摇头，算是对我的回应。

　　我的两只手搭在她的腰间，轻轻地抓住了她的手臂安慰她：

"苏茉，我知道你在担心什么，或许你觉得，我们之间有差距，或者……你觉得我们没有共同的未来，可是你要相信我，我不是那种你想象的富二代，也不是电视剧里的纨绔子弟、花花公子，我和我爸妈说好了，我读研期间所有的学费和生活费都会自己解决，我会自己去打工，绝不会做那种饱食终日的啃老族。"

听着我说了这么多，苏茉才慢慢转过身来，她的眼睛看着我，亮闪闪的，如同星星一样。苏茉抓着我的手，声音也低低地："洛冰，对不起，是我让你担心了吧？……我承认，我从小因为家庭条件不好的缘故，总是有些……或者说是没有安全感，我很害怕我们的感情没有一个好的结果，因为我真的真的很喜欢你……"

苏茉的话如同一股清流，缓缓地流淌在我的心里，我拉过她的手将她拥入怀中，将她的头埋在我的胸口。"傻瓜，我就知道你是这样想的，不要担心，在这个世界上，不管是贫还是富，在爱和被爱的期待上，每个人都和别人是一样的。"

苏茉也伸出手来环拥住了我的腰，她笑得很开心："我知道啦，你放心，我以后再也不会胡思乱想了，我们都要好好奋斗，好好努力！"

趁着苏茉心情好，我抓住机会想要给她一个惊喜，让她闭上眼睛，苏茉先是不肯，推了我一把："别腻歪，你爸妈看了怎么想？"

"我管他们怎么想，快把眼睛闭上。"我真是没什么好怕的。

苏茉大概是怕我再闹个没完，依言闭上眼睛，只觉得两边耳垂先后一凉，睁开眼用手一摸，才发现是那副我们几天前看到的耳环。

苏茉有些惊喜地说："我原本说那番话只不过是缓兵之计，以为过一段时间你就会把这件事抛到脑后，谁知道你还真的买了下来！"

"这下你没话可说了吧？买它的每一分钱都是我攒的，以后你看到它就要想起我。"我有些得意地对她炫耀。

"这么快就攒够了？"苏茉知道那副耳环价钱并不低。

"你没见到我最近花钱花得节省多了？"我忍不住抱怨。

苏茉的眼眶有些湿润了，她的心中岂能没有感动，两颗小小的坠子在她耳际摇摆不定，好似有些东西挣扎着要从心中跳脱出来。

"以后不许你丢下它。"我又用手去碰了碰那对耳坠，低声对她说道，"更不许丢下我。"

苏茉笑了，她点点头："好，我们一直在一起。"

终于，这个困扰着我们两个人心间的问题得到了解决，那么长时间的冷战也总算是画上了句号，我们在房间里紧紧地拥抱，直到外面传来了我妈妈的声音。

"洛冰啊，你们收拾好了没？快带苏茉出来吃饭吧。"

"哦，马上就来了。"我答应着，拉着苏茉从房间走向了家里的餐厅。

走到餐桌前，我就看到桌子上琳琅满目地摆满了各式各样的美味佳肴，全都是我喜欢吃的菜，有我妈妈最拿手的红烧鱼、芥蓝山药、油爆大虾、回锅肉等，总之就是怎么形容也形容不过来。

"妈，这些全都是你做的？"我的眼睛看着桌子上满满当当的饭菜问我妈。

我妈笑着瞪了我一眼："这话问的，难道你还怀疑我啊？家里的李阿姨回老家去了，其他人做的我又怕你吃不惯，当然要自己下厨了，我儿子在外面待了这么久，可不是要好好地慰劳一下吗。"

"果然是我亲妈！"我笑着和她开玩笑，又拉着苏茉坐到我的身边："坐在这儿吧，这下子你可有口福了，这些全都是我妈的拿手菜，味道不亚于国家二级厨师。"

苏茉也笑着点点头看向我妈："阿姨您真是太厉害了，这些菜光是看着就已经让人想要流口水了呢。"

我妈听我和苏茉都这么说，高兴得嘴都快合不拢了，她笑着招呼苏茉："你呀，就跟着洛冰这孩子专门哄我开心吧，你喜欢吃就最好不过了，我也不知道你要来，就是做了几个家常菜，你快尝尝合不合口味吧。"

苏茉听从我妈的话，乖乖地拿起筷子夹了一小块鱼，放到嘴里嚼了两口，就直说好吃。

看着餐桌上几个人都和和美美的样子，我的心里忽然有了一种前所未有的踏实感，我甚至开始幻想，将来的有一天，我们总会成为一家人的吧？

吃过饭，时间已经到了下午两点多，苏茉原本准备帮我妈收拾碗筷，却被我妈妈拦住了，妈妈喊我过来，非让我带着苏茉去我家周围转一转。

"阿姨，您做这么一大桌就已经很辛苦了，我们怎么还好意思再让您洗碗呢，还是我来吧。"苏茉坚持着说。

"哎呀，不用了不用了，你听话，让洛冰带你四处去转一转，看看西安这个地方，也算是熟悉环境了，我也都做惯了，哪有什么累不累的。"妈妈笑着劝苏茉。

苏茉还想再坚持，却被我阻止了，我妈妈的脾气我很了解，既然她这样说了，那么其他人说什么也改变不了，倒不如直接听她的："好啦好啦，咱们出去走走吧，我妈不是还有我爸帮她吗。"

"就是就是，你们出去转一转吧。"妈妈也附和着说。

听到我和妈妈都这样说，苏茉才没有再说什么，她点点头："那你等等，我去收拾一下。"她又转头看向厨房，"阿姨，那就谢谢您了！"说完这句话，苏茉才跟着我走出了家门。

西安的马路两边全部都是大朵大朵盛开的玉兰花，碗口大的花，绽放在阳光之下，让人觉得希望的气息扑面而来，我带着她去了我家附近的中心公园，我们坐在公园的长凳上，看着来来往往的人，阳光暖暖地撒在身上，让人觉得无比温暖。

"洛冰，你看。"苏茉忽然被面前的一个场景深深地吸引住了，她伸手指向对面对我说。

我顺着苏茉手指的方向望去，那应该是一男一女。男人长得很丑，五官像是被某个孩子随手画成的，连修葺都无处下手，而左边的脸颊，还有一道难看的烧伤疤痕。站起来去丢垃圾的时候，右腿还轻微地瘸着，从侧面看过去，矮小瘦弱的他，犹如一株营养不良的灌木，长在树木葱茏的林中，既看不到头顶的蓝天，也无法深深地抵达泥土最丰厚的一层。而路人呢，则每每都用镰刀或者拐杖，毫不留情地，将他奋力地拨开或者砍掉。

而那个女人，则是个盲人。每走一步，都需要男人的搀扶，除了用耳听着游人在喷泉前兴奋的尖叫，用鼻嗅着周围的花香，这个公园于她，似乎有些多余。她既不能欣赏似锦的繁花，也不能像其他女子一样，打着漂亮的花伞，怡然自得地在园中散步。她所能做的，只是倚靠在他的身边，晒晒太阳，听听鸟叫。

"怎么了？他们有什么不一样吗？"我有些不明白，或许在我看来，这对夫妻实在没什么特别之处。

苏茉坐在路边的长凳上，轻轻地说着："你看，几乎每一个走过的人，都会一脸同情地看看这一对特殊的夫妇。投向男人的眼光呢，大多是匆忙中带着点不屑与高傲，好像他就是面镜子，不仅可以照出路人的荣耀，亦可反射出他的丑陋与卑微。投向女人的视线里，则基本是同情，他们肯定觉得这个女的眼盲本来已经够不幸的了，这一辈子却还要与这样一个被社会视作边缘的男人一起度过。甚至，更为可怜的是，别人丢给他的白眼和嘲弄，她从来都看不见。"苏茉看得入神，好像自己就是这个故事之中的主人公。

那个女人显然是渴了，听到叫卖雪糕的，便笑着朝向男人，像一个嘴馋任性的小女孩，让他去买。那个男的不知说了句什么，竟是让她咯咯笑着轻轻捶了他一拳。不管他说了什么，在路人的眼里，那一刻的她，犹如一朵娇羞的莲花，嗔怒里满含着妩媚的温柔。

男人朝卖雪糕的摊位走去，女人则侧耳倾听着他的脚步声，又用空洞的眼睛，看着他的背影。雪糕摊位前聚了很多的人，男人耐心又焦虑地站在人群的外面，一边瞅着冰柜里飞快少下去的雪糕，一边回头看着不远处安静地坐等着的她。人们就像在看一个天外飞来的外星人。更多的人，自动地闪开来，不是为他让道，而是不想与他站得太近。

男人就这样在别人淡漠又锐利的视线笼罩里，掏出两元钱，放在柜上，转身挤出了人群。

"好啦，买个雪糕有什么好看的，快走吧，咱们应该回去了。"我笑着催促道。

"别着急啊，你不觉得，他们真的很幸福吗？"苏茉对我说这句话的时候，眼睛依然没有离开那一对男女。

直到这个时候，我听着苏茉的话，才把眼神专注地看向他们。是啊，那个男人脸上的表情，随着走近女人，变得愈发柔和起来。等到坐下来，替女人剥开雪糕外面的包装时，男人的眉眼里又重现昔日柔软清亮的底色。

"你这么一说，好像真的还挺幸福的。"我的手紧紧牵着苏茉，笑着对她说。

"其实，我很羡慕他们，很多时候我都会忍不住想，我们什么时候也能这样就好了……"苏茉的眼里闪着明亮的光芒。

那支雪糕，那一对男女你一口我一口地吃了许久，一直吃到阳光薄薄地洒落下来，轻纱一样，将他们环拥住。我和苏茉走过他们身边的时候，男人正牵着女人的手，朝一个水池旁走去。在那里，他很认真地扶女人蹲下身去，而后为她洗着手上残留的雪糕的汁液。那一刻，他们互相倚靠着，水中的倒影，晃动着，犹如一池盛不住的幸福。

"苏茉，我发现我越来越看不透你了……"我笑着对苏茉说。

"嗯?"苏茉抬起头来用两只充满问号的眼睛看着我，似乎是有些不解。

"有时候我觉得你活泼可爱，总有用不完的鬼点子，可是你看，有时候你又是这么多愁善感，会因为别人的事感慨这么久。"我认真地解释道。

苏茉没有说话，她回握住我的手，脸上是温暖的微笑:"可是，不管怎么样的我，都只喜欢你一个人，这一点永远不会变，就好像那个女人，她一定很爱那个男人。"

听着苏茉的这些话，我也笑着看向了她，认真地说:"放心吧，我们终有一天也会变成他们，我保证。"

正在这时，我装在口袋里的电话响了起来，是我妈打来的。

"喂? 妈，是我。"我接了起来。

妈妈的声音从电话里传来:"洛冰，你舅舅刚刚打电话来说外婆生病了，我和你爸爸要去老家看看她。"

"啊? 现在就去吗?"我问妈妈，外婆家在西安的一个县城里，距离市区的距离并不近，少说也要两三个小时的路程。

妈妈的语气有些着急:"是啊，不然我也不放心，我打电话就是给你说一声，晚饭你和苏茉自己看着解决，去外面吃也行，总之你们自己照顾好自己啊。"

"放心吧妈，你们快收拾着去吧，别担心我们，记得替我向外婆问好。"我答应着说。

挂掉电话，苏茉问我:"怎么了? 阿姨要去哪里啊?"

我耸了耸肩:"我外婆生病了，她要和我爸去外婆家，在西安市的一个小县城里，估计今晚回不来，我妈让我们自己解决晚饭。"

"这样啊，外婆的病严重吗？"苏茉问我。

"应该没什么事儿，老年人嘛，生病也很正常，你就放心吧……不过……"我挑了挑眉继续说着，"你这个外婆叫得可真是得心应手呢，是不是特别想成为我们家的一员啊？"

苏茉被我的话说得红了脸，追着要打我："你怎么总是这个样子，我哪里有……"

"哈哈，你别不承认了，我刚刚都听到了，你还想抵赖吗？"我们笑着闹着，心情好极了。

等到我和苏茉从外面回到家，我爸妈他们已经离开了，家里空荡荡的，只剩下我们两个人，我拉着苏茉在沙发上看电视，一步也离不开她的样子。

相互依偎的时候，时间便失去意义。我们也不知道过了多久，只知道窗外夜幕已降临，我电话叫了楼下的外卖，简单的快餐，我们两个人都吃得很香甜。草草吃完，我又抱着苏茉窝在沙发上，除了"上下其手"，好像没有别的事可做，这种锲而不舍的劲头简直让人叹为观止，苏茉刚打落我一只手，另一只又缠了上来，再拨开，下一秒又回到了她身上，其实，我只是在酝酿一个期待已久的想法。

又是耳鬓厮磨了许久，苏茉恍惚间觉察到时间已经不早，拉好自己的衣服，看了看我的手表，不过是晚上八点钟，过了一会儿，她还是觉得不对劲，硬是从我身上掏出手机，一看时间，不由大怒。手机屏幕上赫然显示着二十二点零五分。

这下子，苏茉又惊又气地从我身边站起来，把手机扔回我的身上。

　　"你解释一下这是怎么回事?"苏茉的眼睛睁得圆圆的。

　　我接过手机，煞有其事地看了一下，说道："呀，怎么那么晚了。不关我事，手表的时间慢了我也不知道呀。"

　　"是吗?"苏茉当然一眼就能看出我的把戏，她拼命压制怒气，可估计还是想撕掉我故作无辜的脸。

　　"你真是不知轻重，这都已经十点多了，让我还怎么回学校啊?"苏茉生气地问我。

　　"那就干脆明早上再回去好了。"我装作惋惜地说，却掩饰不了眼神里得逞的兴奋。

　　苏茉用手警告地朝我虚指了一下，懒得浪费时间争辩下去，转身就朝门口走去。

第二十二章　一生之中最亮的月光

我这次倒没有阻挠，只是在她打开门后才不高兴地说道："你宁可这个时候回去，也不肯在我这里待一晚上吗？你这么防着我，未免也把我想得太不堪了，我是禽兽吗？"

苏茉有些迟疑了，我继续说道："我的房间给你，我睡我爸妈他们那边。这么晚了，路上也不安全，信不信我随便你。"

苏茉在门口犹豫了一会儿，终究还是重新把门关上了，闷闷地旋回房间向我下了逐客令："好吧，那我现在想睡觉了，你可以出去了。"

看她紧张的样子，我觉得有趣，又是可爱又是好笑，我问苏茉："如果我不想走怎么办啊？"

苏茉原本已经惺忪的眼睛立刻又来了精神："洛冰，你可别说话不算数啊！"说着，她就推着我往房间外走。

"是，我只是想说，我们还没互道晚安呢。"我看没了办法，只能站在房间门口退而求其次。

"晚安。"苏茉飞快地说，见我要笑不笑地盯着她，心里有点明白了，微微红着脸，用手指了指自己的左侧脸颊。

我哪里听她的，飞快地探身在她额头亲一口："晚安。"

这一次苏茉没有拒绝我，她笑着看我，然后好奇地抓着我的胳膊问道："想什么呢？想得那么认真？"

"没什么啊，我只是在想，我什么时候可以像现在这样每天晚上互道晚安？"我笑着回答她。

"会的啊，或许……就是在不远的将来吧。"苏茉安慰我。

听着她的话我终于开心了："不久的将来，真好，我恨不得一毕业就把你娶回家。"

"哼，我可告诉你，想娶我没那么容易呢，我爸对他将来的女婿要求可高了，你要努力努力再努力才可以。"苏茉傲娇地对我说。

"哦……"我拉长了声音，"那意思是说你这边没有任何问题是不是？或者说……你是不是也特别期待着要嫁给我啊？"

她的脸红了，还不忘了批评我："油嘴滑舌，你什么时候变得这个样子了？"

"嘿嘿，在爱的人面前必须发挥我三寸不烂之舌的功力。"我也不知道为什么，每次和苏茉开玩笑的时候就变得逻辑清晰表达准确了。

有那么几秒钟，我们两个人就这样定定地站在原地没有说话，然后，苏茉慢慢地走上前来，拥抱了我。

"洛冰，你可千万别忘了你说的这些话啊，我会等着这一天的。"苏茉轻轻地对我说。

我的身高比苏茉高出了不少，拥抱着彼此的时候，她的脑袋刚好在我胸腔的位置，我能感受到她的一颦一笑，就如同她也能感受到我的呼吸和心跳一样。

"不会的，我发誓，我一辈子都不会忘。"我斩钉截铁地说。

苏苿一直都笑着，笑得那么甜那么美，然后看向了卧室窗外。

"傻瓜，看什么呢？"我问苏苿。

苏苿摇摇头说："没什么，我只是想要记住今晚的月亮。"

真的，那个晚上月亮太亮了，蜡染一般的天幕上一颗星星都没有，月光将周遭的云层晕染成昏黄。

我发誓，那是我们一生之中最亮的月光。也是从那天开始，我和苏苿的关系在以前的基础上又迈进了一大步，或者说我们把对方都当作了彼此生命中不可分割的一部分。

眼看着距离开学的日子越来越近，我和苏苿抓紧时间去了西安的各个景点游玩了一圈，西安的夏天其实特别热，很多时候气温直逼35度，我们顶着大太阳汗流浃背，竟然也不觉得辛苦。其中的许多景点我都去过很多次，但是因为有苏苿在身边，竟然也觉得不再枯燥，大概正是应了那句话："有你在的时候，一切都会失去意义，一切又都有了意义。"

很快，我们迎来了开学的日子，研究生的生活其实比本科阶段还要空闲，我和苏苿的导师不同，但是风格却是都一样，平时除了上课和论文辅导，基本见不着老师的身影，很多时候都是要靠我们自己自律。我们认识了不同的同学和朋友，比如苏苿的舍友刘芸，比如我的舍友郭沐阳。因为我和苏苿的关系，我们四个人经常一起吃饭，成为很好的朋友，我们一起泡图书馆，一起出去吃饭，生活过得有滋有味，这让我的心里很是开心。

时光清浅，心安便是归处

因为之前答应过苏茉我不能靠家里交学费，我做了好几份兼职，忙得团团转。甚至在"十一"黄金周轰轰烈烈地到来之后，我也没有回家，而是留在学校继续做家教兼职赚钱。9月30日晚上熬了一通宵，完成了一万多字的翻译，从兢兢业业到简练对付，终于撑到最后，迷迷糊糊地往指定邮箱发送过去，立刻瘫倒在床上不省人事。毕竟第二天我还要去面试一份家庭教师的兼职，只不过我的家教工作有些特别，说白了就是孩子的保镖——他们是美籍华人的两个孩子，一对兄妹，哥哥上五年级，妹妹上四年级，两年前刚回国，在上海读了一年国际学校，又随妈妈工作的变动转到西安分校继续学业。

第二天，由司机开着保时捷来学校接我，用了一个半小时才到达顺义别墅区。Shirley 的家精致得好似童话故事里的糖果小屋。我刚下车就看到一个男孩子牵着漂亮的金毛打开院子的白色栅栏朝我跑过来，身后一个小女孩追出来，白嫩甜美，好像是从日本动画片里走出来的。然后他们停在我面前，女孩子笑的时候露出深深的酒窝。"I'm Shirley, and who are you？"

我嘴角抽搐，被雷得七零八落，眼前的一切仿佛是偶像剧取景框，也许是我孤陋寡闻小家子气。可是，这一切突然活生生地摆在眼前，任谁都有点儿缓不过神来。

无论多么震撼，我表面上还是装出一副淡定的样子，低下头，尽量笑着对她说："I'm Tom."

然后我抬起头，朝那位站在蔷薇花墙前的美丽又苍白的妈妈点点头。

孩子们的音乐教师在纯白色的三角钢琴前演奏拉式（指拉赫

玛尼诺夫）协奏曲，我被两个孩子拉去和金毛一起在大草地上扔飞盘玩。晚上坐在院子里面 BBQ（室外烧烤），菲佣围着一家人团团转。原来，小说里那些富人的生活真不是盖的，虽然我也能算是富二代吧，可是我不得不承认自己也是第一次见到这种场景。

我叹了一口气，心想这也许还不算太离谱，至少我还没看到庄园城堡和英国管家。

一下午的时间，我中英文混杂地讲话，帮助孩子纠正作文语法，给他们讲解妈妈布置的必背唐诗的含义，陪 Shirley 练小提琴，最重要的是——陪他们玩并且保护好他们。

其实在此之前，我并不怎么喜欢亲近小孩子。我甚至觉得自己对孩子有恐惧症，凡是小孩我都搞不定。亲昵地哄逗不是我所擅长的，更不知道应该怎么跟他们打成一片。不过看起来那两个孩子都很喜欢我，但也只是喜欢而不是亲近，他们会用带着怯意和好奇的眼神望着我，小心翼翼地递给我一片水果，围在我身边听故事，然后扑到保姆怀里撒娇。

可是我不得不努力讨好这两个小孩儿，希望他们能喜欢我。因为这是一份工资很高的工作，技术含量却不高。我希望能得到这份工作，所以我要把自己的才华和亲和力通通"无意中"展现给一直在周围悄悄观察着的女主人看。

几天之后，据说我击败了二十多个候选人，成了荣耀的"豪门家庭教师"……我甚至有些骄傲，不知道自己是不是应该把这一笔写进简历。这些都是玩笑话，不过我知道的是，我开始越来越喜欢小孩子了。

这天，结束了一天的工作，我累得筋疲力尽，Shirley 和她的哥哥 William 简直太能闹腾了，竟然是一刻也不能消停下来，一个下午的时间，我基本就没怎么休息过，一直跟着他们在花园里各种跑来跑去的，腰酸腿疼地坐在我和苏茉约好的餐厅等她一起吃饭。

很快，苏茉背着背包来了，她看着我一脸无奈的样子笑着问我："怎么？看来今天工作很累？"

我长叹一口气："何止是很累啊，是非常非常累好不好，那两个孩子太能闹腾了……"

苏茉听着我这样说，只是捂着嘴笑了笑，并没有说话。

我却突然来了精神，我伸手去戳了戳她的手背："不过说真的，我现在超级喜欢小孩子，等我们研究生毕业，立刻生两个孩子出来，最好也是一男一女，这样以后男孩儿可以跟着我踢足球，女孩子可以让你来打扮，想想都是期待……"

我的话音未落，就看见坐在我对面的苏茉脸上立刻飞来了一朵红云，她不好意思地低了头，嘴里嘟囔了一句："不知道你一天到晚脑子里都在想些什么……"

"嘿嘿。"我也笑了，反正我是个远近闻名的厚脸皮，我可不会像她这样害羞的，我拉着苏茉的手得意地说："有期待才有奋斗的目标，你们就是我奋斗的目标啊，更何况这就是最近两三年会发生的，也不算遥不可及吧。"

"洛冰……"苏茉打断了我的话，"我觉得我们现在还年轻，应该把更多的精力放在学习和工作上吧，我很感谢你想到了我们的未来，但是我觉得……还是不要太早考虑小孩子这个事情。"

其实我只是无意之间提起这件事，没想到苏茉却如此认真地给出了她的答案，我停顿了几秒钟，然后才说："原来你是这样的想法……"

苏茉大概是看出了我眼里的失望，她又紧接着安慰我："对，但是我保证，这些事情我以后都会考虑的，但是不是现在。现在，我更希望咱们两个好好奋斗，这样才能给以后创造一个更好的条件对不对？"

我点了点头没有再说话，我知道苏茉说得也有道理，心里的失望却还是如同潮水一样涌了上来。

第二十三章　没有梦的灰姑娘

"对了，我要给你说一件事呢，差点都忘记了。"苏茉突然拍了一下脑袋，神秘兮兮地对我说。

"嗯？什么事？"我问苏茉。

苏茉有点儿犹豫，却还是说了出来："我觉得……刘芸好像喜欢郭沐阳。"

这个消息确实让我有些惊讶："刘芸喜欢郭沐阳？真的假的？"

苏茉点点头表示肯定："应该是没错啦，上次你们几个人去踢足球，我带着刘芸一起去看球赛，她的眼睛就一直盯着郭沐阳，从来没有离开过。"

"不不不。"我立刻打断苏茉，"如果是真的，那你就劝一劝刘芸，郭沐阳我了解，他们真的不合适。"

苏茉有些疑惑："为什么啊，刘芸虽然说长相一般，但也是咱们专业的才女了，而且她平时安静谦和，哪里配不上郭沐阳了。"

"这不是配得上配不上的问题，郭沐阳是谁啊，我听说他爸是著名的企业家，你看看他平时的花销和做派就知道了，他换女朋友的频率比我换袜子都要勤，你说说他怎么会看得上刘芸？"我耐心地向苏茉做解释。

苏茉不说话了，可是一分钟之后她又不甘心地摇了摇头："可是我看刘芸那个样子，恐怕不会轻易死心的，她是一个踏实的女孩子，如果真的喜欢了，很难放下。"

我没有再说话，甚至在不久之后就把这件事抛到了脑后，直到有一天苏茉再次打电话给我。

"你知道吗？原来刘芸和郭沐阳是高中校友，刘芸告诉我，她从高一就开始喜欢郭沐阳了，只是从来都没有跟他表白过，却又一直跟着郭沐阳满世界地跑，郭沐阳去北京读本科，她也报了北京，郭沐阳来西安读研，她也跟着来了西安，竟然已经八年了。"苏茉在电话里对我说。

我也有些不敢置信："校友？可是郭沐阳从来没跟我说过啊，难道这么多年他们彼此不认识吗？"

"你不是都说了吗，郭沐阳是典型的富二代，怎么可能留意到角落里的刘芸……你们这种人还不都是看美女？"说这句话的时候，苏茉的声音里都是不满。

我立刻打断："拜托，说他就说他，别把我也捎带进去好不好，你要我说多少遍啊，我只爱你一个人，你就是我心里的大美女啊。"

"就你会说话。"苏茉终于高兴了一点儿，她问我，"我看着刘芸那样实在是替她不甘心，不是快到假期了吗，要不我们组个聚会，给他们创造一些机会？"

刘芸整天和苏茉在一起，对她我也并不陌生，在我们眼里，刘芸是一个好学生、好朋友，更是一个好女孩，我想了一下，如果能撮合成功，倒也是不错的事情。

　　很快，机会接踵而至。有一天，郭沐阳给我和苏茉打来了电话，说是他准备请大家去学校门口的 KTV 聚会，顺便带上他新交的女朋友。

　　就这样，我们在学校附近的一个 KTV 包了间大包厢。原本设计容纳十多个人的包厢里一下挤进了二十多人，场面蔚为壮观。尤其是大家身处在相同的年龄段，总会有相同的话题，聚会的气氛一度狂热到极点，成扎的啤酒源源不断地补充进来，就连向来严肃的班长都在沙发上被灌得东倒西歪。

　　在一起来的路上，我和苏茉一直都在想要不要告诉刘芸，郭沐阳那个家伙要带他女朋友一起去参加聚会。按照郭沐阳的性格，他们两个人必定又会高调地秀一番恩爱，我们都明白了刘芸对于郭沐阳的心意，不知道刘芸会不会因此而受到伤害。

　　"小芸……郭沐阳的女朋友好像也会和郭沐阳一起过来……"苏茉在电话里说得没头没脑，刘芸也不问缘由，只是静默了几秒，然后"哦"了一声。

　　刘芸淡淡说道："这很正常。谁都有选择自己喜欢的人的权利，我有，他也有。"

　　"可是为什么你选择的那个人会是他?"苏茉忍不住追问她，那样一个轻浮浪荡的男生，竟然被心如明镜一般的刘芸喜欢着。在我和苏茉看来，刘芸实在比郭沐阳那家伙要好上许多。

　　刘芸的声音在电话那头听起来那么清醒，她说："有时候理智叫我们做一些清醒正确的事，可感情却偏偏逆道而行。"

郭沐阳订的包厢里，昏暗迷离的灯光、震撼的音响效果夹杂着酒杯碰撞声、笑声，将气氛推向高潮。

几个男生抓着麦克风嘶吼完一首《真心英雄》后，《广岛之恋》的前奏声响起。一个男生举着麦克风喊道："谁点的歌？谁点的呀？"起初无人应答，有人便迫不及待地催着，"没人唱就赶紧切掉，换下一首。"

"谁说没人，把麦给我。"郭沐阳忽然站了起来，伸手接过麦克风。

"你点的呀？"我们的另一个同学捏着半听啤酒坐到郭沐阳身边，"哥们儿我都没听过你唱歌。"

"怎么，你有意见？"郭沐阳还是那副吊儿郎当的样子。

"没有没有，你和嫂子要在这儿秀恩爱给我们看，我们怎么敢有意见。"那个同学打了个哈哈，伸手把话筒递给了郭沐阳和她女朋友。

刘芸安安静静地坐在角落里，看着两个人你侬我侬的样子。摇曳的光影划过郭沐阳的脸，一次次在他脸上变幻着明与暗，黑暗中郭沐阳的侧脸比想象中更容易让人心动。

郭沐阳的女朋友拿着麦克风，笑吟吟地看着大屏幕，轻轻随着乐曲的节奏摇摆身体，在她的左手边，郭沐阳紧紧牵着她，眼睛里好像电光火石一样，两个人的热烈感情似乎藏都藏不住，现场也沉浸在一片甜蜜之中。

"时间难倒回，空间易破碎，二十四小时的爱情，是我一生难忘的美丽回忆……"不得不说郭沐阳女朋友的声音很好听，可是这些在刘芸眼中，更像是一把一把的利剑，狠狠地戳进心里。

刘芸吸了口气，低声道："借过，我去一下洗手间。"她侧身从郭沐阳和茶几之间走过，郭沐阳还在唱歌，完全没有要避让的打算，我看到刘芸的肩膀撞在他僵硬的手臂上，她皱了皱眉毛，走出了包厢。

走出了沸腾喧哗的包厢，外面像是另一个世界，透过掩上的门，包厢里的歌声隐隐传出来："不够时间好好来爱你，早该停止风流的游戏，愿被你抛弃，就算了解而分离，不愿爱得没有答案结局……"

苏茉说，这本是刘芸最喜欢的一首歌，平日里她从来不好意思唱出声，只敢偶尔轻轻地哼，没想到造化弄人，它就这样被郭沐阳和他的女朋友唱了出来，而且唱得那样甜蜜。

刘芸的失落被我和苏茉都看在了眼里，我们隐隐有些担心，如果没有猜错，刘芸一定是去了洗手间，我不方便去找，只能悄悄示意苏茉出去看看，至少可以安慰安慰刘芸吧。

苏茉会意，出门去找刘芸，走出包厢却并没有看见刘芸的影子。她正想着要不要去另一边的洗手间看看，却不想被一个迎面而来的莽撞家伙撞得低呼一声，揉着肩膀抬头看，竟然是郭沐阳，明明刚才还看到他在包厢里，不知什么时候跑出来的。

苏茉和郭沐阳的关系说不上特别熟，不过因为我的缘故多少有些接触。苏茉打量郭沐阳，发现那张平时总带着坏笑的脸此时竟显得有几分慌张失措，明知撞上了人，也没说抱歉的话，飞也似的跑过苏茉身边，那样子说是落荒而逃也不为过。

我也走了出去，和苏茉一起疑惑地继续往前走，只见不远处的那个转角，刘芸的身影半掩在背光处。

"小芸，你一个人在这里干什么？"我们走近时，心里其实已明白了七八分。

刘芸闻声转过头看着我们，一双眼睛在暗处似有盈盈水光，声音却平静。

"你看见了吗？他的样子……遇到洪水猛兽也不过如此了吧。"

苏茉在心底叹了口气，静静站在舍友身边，沉默了片刻，还是开口道："你都跟他说了？"

刘芸看着别处，仿佛失笑道："我真蠢是吧？"

"别那么说。如果哭出来会不会好受点？"我知道，苏茉是打心里感到难受。

"哭什么？"刘芸自我解嘲，"我早料到会是这样。真的，我只是想去洗手间，他喝得太多，没跑到地方就吐了，我问他怎么样，他吐完开玩笑说我看起来倒像是贤妻良母的样子。我说，我是有这个目标的，他还笑，说娶一个这样的老婆一定很幸福……我当时就想，说不定是老天给我最后一次机会，让我把所有的话都说出来，过了今天，过了这一次，可能我再也说不出口了。然后我说了，他跑了。"

刘芸顿了顿，对着我和苏茉努力地微笑："其实我没有指望过有什么结果，我比谁都知道这是不可能的，只是背着这个秘密太久了，高中毕业的时候我没说，大学毕业的时候我还是没说，现在我很害怕，我怕我不知道以后什么时候再见，还会不会再见。现在他知道了，有一个傻瓜，这八年里一直有一个傻瓜偷偷地喜欢他，虽然她不聪明，也不漂亮，虽然他从来就没有正眼看过她，但这个傻瓜喜欢一个人的心思和别的女孩是没有任何区别的。我说了出来，目的就已经达到，求仁得仁，为什么要难过?"

我和苏茉看着刘芸，长久没有说话，我忽然开始有些佩服这个勇敢的姑娘，虽然她没有得到她想得到的爱，但是这样，至少不会有遗憾吧?

就这样，随着这件事的淡化，研究生的最后一个学期如同流水一般过去，我们身边的同学中没工作的自然继续寻寻觅觅；找到工作的就过着猪一样的生活——吃了就睡，醒了就三三两两地打牌，有些索性去了签约单位实习。虽说学校照常安排了一个学期的课程，可是每堂课的教室都是门可罗雀的光景，就连最后的毕业论文答辩，指导老师也是对已经找到工作的学生采取睁一只眼闭一只眼的态度，只要不是差得太离谱，基本都是大手一挥放过了。

相对而言，苏茉的这半年比我要忙碌得多，她在课业上向来认真严谨，毕业论文哪里肯敷衍了事，直到六月中旬才把学校那边所有的事情处理完毕。在这期间我顺利地签下了西安市的一家国企，而苏茉也在自己的努力下拿到了一家知名度颇高的外企 of-fer。郭沐阳去了上海进入家族公司，至于刘芸呢，她也顺利地签下了一家事业单位的报社，成为自己向往已久的编辑，一切好像都在慢慢地向前，变得越来越好。

我们两人就这样结束了三年的研究生时光，我是绝不肯放苏茉在外租房的，我的父母也体谅我们年轻人不喜约束的心理，便没有执意要求我们搬到家里去，放任我们在外边逍遥自在。于是我就和苏茉在我爸妈买的市区小公寓里过起了二人世界。我爸妈刚开始本打算给我们换一套面积大一些的房子，可是一方面苏茉主张够住就好；另一方面原来的小公寓地处这城市黄金地带的繁华商业区，距离我们两人的上班地点都不远，所以换房的事也就不了了之了。

其实苏茉也是家里的独生女，作出这个决定也是下了很多次决心。她家那边还好交代，只需说西安这边发展空间更大一些，她爸爸也没再多言。苏茉担心的反倒是我，她知道我是家里的宝贝儿子，居然没有住在父母身边，苏茉很惊讶我父母竟然会同意她的这种做法。

"同意才怪。"我对苏茉说道，"一个星期前我跟老爸老妈说不去公司上班了，也不让他们安排工作，要来自己找的地方，叫他们做好思想准备，我妈还嘀咕了好一阵，说我有了女朋友忘了娘。后来又告诉她我要搬出来住，我妈恨不得把我塞回肚子里去。"

"那怎么办呀？"苏茉听了我的话笑着，语气里略带忧虑。

我得意地说道："我跟老妈说，你要是答应我，你就多了个儿媳妇，要是不答应，连儿子都没了。我妈这才没辙。"

苏茉顿时无言。

"所以，我现在无依无靠的，你今后可要对我负责。"我又补充了一句。

"好好好，以后我把你当成宠物养，可以了吧？"苏茉对我又是气又是笑。

时间一天一天地流逝着，这天，我刚跟着公司里带我的前辈做完一个简单的公派任务，就接到了另一个朋友的电话，郭沐阳在上海出了车祸，整个人剩了半条命，现在躺在医院高危病房里，生死未卜。在读研的三年里，我和郭沐阳的关系不错，当然是要赶过去看看他的，在订机票之前，我给刘芸打了电话。

电话里我问刘芸，要不要跟我一起去上海看看他，刘芸拒绝了。她对我说，她去上海，没有任何意义，郭沐阳的家庭环境足以给他最好的医疗，只要他不死，他会得到最好的照顾，如果他死了……如果他死了，对于她自己来说，其实一切没有什么改变。我怔怔地站在原地，为刘芸的想法而心寒。只有我和苏茉知道，刘芸一直都没有放下过郭沐阳。

第六天，我让苏茉给刘芸打去电话。苏茉在电话上叹息道："还好命大，人是救过来了，但也够呛的，肋骨断了三根，其中一根差点插进肺里，脾脏破裂，割去了三分之一，左鼻骨折，左大腿粉碎性骨折。唉，不过有钱人也有有钱人的苦衷，人都成那样了，他爸妈因为工作上的事情，只陪了他两天就各自忙去了，他那个女朋友更好，听说她们学校组织一部分学生去了国外交流学习，说是这个机会很难得，只是一天一个电话，却不能去上海看他，他家请了三个高级护理人员三班倒地照顾他，可再好的护工毕竟比不过家里人，看着他的样子，也挺可怜的。"

刘芸挂了电话，想了很久，在她的决定出来之前，她已经开始收拾东西。然后刘芸给她的师兄打了个电话，向他请了个长假。

刘芸的师兄在电话那头沉吟："小刘，你要知道，你才刚刚来到单位，这段时间对于你们这些实习生来说相当关键，这甚至关系到最终你是否能得到转正的名额，你平时表现一向优异，社里对你是很有意向的，你这次请长假……总之，你要想清楚。"

"师兄，我很清楚。"说出这句话的时候，刘芸的脸上有了湿漉漉的感觉，原来时间过去了这么久，自己还是没办法放下郭沐阳，自己还是有那么一点点的不甘心啊。

第二十四章　爱情没有对错

　　刘芸大概永远也忘不了，那次聚会时的夜晚，昏暗僻静的
KTV 过道，包厢里鬼哭狼嚎的歌声只剩下远远的回响，它盖不过
她的心跳声。从没有想到，在这个夜晚，自己会在上洗手间回来
的路上跟郭沐阳迎面撞上。郭沐阳面色赤红，急匆匆地往目的地
跑，显然喝了不少，经过刘芸身边的时候，甚至都没有看她一
眼。可是刘芸知道，这是老天给她的最后的一个机会，她不想带
着秘密和遗憾告别。

　　"郭沐阳！"刘芸叫住了他。

　　郭沐阳往前走了一步，才疑惑地回头，眼光盯着刘芸，四处
搜索唤他的人。

　　那个时候刘芸对自己说，刘芸，从一数到七，就不要再紧
张。她感觉自己的脚在慢慢地走向郭沐阳，她的声音轻轻地说：
"能不能占用你一点点时间，我有话想跟你说。"

　　郭沐阳愣了一下，没有说话。

　　刘芸说："我喜欢你，八年了，一直都喜欢。"

　　其实，刘芸从没有期待过他回应一声："我也是。"也完全做

了最坏的心理准备。可是，当郭沐阳用一种匪夷所思的表情说"不会吧……你饶了我吧"的时候，刘芸才知道自己的防备远没有她想象的那么坚固。所以虽然到现在已经过去了快三年的时间，刘芸仍然坚信，有些最伤人的话往往出自最美丽的嘴。

苏茉曾经为刘芸不平。"为什么？"苏茉这样问刘芸，"他除了一张漂亮的脸，还有什么值得你爱？"

刘芸无法回答苏茉，爱情通常看起来全无道理，可是当你置身事外来看，凡事都有迹可循。大多数人在人群中寻找与自己相似的灵魂，但也有一部分人则会爱上拥有自己渴望却缺失的那部分特质的人，刘芸显然是属于后者。

当天下午，刘芸带上实习期间的所有补贴飞到了上海，直奔医院，在病房里看到裹着层层白布的郭沐阳时，她完全不能将眼前的人和那个风流倜傥的公子哥联系起来。刘芸立在郭沐阳的身边，随手放下行李，当时郭沐阳还虚弱得不能说话，看到刘芸时，一滴眼泪顺着眼角留下，渗入脸上缠着的纱布里。

接下来的日子，刘芸跟护工做好了协调，她们的工作照旧，但一些贴身的照顾全部都交给刘芸来做，护工的工作量得到减轻，工资照领，自然乐得轻松。至于医院那边，刘芸也只说她是郭沐阳的朋友，可是刘芸想，大多数医护人员都把她看成了郭沐阳的女友，当然，在大多数人眼里，谁会相信一个普通朋友会这样衣不解带地照顾一个卧床的病人。

所以，一段时间后，当值班医生打趣郭沐阳，"小伙子运气不错，车撞成那个样子人还能捡回条命，还有个这么细心的女朋友这么照顾你"的时候，刘芸和郭沐阳都没有撇清。

两个多月的朝夕相伴，刘芸几乎就要以为这个世界只剩下他们两个人，她住在郭沐阳 VIP 病房的陪护床上。每晚她会陪郭沐阳天南地北地聊几句，然后各自躺在相隔五米的床上道晚安。郭沐阳嫌弃护理的工人手太重，一般都不愿意要她们贴身照顾，就连饭菜不经过刘芸的手，也不肯老实地吃。甚至有一次刘芸在医院里四处走走，回来得晚一点，还没进病房，就听见他找不到人，对护理人员大发脾气。刘芸真的几乎以为自己对郭沐阳而言是重要的。

　　这样的日子持续到了郭沐阳病愈出院的那一天，刘芸到医院食堂打早餐回来时，就再也挤不进他的病房，郭沐阳的父母、亲友，还有他父亲的下属将病房堵得水泄不通，很远的地方都可以闻到鲜花的气息。

　　刘芸在医院的另一边，独自将两份早餐吃完，当胃很充实的时候，人就不容易悲伤。刘芸结束一切走回病房的时候，人已经散去，多么可悲，她甚至还在内心深处渴望着郭沐阳能像八点档的男主角，在她几乎要绝望的时候，说：“我还在这里。”

　　郭沐阳当然已经离去，人就是这样，明明知道不可能，可仍然会有期望。留在病房里的是一个自称是他父亲助理的中年男子，他很客气地代表郭沐阳和他的家人表达了对刘芸的谢意，看得出他是个精于世故的人。所以当他说：“我们都很明白刘小姐是出于好朋友的情义来照顾郭先生，但是耽误了你这么多时间，如果你不能收下这个的话，就未免不当郭先生是朋友了。”然后把那个牛皮纸的资料袋递到刘芸面前的时候，她好像没有什么拒绝的理由。

于是刘芸接过，放在手中掂了掂，郭家果然财大气粗，这笔钱足以请到国内任何一个最好的护理人员。刘芸将信封拆开，从里面认真地数出二十张粉红色的钞票，然后把其余的交还给那个中年男子。

"麻烦回去告诉你们郭先生，谢谢他给我回去的机票钱。"说完了这句话，刘芸就转身收拾了行李，然后头也不回地去了上海浦东机场。

终于，在上飞机前，刘芸接到了郭沐阳的电话。他在电话的那一头说了这样一句话："小芸，我感激你，永远都不会忘记，如果有一天你需要我，风里来火里去我都会为你做的。"

刘芸静静听郭沐阳说完，然后告诉他："我要你风里来火里去地干什么？别把自己想得太重要，我去上海，不是为你，是为我自己。你没有亏欠。"

挂上电话，刘芸又给苏茉打了个电话，她忍不住苦笑着对苏茉说："他到底是个精明人，什么都有个价码，他说为了感激我，愿意风里来火里去，这就是他给我的价码……可是他有什么错，他没有要求过我为他做什么，去上海，我是为了我的心，不是去施恩，然后让他永远地记住我。"

郭沐阳的身体完全恢复之后，他的女朋友也结束了她在国外的交流学习，重新回到国内。然而，两个人之间的关系也开始随着时间的推移慢慢产生了变化，当量变积累得越来越多的时候，质变也就产生了。

郭沐阳从小就家境优越，外貌甚佳，身边从来就不缺少女孩子的追求，再加上他的性格奸猾，始终都对那些女生保持着不拒绝不主动的态度，这让他女朋友有些受不了了，总是给郭沐阳耍脾气使小性子，三天两头地在电话里哭哭啼啼。而在郭沐阳这边，他一直都对自己车祸期间他的女朋友没来看他而生气，看到如今她这个样子，心里更觉得烦恼，两个人的矛盾越来越激烈，第一次说出了分手。

也是在这种时候，郭沐阳和刘芸的联系越来越频繁，他的工作并不重，总会在一时兴起时跑来西安，或者半夜三更地给她打电话，有时只是闲聊，有时会跟刘芸说起学业和感情上的不顺心，刘芸从来都不会拒绝，只是安安静静地听他倒苦水，然后笑着开解他。

每次刘芸在自己的住处送走了郭沐阳，她都会独自在原地坐上很久，直到桌上放着的茶都凉透。苏茉说得对，她说："郭沐阳不过是在利用你的感情，心安理得、毫无负担地享受被爱的感觉。"可是有些时候，有些人就是选择清醒地沉溺，对于这一点，刘芸从来都不会否认。

八年的时间，让原本俊美的郭沐阳变得更加倜傥，但是也让刘芸学会装作若无其事。有一天，郭沐阳又来找刘芸，他们对坐着喝酒，彼此有些醉意的时候，郭沐阳嬉笑着问刘芸，有没有找到心仪的那个人。刘芸也笑着和他开玩笑："你忘了高中和大学的时候我还暗恋过你来着，这么多年了，可能我还没有找到更爱的那个人。"

刘芸的话让郭沐阳笑得前俯后仰，他豪爽地拍着刘芸的肩膀，仿佛认同她的幽默，为此他们又干了一杯。

世事有时是多么无奈啊，假作真时真亦假，刘芸爱的人就在自己的面前，可是他却假装不知道，有些事情，刘芸从来不说假话。

那天晚上，郭沐阳喝了很多酒，说了很多话，最后他醉得一塌糊涂。刘芸拦车将他送回酒店的路上，他沉沉地靠在刘芸的肩上，还不忘嘟囔着说："小芸，你真是个有意思的人，要是回到几年前，我说不定会爱上你。"

刘芸的反应是同样地一笑，她不傻，郭沐阳是个聪明的人，即使在喝得烂醉的时候，他也不会吃亏。他说要是回到当初，他会爱自己，可是谁都知道，没有人可以让时光倒流，所以郭沐阳永远不会爱上她。

回到酒店的时候，刘芸摇摇晃晃地半拉半拖将郭沐阳送回房间，电梯里的乘客闻到他们两个人身上的酒味和缠在一起的身体，不禁暧昧地皱起了眉。让服务员开了房间门，刘芸筋疲力尽地把郭沐阳扔在了豪华套间的地毯上，一个好朋友的义务也仅尽于此了。

郭沐阳躺在地板上，迷糊地扯着自己的领带，刘芸看不过去，蹲下来帮了他一把，解下领带的那一刻，郭沐阳似醒非醒地就着领带的另一头用力地往他身上一拉，刘芸晃了一下，差点扑到他的身上。

"别走……"郭沐阳含含糊糊地说了一句话。

刘芸起身叫来了值班的男服务员。在走回电梯的时候，她用冰凉的手摸摸自己发烫的面颊。她承认在刚才的那一刻，自己确实心跳加速，一个正常的女人，不可能在她一直爱着的那个男人面前无动于衷。刘芸完全可以留下来，用"酒后乱性"的绝佳理由跟他分享一个晚上，然后她的一生都可以有了回忆。但是，她，刘芸，偏偏没有办法跟一个在醉后仍不停诉说着对女友思念之情的男人在一起，她做不到，所以刘芸注定只能在暗处思念郭沐阳。

第二天，郭沐阳打了电话向刘芸致谢，并邀请刘芸单独出来吃饭，刘芸以单位有事为由拒绝了，她禁不起一再的撩拨，不管是有意还是无意。

这件事过去之后的第二个月，郭沐阳又来到了西安，正式邀请刘芸单独吃晚饭。刘芸到的时候郭沐阳已经在那里，认识这么多年，他少有的几次早到。

刘芸坐下来，发现郭沐阳莫名地严肃紧张，于是索性先不点单，直接对他说："如果有话，你可以直说。"

郭沐阳犹豫了很久，还是抬头看着刘芸。

"……婷婷她回来了，我发现我还是爱她，所以……我打算复合。"

刚从天寒地冻的户外步入室内，刘芸的眼镜上笼罩着一层薄薄的雾气。她摘下眼镜，用布细细地擦拭，就在郭沐阳因为等待一个回答而变得焦虑的时候，刘芸只说了一声："哦。"

从始到终，刘芸只是个局外人，除了知情之外，没有别的权力。刘芸在离开之前，对郭沐阳说："我祝你们幸福。"

说这句话的时候，刘芸是真心的，她希望他幸福，然后他们两个人相忘于江湖。

晚上，刘芸和苏茉打电话的时候，我听见苏茉低声咒骂："郭沐阳这个王八蛋。"

认识好几年了，刘芸从来没有听过苏茉骂人，不禁莞尔一笑，世界上哪一条法律规定过你爱着一个人，而他必须爱你？是的，没有。

所以刘芸只是说："他没有错，只是不爱我。"

挂掉了电话，苏茉长久地沉默，我坐在她的身边，把手轻轻地覆盖在她的手背上问她："怎么了？"

苏茉摇了摇头："我真的很佩服刘芸这个人，她对郭沐阳的爱太深了，深得连我都觉得可怕，果然女人的爱里一旦掺杂了母性，就已经到了无法自拔的地步。"

"别多想了。"我不知道该怎么去安慰苏茉，只能拍拍她的背，轻轻地摩挲着她柔软的头发。

苏茉靠在我的怀里："以前我特别羡慕小芸，我觉得她敢爱敢恨，喜欢一个人，全世界都知道，全世界都在祝福她，这种感觉应该特别好吧。"

我问苏茉："那现在呢？"

"现在……我觉得她特别可怜，不是因为郭沐阳不喜欢她，而是因为她为了郭沐阳付出了那么多，可是最后还没等到一个结果，就这样惨败了……"

听着苏茉的话，我也有感而发："这大概就是一厢情愿吧。"

苏茉抬起头看我："可是小芸并没有做错啊，为什么只有她一个受到伤害，这样太不公平了……"

我再次打断了苏茉："不，刘芸从一开始就错了，所以，错的开始终究只会得到错的结果，就是这样。"

直到一个月后，我和苏茉接到了刘芸打来的电话，刘芸告诉我们，这些年她在和郭沐阳反反复复的揪扯之中终于累了，她也下定决心要放下他了，刚好她们公司在墨尔本有一个外派任务，她交了申请表，现在外派申请批下来了，她也要离开了。

"小芸，其实你没必要这样，他不值得你影响自己的生活。"苏茉大概是想要劝说刘芸。

我不知道刘芸在电话里说了些什么，只听到很久以后，苏茉在房间里传来了一声叹息，然后她的声音低低地说："那我也不再说什么了，去了那边好好照顾自己，有事儿记得给我打电话，千万珍重。"

半年后，郭沐阳的儿子满月，我和苏茉参加完宴会刚刚回到房间，就接到了刘芸打来的电话，苏茉和她聊了很久，挂电话以后，苏茉的表情似乎有些伤感。

"怎么了？"我问苏茉。

苏茉的眼睛里似乎还有泪水，她的嘴唇紧紧地抿着："小芸刚刚打来电话，说她在那边很好。"

我点点头，似乎并不觉得有什么意外，如果一个人对这个地方伤透了心，离开或许也是最好的方法。

"所以这或许是一件好事，去了那边她说不定能遇见一个真正对她好的人，可以开始新的生活呢。"我坐在苏茉身边安慰她，"如果想念刘芸，就给她写一封信吧。"

苏茉点了点头，坐到电脑前，敲了很久的键盘。

小芸：

别来无恙。半年多不见，刚刚接到你的电话之后，想起你说的横跨维多利亚港的博尔特大桥，还有南岸的企鹅岛，开始有些向往，能让你决定长久留下来的地方，想必是很好的。

今天是郭沐阳的儿子满月，郭家大摆筵席，我和洛冰都去了。孩子长得很漂亮，跟他父母一样。我看着那个孩子，忽然觉得他就像是一个小天使，不管从前大家经受过多少痛苦或是折磨，看到孩子的那一刻，每个人的心里应该都是满满的。

对了，本来不想提的，今天晚宴上，郭沐阳看上去很高兴，多喝了几杯。我上洗手间的时候，看到他在走廊上发呆，见到我，他只问了一句话："墨尔本会不会下雪？"

我忽然想，如果现在的你初识郭沐阳，还会不会为他蹉跎那么多年。你曾经说羡慕我，不管什么时候转身，都有一个对的人在等我，而你转身只看到自己的影子。其实我觉得，错误的时间遇到错误的人，等待也是徒劳。我用了很久才想明白这个道理，你比我聪明得多，想来也是懂的。如果回头看不见他，不如向前看，毕竟墨尔本的风光那么好。

就这样，我和苏茉开始了迈入社会的旅程。最初的时光甜蜜如梦境，早晨我们两人吃过早餐一同出门等车上班，下班后相约一起买菜回家。苏茉有一手好厨艺，将我的味觉惯得越来越挑剔，晚饭后我们两人或是一起到附近看场电影，或是牵着手四处晃悠，有时也依偎在家看电视，然后分享一个缱绻的晚上。我再也不提起我们曾经有过的担忧和争执，如今的生活，无论给我什么我都不换。

然而，伊甸园里尚且隐藏着杀机，王子和公主牵手走进幸福的殿堂，门一关，依然要磕磕碰碰地生活。

首先一点，我是个好动的人，我的耐心也只限于我喜爱的专业工作，其余的时间不喜欢待在家里或太安静的环境中。尤其国企里面的工作要终日面对各种人事关系，精神紧绷，下了班之后我更愿意跟着一帮同事朋友到运动场所健身、踢球或享受这城市名声在外的夜生活。

而苏茉则恰恰相反，她喜欢安静，下班回家之后能不出门则不出门，即使在家里也是做做家务、听听音乐，最大的爱好就是看综艺节目，很少呼朋引伴，只是偶尔会跟研究生阶段的几个同学聚一聚，甚至连大多数女人喜欢的逛街购物她都不是十分热衷。

苏茉在我的生拉硬拽之下跟我去过几回酒吧，往往坐到一半便吃不消那些地方的拥挤嘈杂，又不忍中途打道回府拂了我的兴致，一晚上熬下来如同受罪，我察言观色，也不能尽兴。如此三番两次，我也不再为难她，偏偏我又喜欢黏着她不放，便尽可能地减少活动下班回家陪她。于是，每每苏茉闲时坐在电脑前对着屏幕一阵哭一阵笑时，我在电脑前玩一会儿游戏就会跑过去骚扰她。她不许我指手画脚，我便如热锅上的蚂蚁，非要让她和我一块儿去打游戏，苏茉一看到游戏里那些子弹横飞的画面就觉得头痛。一来二往，我们两人都不愿再勉强对方，索性各行其是反倒乐得轻松。

我常常开玩笑地对苏茉说："你不跟我出去，就不怕外面的女人把我拐跑了？"

这时苏茉就会笑着说："你最好多拐两个，一个陪你玩游戏，一个给你洗臭袜子。"

说到底苏茉对我还是放心的，我虽然爱玩，但并非没有分寸。在单位里我也没怎么张扬过自己的家世，不过明眼人大概都能从我衣着谈吐中看得出我家境不俗，加之我长得也不差，不刻意招惹我时，性格也算容易相处；为人又很是大方，在同事朋友圈里相当受欢迎，各种场合中注意我的女孩也不在少数，而我在男女之事上一向态度明朗，玩儿得再疯也不越雷池一步，并且大大方方一再表明自己乃是有主之人。尽管旁人对我甚少现身的"神秘同居女友"的存在持怀疑态度，但见我明确坚持，也均默认我的原则。

在外玩耍，苏茉绝少打电话催我回家，反倒是我自己倦鸟知归巢，时间太晚的话就再也坐不住了。其实也不是没有遗憾，有时看着同样有老婆或者女友的朋友、同事被家里的电话催得发疯，我的心里甚至会生出几分羡慕，我甚至隐隐期待着苏茉能表现出离不开我的姿态，可她似乎并不像我黏着她一样片刻都离不开我。不管我回去多晚，她或者给我留着一盏夜灯，或者先睡，或者做别的事情，从未苛责于我。

本来年轻男女生活在一起，由于性格和习惯上的差异发生口角是很正常的事情，偏偏我有时候是个火爆脾气，越是在亲密的人面前我的任性和孩子气就越是表露无遗。苏茉却是外柔内刚的性子，嘴上虽然不说什么，可心里认定的事情很少退让，即使有时无奈地忍我一时，但积在心里久了，不满就容易以更极端的形式爆发。于是从我们住在一起之后开始，我们两人各不相让，一路走来大小战争不断，只因年少情浓，多少的争端和分歧通常都不了了之。古话都说："不是冤家不聚头。"大概便是如此。

第二十五章　童话结局之后的生活

　　工作近一年之后，苏茉在公司里的表现颇得领导赞许，当初招聘时慧眼择中她的领导让人事部门找她谈话，问她是否愿意转到市场部，真正参与企业的销售策划。苏茉很是心动，市场部的发展前景要远远大于她现在的这个岗位，收入也有显著提升，虽然压力也会随之增大，苏茉和我商量，要不要换一个工作部门。

　　"这个我倒是没什么意见，还是你自己做考虑吧。"我说这句话是真心的，从骨子里来说我是有点大男子主义的人，只要苏茉开心，做什么决定我都没意见，她要是想干就继续干，不想干回到家来我也能养活得起她，对我来说这不是什么大问题。

　　"什么叫你没意见？如果我的工作调动了，就会影响我们的生活，特别是你，大少爷——"，苏茉听了我的话有些不高兴了"如果我去了市场部，可能就没时间给你做饭洗袜子了。"

　　苏茉这话说得古怪，甚至在"大少爷"这个词语后面还加上了重重的长音。

　　"我没关系啊，你要是忙不过来就请个钟点工，只要你高兴就好了，我真的没意见。"我回答苏茉的时候还是这个想法，当然，我也没有想到就在一周之后，我就开始后悔了。

对于一份工作而言，收入总是和付出的劳动成正比。调到市场部之后，苏茉的工作量骤然增大，开会讨论、做计划、写方案、跑调研、回访客户……什么都要从头学起，加班成了常事，于公于私，偶尔也有了应酬。

而我的事业此时也是光明一片，毕竟我还很年轻，在工作方面又肯下苦功，很快就成为我们部门里的骨干，职务的提升必然伴随着加倍的忙碌。加班不提，大大小小的会议、专项培训让我出差的机会也增多了。我的玩心也在这时渐渐地收敛了，应酬和消遣慢慢减少，除了保留每周至少踢一场球的习惯，平时工作完就想着回家去陪陪苏茉。如非必要，也不太愿意出差，那些福利性质的开会和培训也能免则免，我原以为这样我们至少能把关系很好地维持下去，可是事实证明，我还是想得太过简单。

七月初，苏茉她们公司给市场部安排了几个大的企划案，为了拿出漂亮的方案，部门里反反复复地开会讨论，大家对这件事都很重视。苏茉作为市场部的新人，自然更加投入，希望借此机会能够锻炼自己，学到更多的东西。尽管有老员工借故把一些个人分内的文案工作推给她，她也没有出声。

这天晚上，我准备睡了还看见苏茉抱着笔记本奋战，就忍不住笑着对她抱怨："怎么不见我把工作带回家来？八小时之内完不成工作的都是笨蛋。"

苏茉在这方面早就习惯了我对她的各种调侃，承认自己是"笨鸟先飞"，让我先睡，我却不肯，搬张椅子坐到她身边，看不了多久就想拉着她去休息。

苏茉当然能了解我的心思，她拍了拍我的背安抚道："别闹，等我忙完这一会儿再说。"

我却不肯，对她说："工作是做不完的，一定是你公司里的人看你实心眼就把事情都扔给你干，别人才不会那么傻。"

苏茉反驳我："多做点又不会死，你也不想我成为部门里拖后腿的那个人吧？"

"开始我就不同意你去市场部，整天不知道瞎忙什么。"我有点儿不高兴地说。

苏茉听了这话竟然也较了真："洛冰，当初我决定调换部门的时候你可是说一切由我来做决定的，现在说这个话什么意思？我可从来没否定过你的工作。"

看到她真的有些生气，我也不敢再和她争执，只能嬉皮笑脸地摇了摇她的肩膀："那下次我把工作带回家的时候你尽情否定我就是了。"我笑了笑，不由分说地合上了她的笔记本。

我不知道的是苏茉的一个图表才刚刚做到一半，被我这样不讲理地打断，她的脸色顿时冷了下来，不满地问我："你干什么呀？"

"睡觉！"我把她往床上拖。

苏茉用力将她的手一甩："你就不能尊重我一下？"

我见她翻脸，也愣了一下："我怎么不尊重你？就是不想看你这么蠢怎么了？什么脏活累活都抢着干，最后还落不到个好。"

我知道她的为人，在公司的时候绝对不肯有半点松懈，吃了亏通常也暗暗扛下来。我都能看到她眼睛底下的淡青色，一连好几天都睡那么晚，整个人都瘦了，偏偏做什么都想着公司的事，我不喜欢她这个样子。

"我的脏活累活大部分还不是你给的?"苏茉不满地冲着我说。

"你什么意思?"我盘腿坐在床上问。

"没什么意思。我不求你能做好饭等我回家,只希望你别像个皇帝一样等着我下班回来把饭送到你面前,不要把衣服、杂志扔得满地都是,玩游戏的时候别非拉着我一起陪你不可。还有,我也不是每天都把工作带回家,你就不能消停会儿,让我把事情处理好?"

我没想到苏茉会这么说,闷闷道:"难道做这些让你觉得很烦?"

说真的,我已经习惯了我们两人这种相处模式,没觉得有什么不妥,她把我们的小家打理得井井有条,让我觉得很温馨,没想到这竟然成了她难以忍受的负担。

"我们一样要工作,忙了一天,我回来后像个保姆一样伺候你。我不是觉得烦,而是觉得累,万能机器人都有没电的时候。"苏茉不慌不忙地对我解释。

我低着头思考了一阵,然后对她说:"原来是为了这个。你根本不用那么辛苦,工作太累大不了别做了,我又不是养不起你。"

没想到的是,我的这句话让苏茉更加来了气,她反过来问我:"洛冰,你为什么不辞掉你的工作在家给我拖地做饭呢?"

"哪个男人会做这样的事?"我也是被苏茉逼得急了,有些话张口就来。

我和她在一起时间这么久，说起来好像很少会争执得这么凶。苏茉见这样的局面，今晚的工作估计也做不了了，和我也吵不出结果，沉着脸关闭笔记本，躺上床之前，她冷冷对我说："你别以为世界要围着你一个人转！"

　　"我就是这样，受不了拉倒！"我也怒气冲冲地上床。

　　过了一会儿，我还是有些不甘心，把苏茉身上盖着的薄被拽走一大半，她抢回一角，没过几秒又被我卷走，我们两个人赌气一样地进行着拉锯战，谁也不愿意轻易服输。

　　苏茉大概是真的不想再和我这样幼稚下去了，她把被子扔给我，自己去睡了沙发。我当时也真的动了气，没有去管她，我们两人各睡各的，一夜无话。

　　第二天，我照例去上班，上午参加了单位的会议，散会后没多久秘书就打电话来，让我到副总办公室去一趟。

　　我还以为自己开会时的不在状态被精明的领导识破，心里很是不安。然而进到副总办公室，周副总的样子却不似问责，他微笑着让我坐下，给了我一个意外的惊喜。

　　原来，我们公司新推出的一系列主打产品要在全国范围内进行重点的营销推广，因此才让我们营销部给出了几个方案，这些方案各有亮点，高层一时难以取舍，便从中挑选出最优的两个同时推行，参考试点市场反馈和客户意见，最后作出定夺。而我正是备选方案之一的主要参与者，周副总让我协助另一名资深员工全权负责该方案。这虽不是什么了不得的荣耀，但对于我这样的新人来说却是个不折不扣的好机会。我们副总也恰到好处地表达了对我的鼓励，假如我们的方案成了公司最终的选择，那么对于我今后的职业发展来说也是块很好的铺路石。

其实，听到这个消息时我的第一反应并不是什么工作发展前景，只是在想，如果我的工作干得好一点，苏茉就可以不用那么辛苦了，这样她也就能把更多的时间回归到我们的生活中来了吧。

我刚回到自己的格子间，就接到了电话，主导这个方案的几个同事约我下班后一块儿吃饭，顺便就方案的一些细节做进一步沟通，我答应了下来，然后又把电话打给了苏茉。

"喂？怎么了？"电话那头传来了苏茉的声音，她的语气不轻不重，我知道她还在为我们昨天的矛盾别扭着。

我犹豫了一下："我们单位同事今晚要一起吃饭，讨论我们接下来的一个项目，所以给你提前说一声。"

"哦，知道了。"大概是听着我的态度平稳了下来，苏茉的语气也渐渐地舒缓。

我的心里也暗暗松了一口气，又不忘了叮嘱她："那你自己一个人吃饭，不要吃得太随便。"

苏茉轻声答应我，还不忘了提醒我："那你早点回来，不要喝酒。"

挂掉电话，我原本郁闷了一天的心情变得大好，毕竟我也明白，两个人每天低头不见抬头见地生活在一起，有一些小的争执是很正常的，只要不出现那些原则性的问题，这样的小矛盾过去也就过去了吧。

下班后，我和同事们如约去外面吃饭了，因为我们都是一个部门的，彼此之间都算是熟悉，只有一个面孔让我感到有些陌生，我正想着这是谁的时候，就看见那个女生端着杯子朝我缓缓走来。

"你好，我叫夏筱，今天刚刚来到营销部，认识一下吧。"那个女生笑着看我，落落大方的样子。

听到她这么说，我也连忙起身致意："你好你好，我叫洛冰，认识你很高兴。"

经过一段时间的交谈，我对夏筱也有了更为深刻的认识，她和我一样，是西安本地人，大学刚刚毕业就到这个国企来上班。不同于其他女孩子，夏筱是个很会察言观色的人，对待别人也是一副成熟老练的样子，我和她很能聊得来，聚会结束的时候，我们互相交换了手机号码，想着下一次如果有时间可以一起吃饭聊天。

紧接着，我们小组开始为策划方案着手做准备，我和夏筱他们有几个人每天都加班加点。苏茉那边也是忙得不可开交，我们约好了这一段时间就不在家里做饭了，自己吃自己的，这样也可以节约出更多的时间。

第二天，公司针对我们的策划案召开评审会，几个重要的经销商也参与了会议，当场并没有给出结论。晚上周副总牵头宴请几大经销商代表，让我们负责新产品策划案的几个人也一块儿去了，面对着这样的大场面，夏筱竟然比我们这些已经研究生毕业的人还要从容许多，她笑着给那些经销商敬酒，说起话来也是有理有条，找不出什么漏洞，这让我更是刮目相看了。

应酬结束，我们一个个都准备回家，就在我刚刚上车准备回家的时候，车窗玻璃被人敲了几下，车窗外站着的是夏筱，她笑意盈盈地看着我。

"有事吗?"我一边摇下车窗一边问她。

夏筱收了收自己的大衣对我说:"冰哥,我在这边打不到车,如果你方便的话我能不能搭个便车?"

我犹豫了一下,因为我刚刚和苏茉打了电话,她今晚也在单位加班,我是准备去接她一起回家的。

可是现在我也不好说什么了,我打开车门:"当然可以,快上来吧。"

夏筱笑得很好看,她坐上车还不忘了谢谢我:"谢啦冰哥,改天我请你吃饭。"

我也随意接着她的话:"好啊,我看你虽然才刚刚毕业,在工作方面比我们要厉害多了,你看周总刚才一直冲着你点头,有时间我可得好好交流一下,好好学习学习呢。"

"哎呀!你过奖了,我哪有那么厉害,我们可以互相学习互相进步的嘛。"夏筱也很谦虚,和她这样聪明的人聊天确实是一件很轻松的事情。

就这样,我把夏筱送到了她家的路口,刚刚和她挥手说再见,就接到了苏茉打来的电话,她在电话里有些着急了:"洛冰,你怎么还不过来?"

我抬起胳膊看了看手表,时针已经到了晚上十点半,我安慰苏茉:"马上到马上到,刚刚的路口有些堵车,你在那儿等着,我马上过来。"

苏茉没有再说话,可是声音里还是听着有些不高兴,她答应了一声:"哦,好吧,那你快点儿。"

我赶到苏苿的公司门口，才看到她一个人站在街边，虽然已经到了初春，晚上还是吹着微微的凉风，苏苿定定地站在那里，头发被风吹得有些乱了。

　　"怎么回事啊？我等了你好久。"苏苿上了车，忍不住冲着我抱怨。

　　我赶紧拉过她的手放在手心里，果然，两只手都是冰凉的。我又着急地道歉："不好意思不好意思，本来是要过来，可是单位临时有事儿耽误了一点点，刚刚又遇到堵车，所以才来迟了。"

　　苏苿的手被我紧紧地握着，她的眼神也一下子变得柔软了，却还是像一个小女生一样在嘟着嘴巴抱怨："你都不知道我在那儿多冷，而且大晚上的就我一个人……"

　　"好啦好啦，是我错了，我向你道歉好不好？"我尽力哄着苏苿，也满是心疼。

　　苏苿不再说话，她拉着我的一只胳膊靠上去，突然问我："你今天把车借给别人了吗？"

　　我有些莫名其妙，苏苿怎么突然问起这个问题来了？我摇了摇头："没有啊，这个车一直都是我自己开，我有点儿洁癖你又不是不知道，怎么可能借给别人。"

　　苏苿忽然坐直了身子，她的大眼睛一直盯着我："可是这个车里有香水味啊，而且是女生用的香水。"

　　我一下子想到了夏筱，连忙向苏苿解释："哦，刚刚下班和一个同事顺路，所以送了她一下，可能是她的香水味吧。"

　　说这句话的时候我也不知道为什么，反正就是有些心虚。

　　果然，苏苿立刻更加警觉了："你不是说堵车吗？还说单位临时有事？"

我赶紧放慢车速解释道："哎呀，我这不是怕你多想吗，你也知道我们小组最近在谈一个营销方案，大家刚刚吃了饭，她一个女孩子打不到车，我送送也没什么错吧？难道你连这一点都不愿意相信我？"

"不是不相信你，我只是希望，你不要因为别人对我撒谎。"苏茉不开心地说着。

我点点头："好好好，都是我的错，我以后再也不会这样了好不好？别生气了……"

苏茉不再说话，虽然看脸色还是有些不高兴，但我心里还是舒了一口气，我不是那种不识好歹的人，苏茉因为这个生气，说到底还不是因为她在乎我么。

第二十六章　爱让我们彼此伤害

　　就这样，我们在这样平淡的生活中继续前行，她忙她的市场投资，我忙我的营销方案。不过通过这件事我还是长了记性，既然苏茉介意我和其他女人来往，那我以后尽量少提就是了，有时候善意的谎言也是一件好事。

　　至于公司那边，我们的营销工作已经到了最后收尾的时候，我们部门的副总吩咐我和夏筱两个人好好配合做好总结，我和夏筱之间也越来越熟悉。在我的眼中，夏筱不同于苏茉这样的女生，更多了几分男生的英气和豪爽，她喜欢看足球比赛，也热衷于网络游戏，这些爱好和我都出奇的一致，所以每逢闲暇时间，我们也会出去吃个饭，或者去那种体育酒吧看场足球比赛，人生能有这么一个谈得来的朋友，于我而言也算是一个不错的缘分。

　　终于，经过客户多方面的讨论和研究，我们小组的方案获得了客户的通过和采纳，当部门经理把这个好消息告诉我们的时候，我们小组的七个人集体欢呼起来，这种齐心协力去为一件事努力的过程，真的很不错。

　　"各位各位，咱们的努力终于有了回报，咱们要不要出去庆祝一下?"夏筱笑着向我们提出建议。

"好啊好啊,我同意。"

"我也同意,必须庆祝一下啊。"

大家纷纷拍手叫好,夏筱看向我:"冰哥,你也来吧?咱们一起热闹一些。"

我犹豫了一下:"我就不去了吧……今天我女朋友也不加班,我想着早点回去陪陪她。"

"哎哟,冰哥就是体贴……像我们这些单身也只有徒生羡慕的份儿了。"其中有人开玩笑。

夏筱还是劝我:"可是你是这个方案最大的功臣,你不去我们几个还有什么意思啊?"

"我真的不去了,你们先玩儿,改天,改天我一定请大家吃饭好不好?"我还是拒绝了。

大家见我这样也不再勉强,只有夏筱走过来幽幽地对我说了一句:"当你女朋友真是一件挺幸福的事。"

当晚我回到家中,就看到苏茉正坐在卧室里的电脑前下围棋,昨天晚上因为她做的菜里有我不喜欢吃的青椒和苦瓜,我发脾气拒吃,苏茉独自吃完晚饭见我还在大声抱怨,就当着我的面把剩下的菜都倒进了垃圾桶,我们两个人又是大吵了一架,早上出门也是各走各的。所以我进屋后脚步比往常要轻许多,在沙发上磨蹭了一阵,才觍着脸走到她身边,嘟囔道:"你真过分,早上起来自己走了都不叫我一声,害我上班迟到了。"

赖床是我的老毛病,两个闹钟都没有用,平时都是苏茉做好早餐像赶尸一样把我弄起来,今早还在冷战,她就故意没搭理我，我果然不知道自己起床。

苏茉故意惊讶地说："昨晚明明是你在喊谁先和对方说话就是不要脸。"

"好，好！我不要脸……但总比你这小气鬼强……别生气了。"我干笑了一声，一手挡在显示器前，"我饿了！"

苏茉瞪了我一眼，脸色有些得意地说："活该！等我下完这一盘。"

"别下了。"我拉了她一把，可是她完全不理我。

我看着叫不动她，干脆把她连人带椅子端了起来，苏茉腾空，吓了一大跳，笑道："你吃错药了，快放我下来。"

我也笑着，一路把她抬到沙发旁，把她掀倒在垫子上，放下空凳子回头扑在她身上："让你不叫我起床，让你不给我做饭！"

苏茉应该是早就不生气了，昨天听说她们的工作也圆满完成了，她看我的眼神也不禁柔情了许多，苏茉站起来走向厨房准备做饭，笑着问我："你想不想吃饭了？今天我只做青椒和苦瓜，看你还怎么挑。"

"你敢！"我还想追过去，被苏茉强令留在厨房外，她话里带着警告，"洛冰，你以后还想吃我做的饭就别过来。"

听着她这么说，我也不敢再去烦她，只能耐心地坐在餐桌前等待。

苏茉简单炒了两个菜，苦瓜是没有了，但青椒炒肉还是出现在餐桌上，还有一条清蒸鱼。我看了两眼，又想故伎重施地把坐在餐桌上准备吃饭的苏茉"连锅端"喽。

就这样，一个春天相安无事地过去了，我和苏茉再也没有产生过矛盾，或许学会向对方妥协，是两个人长久生活下去最应该培养的能力。

这天下午五点半，我接到了苏茉打来的电话。

"洛冰，你什么时候下班啊，明天是阿姨的生日，咱们给她送点什么东西呢？"苏茉在电话里问我。

要不是苏茉提醒，我都快忘了明天是我妈的生日。

"哎呀，你要是不说我都快要忘记了，真是好儿媳啊，要不我把你打包一下送给我爸妈得了。"我和苏茉开玩笑。

苏茉在电话那头被我逗得咯咯笑："你什么时候变得这么贫了？你好好说话，咱们怎么办？"

"我六点下班，要不咱们去商场逛一逛吧，顺带着在外面吃个饭，再给妈挑一个礼物，这段时间你也很辛苦，算是犒劳你了。"我想了一下，然后对苏茉说。

苏茉也同意了我的提议："那好，我今天可以提前下班，咱们就去你们公司旁边那个商场吧，我现在过来，到了那边给你打电话。"

"好，那你注意安全。"

挂掉电话，夏筱刚好走了进来，她笑着问我："怎么，又和女朋友打电话啊？"

我点了点头："对，她今天下班早，我们约着去外面吃饭。"

夏筱挑了挑眉毛："我一直都想看看，是哪个女生这么优秀，能让你这么长时间服服帖帖地待在她身边，我想，她应该是个很厉害的女生吧？"

我并不是一个喜欢在单位说私事的人，所以对于她的这个说法，我也只是笑了笑，算是对她的回应。

临近下班，我的工作也已经完成，我便随手拿了一本杂志翻看了两下，刚好夏筱看到了，她走过来问我："听说明天有国际米兰的比赛，你要不要看？"

足球一直都是我的爱好，一说到这个我也来了兴趣："当然要看，我可是国际米兰的忠实球迷啊，头可断，血可流，比赛不能不看。"

在我心里，夏筱就是和我的其他兄弟一样，属于哥们儿的那种，我一边和她聊天一边翻着杂志，丝毫没有注意到时间已经到了六点多。

"对了，刚好我有个朋友在城南那边开了一家酒吧，里面会转播足球比赛，明天晚上还有优惠，要不要一起去？"夏筱问我。

我还没来得及回答，就听见门外传来了一个声音："洛冰。"

这个声音是苏茉，她来我单位找我了。

"哎？你怎么来这儿了？不是说好打电话的吗？"我看着苏茉走过来，笑着问她。

苏茉的脸上没什么表情，她只说了一句："你看看你的手机，我给你打了多少个电话？"

听着苏茉这样说，我才忽然想起来，我下午开会的时候把手机调成了静音，现在还没有调回来呢。

"哦，抱歉抱歉，手机静音，所以没有留意。"我连忙像苏茉解释着。

苏茉没有搭理我的这句话，而是看向了坐在另一边的夏筱，她寒着脸问我："这位是？"

我还没反应过来不知道怎么回答，就看见夏筱先站了起来，她笑着和苏茉打招呼："你好，我是夏筱，是冰哥的同事，你……是她的女朋友吧？"

苏茉脸色还是没有好转，她只是略微地笑了笑："你好，我叫苏茉。"

夏筱显然要比苏茉活络得多，她笑着向苏茉伸手示意："苏茉你好，之前总是听到冰哥提起你，一直都想认识一下呢。"

苏茉却没有理会夏筱的示意，她看了夏筱一眼，又看了我一眼，然后突然就笑了："原来你们聊得还挺多的啊？我很想知道，你们还聊了些什么呢？"

这句话说出来，包括我在内的办公室里其他人都没再说话，有两个年轻人看了看我们这边的情况，然后朝着我喊了一声："冰哥我们先走啦，你和嫂子先聊，我们就不打扰了。"

我没有说话，我没想到苏茉竟然这么不给我面子，当场就让我这么下不来台。

"哦，那个……"还是夏筱首先反应了过来，她简单地收拾了一下东西，然后笑着对我说，"那个……我也先走了。"

认识了这么久，这大概是我见过夏筱笑得最尴尬的一次。

夏筱也离开了办公室，偌大的空间里就剩下我和苏茉两个人，谁也没有说话，空气静得让人有些发慌。

"这下子你满意了？"我问苏茉。

苏茉没有理会我，她抬起头来，眼睛一直看着我，好像是要把我看穿一样。

"这就是夏筱？如果我没猜错的话，你之前说的送同事回家也是在送她吧?"苏茉问我。

我有些无奈:"是又怎么样?我们只是正常的同事交往,你不要胡思乱想好不好?"

"我胡思乱想?我在楼下给你打了六个电话,等了你半个多小时,你让我怎么能不胡思乱想?"苏茉也不甘示弱地对我说着。

听她说到这儿,我才忽然想起来,我从桌子上拿过手机看了一眼,果然,六个未接来电,四条短信,全部来自苏茉。

"洛冰,我到了。"

"你怎么不接电话?是在开会吗?"

"我在楼下等你啊,你尽快回复我。"

"我最后等你十分钟,你再不来我就真的生气咯……"

不知道为什么,尽管有再多的气,在看到这些短信的那一刻,全部都烟消云散了。

"苏茉……"我走近她,拉起她的手摇了摇,"对不起,是我的问题。"

苏茉没有说话,却还是把脸瞥向另一边,我跟着她一起转过去,才看见了她眼里波光流转,眼泪在眼眶里打着转。

我和苏茉在一起快要七年了,我们有过吵架,有过不和,甚至也会说分手,但是我从来没让她哭过,这是第一次。

"苏茉,别哭了,是我的错,我向你道歉。"说这句话的时候,我的心里有一种说不出的滋味。

我伸出手去碰了碰她的脸,苏茉没有拒绝。

"我知道,我知道我这样做你很没有面子,可是我真的不开心,我不愿意你为了其他人不理我,也不希望你因为其他人骗我……"苏茉终于哭了出来。

"对不起对不起。"看到她的眼泪的那一刻，我承认我彻底慌了，我拿起纸巾为她擦眼泪，嘴里一遍一遍地道歉。

五分钟后，苏茉终于不哭了，她的眼睛有点红有点肿，看着让人心里十分的不好受。

直到坐在车上，苏茉才开口对我说话："洛冰，对不起……"

如果说之前我的心里还窝着一股气，那也在她说出这句话之后变得荡然无存了。

"我知道，我应该相信你的，两个人在一起就是要无条件地相信对方，是我想得太多了。"苏茉的声音低低的。

我的一只手开着车，另一只手覆在她的手背上轻轻地拍了拍："好了，我们都不要纠结这些问题了，我也有不对，是我忘了时间，让你在楼下等了那么久。"

"那我们以后再也不要因为这种事吵架了好不好？"苏茉轻轻地倚靠在我的肩头问我。

我亲昵地刮了一下她的鼻子，笑着回应她："好，以后再也不了。"

"那你答应我，以后不要和那个夏筱走得太近。"苏茉拉着我的手。

我有些无奈："我们两个是同事，又是同一个小组的，有很多需要合作的地方，你说让我怎么答应你这个？"

"那你的意思是说你做不到是吗？"苏茉的眼睛睁大了看着我。

因为害怕好不容易平息下去的怒火又一次被点燃，我只能用缓兵之计，尽量压了压自己的脾气："好好好，我答应，我答应你还不行吗?"

苏茉仿佛还是不相信，她撇着嘴巴看向我，然后伸出手："咱们拉钩。"

"别闹，我还开车呢。"我无奈地应付苏茉。

"你可以停在路边啊。"苏茉对这方面有着前所未有的固执。

没办法，我只能举白旗投降，苏茉如愿地拉着我的手指，嘴里一边念着："拉钩上吊，一百年不许变，谁变谁是大坏蛋。"

真是够幼稚的，可是如果这样做能平息下来，那我也是愿意的，可是我没有想到，几乎是同样的事情会在三天之后再次上演。

周末结束了回到单位，我看到夏筱总是觉得有些难为情，她那天无缘无故就被苏茉给怀疑了，我不知道应该怎么给人家道个歉解释一下。

"那个……那天的事儿，不好意思啊。"犹豫了一下，我在楼梯口对夏筱说。

反倒是夏筱要落落大方得多，她笑着调侃："你女朋友确实挺厉害的啊，以后我可不敢再和你随便聊天了。"

"哎呀，你就别再取笑我了行不行。"我被她说得更是不好意思。

夏筱看了看我，然后笑了："如果真的要赔罪，那今天送我回家吧，我的车限号。"

我满口答应了，今天下班早，我先送了夏筱再回去，应该没什么问题吧。

直到下班回到家，苏茉已经做好了饭在家里等我，我有些心虚地问她："今天总没有迟到吧？"

　　"嗯，今天很准时，给你一个大红花。"苏茉看起来心情也还不错。

　　我们洗过了手，正准备坐在餐桌前吃饭的时候，夏筱的电话却打了过来。

　　"喂？有事吗？"我接起电话的时候心里就有些发慌，虽然我并不觉得自己有哪里做得不对。

　　"冰哥，我刚刚好像把手机落在你车里了，你能不能帮我看看啊？"夏筱的声音从电话里传了出来。

　　果然，原本坐在另一边吃饭的苏茉在听到夏筱的这句话之后立刻停下了她手里的动作，她定定地看向我，如同每一次她生气的时候一样。

　　我的心里如同一团乱麻一样，这下子好了，同样的人同样的事情，我能想象到苏茉的反应。

第二十七章　最熟悉的陌生人

　　我一边接电话一边随时注意着苏茉的反应，我看着她的脸慢慢地变得惨淡，然后再也没有之前的笑意。

　　可是电话那头的夏筱对这些却全然不知，我只能硬着头皮继续问她："你把什么东西落在车上了？要得着急吗？如果不着急的话我明天给你拿到单位吧。"

　　"不行啊。"夏筱在电话那头听着有些着急，"那是我今晚加班要用的一些数据和资料，明天我都是要交给总经理的，如果你方便的话能不能给我送过来？或者我来你那儿取也可以。"

　　我的脑子里简直如同一团乱麻一样，不知道应该怎么解决当前的问题，我只能支支吾吾地说："那行，你来我家取一下吧，我今天……不太方便出来，我家在……"我对夏筱说了家里的位置，然后就挂断了电话。

　　"如果我没猜错的话，是那个夏筱吧？"果然，我刚刚才拿掉手机，就听见苏茉的问话。

　　我装作不经意的样子继续拿起筷子："嗯，对，我们小组最近在加班，我这儿有一些数据和资料，她今晚加班要用，让她过来取一下就可以了。"

"难道不是她落在你车上的吗？"苏茉难得咄咄逼人。

原来苏茉把电话里说的话听得一清二楚，事到如今，我好像也没有继续隐瞒下去的必要了。

"哦，对。今天下班比较早，我等电梯的时候刚好碰见她了，就顺路送她回家，没想到这个姑娘有点儿马虎，把自己的东西丢在车上了……"我耐心地向苏茉做着解释。

"刚好碰见？"苏茉竟然发出了一声冷笑，"你们单位那么多人，你怎么就刚好碰见她了，我有没有告诉过你不要和她来往得太近，你有没有答应我，原来你只是为了骗我高兴是吗？"

"你这个人怎么这么不可理喻呢？我是一个正常人，我有正常的社会交往圈子，我并不认为送同事回家犯了什么不可饶恕的大错误吧？你们女人能不能不要这么敏感？"我有些不耐烦了，说出口的话也有些重。

"我太敏感？所以说这一切都是我的错吗？"苏茉定定地站起身来看着我，眼泪已经在眼眶里打转。

我也不知道是为什么，当时的自己就是非常的郁闷和烦躁，我也站起身来看着苏茉："如果你不能相信我，那我好像也没必要向你做更多的解释，我并不认为自己的行为有哪里不合适，我每天在单位已经很累了，回到家里能不能让我安安静静地休息一会儿？"

说完这句话，我拿起放在桌上的车钥匙转身离开，打开门的时候我对苏茉说："我先去把资料送给她，咱们两个人之间的矛盾，不要影响更多的人。"

关上门临走的时候，我听见了苏茉的啜泣声，可是那一次，我没有回头。

我在楼下的车库里等待夏筱，直到半个多小时之后，她的电话终于打了过来："冰哥，我刚刚才发现我这儿有资料的电子版，所以我就不过来拿了，抱歉啊，麻烦你了。"

当时我的心情简直就像是要爆炸一样，夏筱这个女生也是太马虎了一点，这样逗着我玩儿是不是很有意思？不过考虑到同事关系，我还是尽力压了压火气对着电话那头说："没事儿，那你先忙吧，我先挂了。"

我没有急着回房间去，而是在车库里点燃了一根烟，静静地坐在车里，我知道自己刚才对苏茉有些过分了，心里的感觉有些后悔又有些委屈，我只是不明白，我和那个夏筱真的只是同事关系，苏茉怎么就是不相信呢？

直到回到家中，我的火气才慢慢散了，便讪讪地跟苏茉搭话，苏茉却闷声不吭地洗澡睡觉，正眼都没有看过我。

我趴在她身边，轻轻推了推她露在薄被外的肩："说句话吧，还生气呀？"

苏茉无声地把身体挪开了一点，我再靠近，不服气地说："明明开始是你自己不相信我，怎么现在变成你生气了？刚才我说的话没有别的意思。"

苏茉觉得自己疲惫得说不出话来，被我吵得无奈，这才翻身起来，冷冷道："的确是我没有相信你，都是我的错，我之所以不愿意让你和她走得太近，一方面是希望你能给我一点儿我想要的安全感；另一方面也是不想让你影响了别人，就算你不能理解，你为什么要对我发那么大的火？难道一切都是我在无理取闹吗？”

我有些慌了，隔着薄被一把抱住苏茉：“我不管那么多，只想要你在我身边，好好地相信我，给我一些我需要的空间。”

“你需要的空间？那你告诉我需要什么样的空间？需要你一边在家里吃着我做的饭菜，还要一边送别人回家的空间吗？”苏茉气愤地问我。

我躺在她身边，咬紧了牙关，又松开。人生气的时候说话本来就难听，现在她说的这句话更是不堪入耳，让人恨不得给自己一巴掌，可理智在提醒我，都在气头上，何必火上浇油。她就是这样的人，让着她一点就好。

我控制住自己的情绪：“我去给你倒杯水。”

苏茉冷眼看我把一杯白开水递到她的面前。

“好了，我知道你口渴，别生气了好不好。”我尽力哄着她。

换作是以前，只要我说几句软话哄哄她，她什么气都消了，可是现在我的样子在她看来就好像在应付一个不懂事的小毛孩。她需要的是我的在乎，而不是敷衍。

“我不喝！”苏茉心烦意乱地推开我的手，不料一时用力过度，我握杯的手被挥得歪向一边，水溅出大半，正好洒在我放在餐桌的文件夹上，那里面放着的是我这段时间的辛苦结晶，这份打印出来的策划书是我们小组为明天决定最终方案的总结会上用的。

我唯恐文件夹里的纸张被打湿，低呼一声，立刻放下了手中的杯子扑过去查看。苏茉大概本来也没想到会害得我失手，可是我面对那个文件夹的时候如此紧张，毫不犹豫就拨开了挡在前面的她，苏茉晃了一下险些摔倒，可我竟然都没看她一眼。

苏茉怒火中烧，她痛恨我拨开她的那个动作，嫌恶而轻视，一如初见时我们两人撞在一起时那样。这让她感觉从开始到现在，我对她的忽略从没有变过，一直都是她自己剃头担子一头热。

我拿出策划书翻来覆去地看了看，有些水渗进了文件夹，前几页的边角被打湿了，但好在没彻底毁掉，刚松了口气，手里的纸张突然被人抽走，只听到"嘶嘶"两声，就在我面前，好端端的企划书被直接撕成了四份，并被用力扔在淌水的餐桌上。

我定定地看了苏茉几秒，又看了看那份面目全非的企划书，作出的第一个反应就是冲着苏茉大吼一声："你疯了是吗?!"

苏茉没有理我，反而把桌上剩下的那半杯水朝我脸上一泼，然后将空了的玻璃杯重重朝地板上一摔，清脆的破裂声如玉碎般惊心。

"这样你高兴了?"苏茉的声音里仿佛也有什么东西正在碎去。

大家都疯了，那还要理智干什么?

水沿着我的面颊往下滴，我带了点难以置信，没有拭去脸上的水痕，而是朝大门的方向一指："你走，我不想看到你!"

没想到，苏茉二话没说拿起包就走，我的动作比她更为迅猛，我走上前去挡在苏茉的面前，她撞在我的身上，往后退了一步，大腿抵在餐桌的边缘，整个人往后仰了仰，我顺势将苏茉按倒在餐桌上。

苏茉抬腿死命地蹬开，挣扎着刚直起身，就被我反手揪住发梢拽了回来。

"噢！"头皮上撕裂一般的痛楚让苏茉疼得眼泪都要掉下来，也不管面前是什么就挠了过去，险些抓到我的眼睛，在我眉骨上留下数道血痕。此时的我就像闻到血腥味的豹子一样被激起最原始的凶狠，苏茉又一次被重重地撞上餐桌，这次她动弹不得，只感到身下的衣服很快被桌面的水痕濡湿，冰凉地渗进肌肤里。

我明知自己这么一来是大错特错，但却没办法停止，我感到有什么东西正在失去，拼命想抓住，却像指尖的一阵烟，只有身下的感觉是真实存在的。

我俯下身去，用额头去蹭苏茉腮边的泪。

"我一直那么爱你。"当我平息下来，松开了力道，苏茉却没有动。

她说："你当然爱我，就像爱一只猫，爱一条狗。"

我定定地抱着她，怔怔地说："不管怎么样，我不会放手。"

我其实已慌到极点，此刻的苏茉有种心灰意冷的感觉，我怕自己一松手，这个人就再也不会停留在自己怀抱里了，想尽了一些可能的方式，说出来的却是最混账的话："你不能走，你还欠我的。"

"我知道，我一直都吃你的喝你的，这个房子是你的，我穿的衣服是你的，用的也是你的。"苏茉的声音冷静得出奇。

苏茉最终还是没有走。可是有些东西一旦碎了，纵使千般弥补，也再也回不了当初的模样。我们狠不下心别离，在一起却只剩下煎熬。那一个晚上之后，我和苏茉都绝口不提发生过的事。

从此相处，如履薄冰。我们想要厮守，却不知如何是好，于是开始小心翼翼，生怕一句话、一个眼神就触痛了对方，渐渐地相对无言，各自舔着自己的伤口。小小的公寓，原来应该是我们两人的方寸天堂，现在却觉得狭小的空间让人避无可避，几乎让人窒息。

苏茉撕掉的策划书只不过是打印出来的文字版之一，只要我想要，还可以打印出千千万万份，但我们斤斤计较的其实都不是看得见的东西。总结会上，我们公司的副总说我所在小组的方案很优秀，公司最终选择的却是另外一个，我也无话可说。

很快到了十一长假，我和苏茉的公司都有七天的假期，在长假之前，苏茉就告诉我说要和几个大学同学出去聚会，让我一个人回家去看看我爸妈，我没有追问什么，或许我们趁此机会分开一段时间，反而能让我们想得更清楚。

我一个人买了些东西回到家中，我爸出去上班还没回来，家里只有我妈一个人，我才知道她得了感冒，却还打起精神要给我做我最喜欢的家常菜，被我按回床上躺着。我收拾好东西之后去附近的菜场买了菜。等到我爸回家，做好的饭菜已经热腾腾地摆了一桌。

我爸见到我好不容易回来，自然也是既意外又高兴，我妈喝了一口我为她盛好的汤，感叹道："以前你还小的时候，我们也是把你当宝贝一样，哪里舍得让你进厨房一步，还担心你以后什么都不会，想不到儿子大了，做饭这种事竟然一点也不含糊。"

"没办法，苏茉有时候工作也忙，外面吃一方面不卫生；另一方面也没什么营养，所以我们都是谁有空谁做饭的。"我随口说了一句。

听我这么一说，我爸才想起来问："怎么你一个人回来了？苏茉呢？"

我给妈妈和爸爸夹菜，轻描淡写地说道："哦，她和几个朋友出去玩儿了。"

"朋友？"我妈微微有些惊讶，"你没一起去？"

"我又不认识她的朋友，一起去有什么意思。"我说。

我妈一听，停下了筷子："她和什么朋友出去你都不知道？洛冰，这样可不行。"

我微微嗔怪道："妈，你该不会是不喜欢我回来陪你吧。"

"这孩子，看你说的！"我妈没有再追问，我才暗暗松了一口气。

我们一家人和和气气地吃过了晚饭，我正在给自己铺床，妈妈走了进来，开门见山地问我："洛冰，妈妈问你个事，你不许撒谎。你这次忽然回来，该不会是出了什么事吧？"

"妈，我说了没事，我就是想你了。"

"妈也想你，所以才盼着你好。你是我生的，我知道你的脾气，什么不愉快的事都闷在心里不肯说出来。你要是早打算回来，不会连一个电话都不打，苏茉到底去了哪里？你们该不会吵架了吧？"我妈担心地问道。

"没有。"我坐到妈妈身边，我不想让还在生病的妈妈替我操心。难道是自己演技太过拙劣，要不为什么妈妈一眼就看出了我的不对劲，还是我过去和苏茉真的那么好，好得仿佛容不得片刻分离？

我妈还在絮絮叨叨地和我说着体己的话："小年轻吵吵闹闹是难免的，只要别伤了感情就好。女孩子家爱耍脾气，你是男孩子，平时多体谅她，我看她是真心对你好的。"

　　"我还不够让着她？"我忍不住自言自语道。

　　"真闹别扭了？"毕竟是过来人，我妈一看我的反应就明白自己的担心并非多余，正色道，"不是妈说你，越是这种时候你越不能一走了之，怎么能像小孩子一样由着自己的脾气。你们现在还没结婚，要是她身边……"

　　"她爱怎么样就怎么样，和我没关系。"

　　"胡说！洛冰，你可别糊涂，苏茉这样的姑娘你要是不好好抓牢了，以后有你后悔的！"我妈还试图劝说我。

　　"我知道了，妈，我们的这些事您就别操心了，现在时间还早，要不我陪您出去转一转吧。"我笑着对妈妈说。

　　散步的路上，每当妈妈说起苏茉的事，刚起了个头，我就岔开话，我反复询问妈妈的身体状况，妈妈说多亏了有爸爸在身边细心照顾，家里、公司两头忙碌，脸上满满都是幸福的模样。

　　都说少年夫妻老来伴，我和苏茉磕磕碰碰的，能否有幸相伴到垂垂老矣的那天？到那时她牙齿松动了，再也说不出伤人的话，我也老糊涂了，今夜的事明朝俱忘，一切心结烟消云散，无力去彼此伤害。然后我们并肩坐在黄昏里，忘却了身边人的姓名，忘却从哪里来到哪里去，手却还紧紧挽住对方……幻想着这一幕，我竟然有一种想哭的冲动。

第二十八章　那就这样吧

国庆长假结束，我和苏茉又开始了忙忙碌碌的工作，至少发生的那些争执也不再被提起，我们仿佛回到了最初的时候，虽然青涩不在，感觉却一直没有变过。

这天晚上，我正在电脑前打印东西，苏茉抱着抱枕坐到我的旁边，用她的手肘碰了碰我："洛冰，明天是几月几号啊？"

我闻言轻笑："明天？应该是10月18吧，怎么了？"

苏茉又是嘿嘿地笑着："那你记不记得明天是什么日子？"

这倒是真的问住我了，不是她的生日，也不是我的生日，还能是什么日子。

大概是看出来我的心思，苏茉噘着嘴巴坐到了一边，不高兴地抱怨着："我就知道你想不起来了，笨蛋，是咱们在一起七周年的日子。"

一听到苏茉这么说，我才突然反应了过来，哎呀，我怎么能把这件事儿给忘了呢！我不好意思地拍了拍脑袋："抱歉抱歉，你也知道，我这个人对数字最没有概念了。"

苏茉倒也没有真的生气，她神秘兮兮地趴在我的身边说：

"他们都说七年之痒，我偏偏不信，你说咱们要不要通过什么方式庆祝一下？"

我听着她这么说，心里忽然有了一种莫名的感动，原来就在不知不觉中，我和她竟然已经走过了七年啊，我的心中一动，转过身问她："那你说说，你想怎么庆祝啊？"

苏茉叹了口气："咱们工作都那么忙，明天也不是周末，还得上班，就去外面吃个饭吧，干什么不重要，重要的是……和谁在一起。"

我点点头："好啊，我们公司附近最近新开了一家西餐厅，听同事说环境不错，明天咱们也浪漫一把，我请你去吧。"

"真的？"一听到我这么说，苏茉的脸上写满了惊喜，欢呼雀跃的样子就像是一只小鸟一样，她开心地说："那说好了哦，不见不散，这次你可不许再让我等你了。"

"放心吧，小的一下班就在餐厅门口候着，恭迎娘娘。"我笑着和她开玩笑。

第二天，我特意换上了一套新买的衣服，又趁着休息时间去单位的卫生间刮了胡子，甚至喷了点儿香水，走出门的时候，我甚至开始期待这个七年之痒的约会，或许熬过了天崩地裂，我们终究也会赢来天长地久的吧。

正当我想象着这一切的时候，却不小心撞上也去卫生间的夏筱，她的脸色有些不对劲，苍白无力。

"哎呀，不好意思。"我连忙道歉，又看了看眼前的她，"你怎么了，看起来不太舒服。"

夏筱回应我的是一个更加虚弱的微笑："也不知道怎么回事，

今天肚子一直都不舒服，大概是吃坏东西了吧。"

我有些不忍心，又走上去扶了她一把，一边叮嘱着："女孩子家还是要好好照顾自己，身体不舒服就请个假去休息，不要为了工作连身体都不要了。"

夏筱勉强笑了笑，又轻声说："谢谢啊，老是麻烦你照顾我。"她说着这句话，手也顺势搭在了我的胳膊上。

"洛冰。"这时，门口传来了一个熟悉的声音。

我抬头看去，果然，苏茉正定定地站在门口看着我们，而我的手正和夏筱的手紧紧地握在一起。

不知道是自然反应还是什么，听到苏茉喊我的第一声，我就立刻松开了手，其实这并不是我刻意的动作，不过这看起来确实更加可疑。

"难怪给你打电话不接，原来你在英雄救美啊？我是不是打扰到你们了？"苏茉冷冷地说。

我有些尴尬得下不来台，不久之前发生的一幕就这样以相同的方式上演了，还是那个愤怒的苏茉，还是那个不知所措的我，还是那个夏筱。

"苏茉，你听我给你说……"我松开了夏筱，尝试着想要解释什么，可是苏茉没有给我这个机会，她转身跑出了公司，我也只能跟着她一起跑。

果然，苏茉走出门打了个出租车，我也只能坐在另一辆车上紧紧跟着她，我想要打电话给她，才看到手机上又是四五个未接来电。

"奇怪，我的手机明明没有设置静音啊？"我有些奇怪，到现在没时间想这些了，我必须抓住这个机会，我很害怕苏茉这次再也不会相信我了。

回到家，我用钥匙开了门。果然，苏茉一个人在卧室里，她在收拾东西，拼命地把衣服往皮箱里塞。

"苏茉，你别这样……"我上前去拉住了苏茉的手。

苏茉完全没有理会我的意思，她木讷地收拾着眼前的行李，眼睛已经红肿成了一片。

"苏茉，你听我解释……"我还是不愿意放弃，我知道这次是我错了，我不该用同样的方式一遍又一遍地伤害她。

苏茉终于扬起脸打量我，半晌才说道："洛冰，你真的很过分。"

我坐在沙发上，把脸埋在膝上："我错了，我真的错了，我没有想到今天这么凑巧……夏筱她刚好不舒服，然后我们在门口碰到了，我就随手拉了一把，苏茉，难道你不能相信我吗？"

苏茉的脸上看不出情绪。

紧接着，苏茉一反常态地放慢了语速："洛冰，你实话跟我说，如果不是因为你答应了我爸爸要好好照顾我，如果不是我还能照顾你的饮食起居，你是不是早就想着和我分开了？"

"你怎么会这么想？"我不敢相信地看着苏茉。

苏茉笑得无比讥讽："我爸从前就对我说过，我们是穷苦人家，本来就攀不起你们这样有显赫家世的人。我从前以为这些都不算什么，只要有爱，一切都不是问题，原来，爱情终究抵不过现实……洛冰，我就这么不堪？我像傻子一样把心掏出来给你，结果还不如一个和你认识了不到一年的漂亮女人？我真的搞不懂你的心思……我要的是一个爱我的人，我要做他的女朋友，一个有血有肉的人，而不是服务周到，还可以陪他的钟点工！"

我听到苏茉的话，有些痛苦地闭上双眼，过了一会儿才缓慢地睁开。原来我们都很累了，懒得再做多余的解释，原来在她心里，我们的感情已经变成了这样。

"你说句话呀，洛冰！"苏茉像被逼到绝路上一样暴跳如雷，伸手就将茶几上的杂物通通扫了一地，"你说话呀，我最恨你像个哑巴一样。"

此时的我像座冰雕，没有语言，看不出情绪。

"这么多年了，原来我只是那个可怜的赌注，你终究还是不爱我。"

这是苏茉一直不敢想也不敢面对的一件事，如今亲口说了出来，竟有了种心如死灰的释然。

"之前为你做的事是我心甘情愿的，从此一笔勾销，你不用放在心上，你不用为这个进退为难，因为是我不要你了。我们分手吧，你放我走吧……"苏茉说这些话的时候，眼泪如同是断了线的珠子。

外面淅淅沥沥地开始下雨，苏茉一个人拉着我们当初买的同款行李箱离开了那个支离破碎的家，我没有追出去，如果心已经死了，再做多少也无济于事。

我们分手吧……因为是我不要你了……

我从梦中惊醒过来，偌大的房间里只剩我一个人，没有苏茉，没有夏筱，窗外暴雨倾盆。梦里那个声音似乎在空荡荡的房间里回旋。我翻身起来，看了看床头的闹钟，已经是清晨五点，于是也就没有了睡意，给自己倒了一大杯水，徐徐坐在餐桌前。

一个二十六岁的女人该是什么样子？就像一朵蔷薇，开到极盛的那一刻，每一片花瓣都舒展到极致，但下一刻就是凋落。我用手轻抚床头柜前放着的苏茉的照片，我很久没有像现在这样认真地看过她了，一个没有任何遮掩和防备的苏茉。

拉开抽屉，我找出那只剩一个的海兰宝耳环，握在手里，冰凉的，带点刺痛。我给苏茉带上耳环的时候说过的话犹在耳边，可是我们终究弄丢了另一只。

我和苏茉，彼此弄丢了对方。

苏茉，苏茉……曾经身体发肤般亲密的一个人，原来也会在人海里断了音信。我已经不怎么记得昨晚分离时的细节，人的记忆也会保护自己，只知道苏茉走出了我们的公寓，我试过不眠不休地把手机攥在手心，潜意识里有种荒谬且毫无根据的坚持，她会来找我的，一定会，就好像从前无数次争吵，我总会把她找回来，到时我会放下所有的尊严，亲口告诉她那一句来不及说出口的话。

可是我没有。

当我松开手把苏茉送的手机沉入江底的那一刻起，我终于清醒。我和苏茉真的分开了，我对她死了心，不会再有任何的联系。明明两人继续在一起是痛苦，可当苏茉亲口将这段关系画上句点，有如将我血肉之躯的一部分生生斩开，那种感觉何止撕心裂肺可以形容。

我以前常羡慕电视剧里的主人公，感情受了伤，潇洒决然地一走了之，浪迹天涯，多年后重回故地已是别有一番天地。只可惜在现实中浪迹天涯是需要本钱的，大多数人平凡如我们，受了伤，泥里水里滚一把，爬起来，抹把脸，拖着两条腿还得往前走，我在犹犹豫豫的思绪中决定辞职，开始一段新的生活，新的旅途。

去公司办理离职手续的那一天，我在楼道里碰到了夏筱，她似乎是想要和我说些什么，可是说实话，我自己都不知道怎么面对她。

坐在单位楼下的咖啡馆里，我终于决定把一切都讲个明白。

"我知道，之前我和我女朋友的那些误会，都是你故意制造的吧？"我淡淡地问夏筱。

夏筱坐在我对面，只是点了点头，没有多说什么。

"冰哥，我知道，我这么做有些不妥，但我不管这些，我喜欢你，所以我就要想方设法地得到你，人不为己天诛地灭，我并不觉得自己做错了什么。"夏筱的话直接得让我震惊。

我呆呆地不敢相信："我知道……你们这些'90后'的女孩子和我们不一样，果断，有主见，敢爱敢恨，但是你怎么能做这些？"

夏筱的脸色依然没有变，她笑着喝了一口咖啡："立场不同，想法不同，他们没有权利对我的行为作出评价。"

"可是你知不知道，这样伤害了我和苏茉的感情，特别是伤害了她？"我忍不住低声吼道。

夏筱笑得更开怀了："冰哥，我并没有对苏茉做什么，我只是用一些小女生的小心思而已，说到底还是苏茉不够信任你，如果你们的爱情无坚不摧，我又怎么能够乘虚而入？"

夏筱的话竟然让我无话可说，是啊，她也没做什么，她没绑着我非要和我在一起。我和苏茉，只是输给了自己。

　　"算了，事情都已经这样了，我不想再追究，就这样吧。"我站起身来，准备要离开。

　　夏筱也跟着站了起来，她从包里拿出一个信封给我看："我也辞职了，以后你去哪儿，我就去哪儿，既然你说我伤害了你们，那就让我补偿你吧。"

　　我再一次无语了，而让我更加无语的是，我竟然找不到一个理由拒绝她。我和夏筱去成都散心，她在我身边一直都不曾离开，我们甚至一起逃地铁票，甚至坐在满天星空下抽烟，我们就这样稀里糊涂地、莫名其妙地在一起了。

　　我开始了艰难的创业之路，也拒绝了我爸妈想要给我的一切帮助，万事开头难，创业初期吃过的各种苦头自不必说。可是说真的，我不怕吃苦，只怕回头。

　　那几年，我们的行业里渐渐也有人知道了我的名字，看似是一个性格内向寡言少语的男人，平时话很少，与己无关的事情从不肯多说半句，可是事情交到我手上，不管是谁都可以全然地放下心，因为我总会完成得妥妥帖帖。同样一份差事，你给我半个月，我能做得精精细细，但你给我半天，我拼了命也能按时完成，粗粗一看倒也让人挑不出什么毛病。

　　夏筱也陪着我一起为新公司忙得团团转，酒桌上，总有居心叵测的客户喜欢故意捉弄像她这样美丽动人的年轻女子，一杯烈酒摆在她面前，只等她撒娇投降。可她偏不，也从不张狂，只是站起来静静将酒喝到一滴不剩，再醉也要咬牙撑到回家再吐到天翻地覆。

直到这个时候我才发现，夏筱平静纤弱的外表下藏着一股倔强的狠劲儿，凭着做事的专注和这股狠劲儿，她帮着我在经济最困难的时期站稳了脚跟，做出了几分成绩，连我爸妈也不得不对她刮目相看。我们创业的第三年，我们的公司已经实现了利润分红，占有的市场比率也越来越高。这虽不是什么了不得的成就，但作为两个不到三十岁的年轻人能走到这一步，已没有人会质疑我们的努力和成绩了。

我爸妈开始催促着让我和夏筱结婚，夏筱也不断地给我暗示。我却不知道自己究竟在犹豫什么，说没有动心是假的，娶一个条件这样好的女生在很多人眼里是求之不得的幸事，然而，我控制不了自己将夏筱与那个我尘封在心里的人对比。

如果是苏茉，她会因为时间与空间的距离慢慢忘却曾经深爱过的伴侣吗？她会不会像夏筱一样不顾一切把自己想要得到的揽入怀中？她是否也会把前程和利益当作动人的诱饵耐心地等待猎物自投罗网？我明明知道这样的对比是愚蠢的，对夏筱也不公平，在夏筱等待我点头的那一刻，我已经相信面前的人是个不错的选择，心里却有个声音在提醒着，夏筱不是苏茉。

夏筱的爱虽然像疾风骤雨一样让人难以喘息，但却坦荡而纯粹，她生气时嘴里常说出伤人的话，事实上，除了同等的感情回应，她从未要求过任何回报。

我本来就不是一个容易被激情冲昏头脑的人，对待感情更是慎之又慎。我总是有太多顾虑和防备，不敢轻易再交付真心。在与苏茉相恋之初是如此，面对夏筱也是这样。有几次我在夏筱的一再逼迫下都动摇了，最后却总差那么一丁点，而偏偏这毫厘之差却无法逾越，这正是夏筱和苏茉的区别所在。这一回，我已经强令自己抛却过去的人和事所带给我的干扰，并尝试认真考虑和夏筱的未来，只可惜就在我摇摆不定的关头，忽然冒出来的一封邮件就这样砸醒了我，而苏茉也再度出现在我的世界里，掀起了滔天巨浪。

就在一周之前，我和夏筱收到了另外一个公司的收购邀请，因为我们公司发展的速度很快，我们也正在筹划着进行相关的收购计划，也是在这个时候，那封邮件出现在了我的邮箱之中。

我在电脑上打开了那封邮件，映入我眼帘的第一句话就让我瞬间泪奔。邮件里说："我们分手后的第三年零八个月，你还好吗？"

不知道是为什么，读到第一句话的时候我的眼眶变红了。我不是那种喜欢多愁善感的男人，我原本以为我可以忘了苏茉，然后和夏筱开始新的生活，可是苏茉一出现，我的世界全都变了。

原来，那个突然出现的公司竟然是苏茉在我们分手之后一手创办的，原来，她也没有忘了我……

午夜的雨声入耳分外惊心，我将那半只海蓝宝的耳环重新收好。现在回想往事，恍如隔世一般。

与苏茉分别之后，我们就再也没有见过面。一个城市能有多大，足以把两个人淹没？老天可以让两个有情人在天涯海角重逢，却又在四年的漫长光阴里未曾安排我们相遇。直到今天的这封邮件，想必是惩罚我们爱得不够深。

怎样才算爱得深？分手后的一整年里，明知我们两人已无可能，苏茉的影子依然无所不在，我总是在每个街口，每次转身时都恍惚看到那个熟悉的身影。每个夜晚，无论美梦还是噩梦里都有她存在。只是渐渐地，也就淡了，时间真是一个可怕的东西，它能抚平一切，将心里好的或是坏的痕迹一刀刀刮去，只留下一个个面目模糊的疤痕，后来渐渐越来越少想起关于她的一切，最后连梦也梦不到了。

也许苏茉说得对，我是个寡情的人。这样应该比较值得庆幸，因为痛楚也会少得多。可有一次夏筱却有意无意地对我说："从医学上来说，痛觉的丧失其实是一种病态，而且相当危险，因为一个人如果不知道什么是痛，那么他就不知道自己伤得有多深。"

收到那封邮件的那一个晚上，我彻夜未眠。第二天一大早，我拨通了那个我从来都没敢拨过去的电话，我想要再见苏茉一面，哪怕我们已经沧海桑田，哪怕已经再无可能。苏茉犹豫了很长的一段时间，最终还是同意了，我们约定在她租住的公寓楼下见面。

我曾经在心里一千次一万次地想过和苏茉再次重逢的场景，不知道我们该怎么面对，我们要说些什么，再见到又会不会有些尴尬，甚至……她还能不能认出我？这些问题在见她去的路上充斥在我的大脑，让我无法静下心来。

可是，就算我想尽了我们见面的一千种方式，我也从来都不会想到，当我从汽车里出来的时候，一眼就看到了苏茉，她的手里捧着一大束鲜花来迎接我，她还是没有什么变化，只是比之前干练了很多，也瘦了很多，但眼睛里还是我熟悉的感觉。

我就这样毫不意外地在一片混乱中一眼认出了她。这一刻我忽然感到全身绷得紧紧的神经完全松懈了下来，疲惫得再也挪不动步伐，只绽开了一个笑容。苏茉也看见了我，却同样不急于朝我走来，只是又好气又好笑地打量着我，没有说一句话。就这样，我们两人在数米开外隔着川流不息的人潮相视而笑。最后，我向苏茉伸出了一只手，周围很吵，可我却听清了她说的每一个字，她说："笨蛋，见到你真好。"

　　我就那样又站在了她的身边，我比她高出很多，说话的时候让我感觉她的声音像是从胸腔的位置传到我的耳朵里来，带着嗡嗡的回声，一直荡到我心里，让我狠不下心拔腿走开。

　　我还记着那个时候她的体贴入微，还记得就算我只是一点点伤风感冒她都会急得快要发疯，我也还记得每次我陪着她逛街之后总是送她到宿舍门口，还不忘了叮嘱她回去之后洗个热水澡，然后早点睡觉好好休息。她总是不让我把手机放在枕头边，说是手机会有辐射，她甚至会在半夜忽然给我发消息，只是告诉我她想我了……

　　苏茉看见我一直都低着头不说话，才察觉出自己的喋喋不休，她不好意思地挠了挠后脑，脸上出现了一阵红晕。然后略带尴尬地对我说："不好意思，我以为，我们还是和当初一样……"

　　我知道我们都不应该这样，我们都已经有了自己的生活，还怎么能想起从前在一起的那些日子。那已经是很久以前的事情了，她不该这样若有若无地勾起从前，我自己也更不应该回忆起当初的旖旎。

　　我们两个人在她的公寓楼下，坐在台阶上静静地聊天。那天的天空那么美，深黑色的穹庐下繁星点点；四周的空气是那么静谧，一切都美得像个梦境。

"好久不见了，你还好吗？"苏茉笑着问我。

我不知道应该怎么回答她，是啊，我还好吗？场面上好像是挺好的，我有了自己的工作，有了豪车，有了新房，甚至过不久还会有一个新的家庭，可是我要不要告诉苏茉，我的心里究竟有多苦闷？

"真的是……好久不见了……"我没有回答苏茉的问题，转而和她一起感慨时光的匆匆。

苏茉看着我笑了："我觉得咱们都挺傻的。"

"嗯？"我对她突如其来的一句话有点儿没反应过来。

苏茉深吸了一口气："我们当初相爱得轰轰烈烈，后来分手的时候也是把对方弄得遍体鳞伤。其实说到底，还是因为太在乎对方了，然后就用最决绝的方式伤害对方。"

我犹豫了一下，问苏茉："其实我到现在也不知道，你怎么会那么固执，你应该知道我和夏筱没有什么，可是你当时什么都不听，就是一个劲儿地要和我分手，我也没办法了。"

苏茉点点头："是的，所以我说我们都太傻，其实，与其说我当时对你没有了信心，倒不如说我是对自己没有信心，你还记得咱们大学的时候你和你宿舍舍友们的那个赌注吗？那是放在我心里一辈子的隔阂。"

"赌注？"我有点迷茫了，我问苏茉，"什么赌注啊？"

"就是……你在第一次见到我之后跟他们打赌，说谁先追到我谁就获得胜利。我发现我真的是一个挺小心眼儿的人，自从我知道了这件事，心里真的一直都在介意，我害怕你是因为想要赢下那个打赌才向我告白，害怕你不爱我……"

"所以你对我提出了分手？"我当时的心情如同百爪挠心。

苏茉点点头："对啊，你看，我就是这么敏感。虽然咱们在一起七年了，虽然我们都见过双方的父母了，虽然我们已经像一对老夫老妻一样了解彼此了。可是我还是没有安全感，直到夏筱出现，直到她扰乱我们的生活，她终于成为我情绪爆发的导火线，然后我没控制住，我们就这么结束了。"

我不知道该用什么样的词语来表达我当时的心情，语言好像总是会在某种程度上限制情感的表达，我苦笑，然后又摇头："我想知道这个问题想了四年，我也没想到折断我们最后一根神经的原来是当初那个青涩的赌注。"

"对啊，你看，世事无常，有些时候就是这么不可理喻。"苏茉也笑着点头。

那就这样吧，该过去的都过去了，我们不必再去纠结，也不必压在心里变成一块心病，就是这样的，我愿意把这些问题归结为这是我们的缘分已尽。

"好了，我们现在再说这些也没什么意义了。生活总得继续往前走，我认输了。"苏茉最后说了这么一句话。

我没有回答她，也没有再说话，我们都沉默着，空气如同死一般的凝滞。

第二十九章　苏茉，愿你青春不朽

四年前，她离开后，心灰意冷之下的我熬了一夜，忍住了没有联系她。等到我开始担心她的去向时，电话已经打不通了。苏茉就只有一个朋友，我在好几天之后才联系上刘芸，当时刘芸已经在墨尔本有了自己的家庭，我问她知不知道苏茉去了哪里。刘芸听说我们分手的事并没有痛批我，她坦言自己知道苏茉的现状，却明明白白对我说自己是不会告诉我的，既然已经分开，多问何益，与你何干？

我打电话去苏茉的单位，同事们说苏茉很长一段时间都没有去上班，也不知道她去了哪里。我渐渐相信，她是铁了心要走。回想起来，那段日子我也是昏天暗地的，郭沐阳来劝，魏海也打电话来劝，我妈妈特意请了一个月的假陪着我。也是直到这时我才发现，竟然所有的人都认为我和苏茉分开并不稀奇。仿佛从始至终只有我一个人觉得我们是理应在一起的，只有我一个人活在梦境里。他们好像都比我更懂感情，说时间长了就好了，莫非四年时间还不够长，可是为什么我依然不好？

苏茉站起身来，笑着对我说："现在，我们的心结也都解开了，觉得心里好受多了，那……我先走了……"

直到这个时候我才站起身来，说了一句我一直都想说的话："苏茉，你一直都不是一个赌注。"

苏茉的眼眶迅速地湿润了，我看着她的眼泪在打转，然后她笑了，那个笑容印在我的心里，那么让人难过。

"可是……"我顿了顿，又看向苏茉，"我是个男人，我不能一直这样伤害别人，我现在要对另外一个人负责任，我不能再伤害她了。"

苏茉点点头："我知道，你和夏筱在一起了，你们……应该很相爱吧？"

"她对我很好，所以我不能辜负了她。"我默默地说了一句话。

苏茉又给了一个笑容，可是这个笑容，怎么那么苦涩？

她说："我明白，这种切肤之痛，每一个女人都受不了。"

苏茉收拾东西准备离开的时候，我鼓起了这辈子最大的勇气追上前去，然后在她的额头上轻轻地印下了一个吻。

"好好照顾自己，你会遇到一个比我更好的男人，让他替我好好爱你吧。"我忍住心里的悲痛，对苏茉说。

苏茉就这么走了，我看着她离开时的背影，一如四年前她从我们的小房间里搬离一样的决绝，这就是她啊，是那个让我爱到心碎的苏茉。

就在那个夜晚，我看着还和当初一样美好的苏茉，我反倒没有心痛的欲望。多么奇妙，在看着她也痛时，我心中的伤在减轻。原来不只快乐需要分享，痛也需要。我的痛只有她可以分担，因为其中有一半亦属于她。

我和苏茉这样两个人，其实都不会怎么去爱对方。或许我们在最初的相逢之前各自遇上了别人，都可以找到自己的幸福，可是我们偏偏被命运搅在一起，彼此性格中的阴暗面都被对方催化得一览无遗。我害怕重蹈覆辙，所以，这应该是最好的结局了吧，这一夜，我睡得格外的沉。

我和夏筱的婚期越来越近，我们一边忙着公司里的事儿，一边还要操办婚礼。忙得昏天黑地，发请帖的时候，我犹豫了很久，最后还是端端正正地在抬头写上"苏茉"两个字给她送了过去，我希望她看到我幸福，这样我们彼此都能安心。

果然，苏茉收到请帖之后又给我打来了电话，她问了我具体的婚宴地点，然后还神秘兮兮地对我说，到时候要给我准备一个惊喜。

结婚的前一天晚上，我和平时一样在单位食堂里解决了自己的晚餐，回去洗了个澡，就躺在床上用笔记本电脑看电影。很奇怪，百看不厌的《大话西游》这天晚上也没能让我笑出声来，心里莫名地闷得慌。

紫霞仙子说："我猜中了开头，却猜不中这结局。"

我迷迷糊糊地睡去，梦里辗转不安。半夜，手机铃声将我惊醒，本来我平时就睡得很浅，静悄悄的夜里突兀的音乐声更让我莫名地心惊。

我最怕半夜的电话，总觉得那会是什么不好的事发生的前兆。上一次午夜被电话惊醒，是我一个朋友在家胃出血，被送到医院急救，现在想起来还惊魂未定。但是我更不想关机睡觉，总害怕会错过什么。

手机屏幕显示的是个陌生的电话，我有些怀疑是六合彩信息，不过还是按下了接听键。

"喂，请问是洛冰先生吗？"电话那头是个陌生男人的声音。

我的心像被猫的爪子挠了一下："我是，你哪位？"

"我是城南公安局的，请问你是不是苏茉的家属或朋友？她现在人在北方医院，伤得很严重，你的号码是她手机里最后一条通话记录，能否麻烦你代为通知她的家属，尽快赶到医院急诊室。"

我的脑子轰的一声，后面那个警察说了什么完全听不清了。我所有不安的预感在这一刻都得到了印证，披上外套，跌跌撞撞地抓起包就往医院跑。

上了出租车，司机问我："先生你要去哪里？"

我机械地回答："北方医院，麻烦快一点儿。"

司机大概是从后视镜里看到了我的模样，问了句："先生你没事吧？"

"我有什么事？"我吓了一跳，这才发现自己整张脸都是湿答答的。

不会有事的，谁都不会有事！苏茉这么善良可爱的一个人，老天也会庇护的。

我一路飞奔到急诊室，手术室里的灯是亮着的，门口站着好几个戴着大盖帽、穿着不同警服的人。

"请问……苏茉是不是在里面？"我惨白着一张脸问他们。

几个大盖帽对望了一眼，其中一个看上去像是负责人，他打量了我一会儿："请问你是……"

"我是洛冰，她的好朋友。她到底怎么样？不会很严重吧？到底出了什么事？她之前还给我打了电话，当时还是好好的。"

那个负责人神情严峻地把事情的原委跟我说了一遍，其实过程很简单，苏茉乘坐的出租车是一辆无照驾驶的黑车，刚好在路上碰见了交警排查黑车，那个司机慌不择路，车速加得很快，刚好在一个十字路口碰上了迎面过来的大卡车，司机当场死亡，然后苏茉也被拉到了医院，现在生命垂危。

我欲哭无泪，这种事情我也只在《速度与激情》那样的电影之中才会看到，这是多么遥远的事情，好像只应该出现在电视剧里。而我和苏茉都只是普通人，平凡地生活，挣扎着去讨一点儿小幸福，然后甘之如饴，这种事怎么可能发生在我身边？发生在她身上？车祸！苏茉那么柔弱的身体，她怎么承受得了那份痛苦……我靠在急诊室的墙上，止不住地瑟瑟发抖。

"洛先生，还好吧？"我在朦胧的视线中看着重叠的焦虑面孔。

我没有说话，只是手忙脚乱地擦眼泪，心里默念："一定可以渡过这一关的，苏茉一定会渡过难关的！"她没有宗教信仰，但是所有的神佛不都应该站在善良的人这边吗？

手术室的灯终于灭了，白大褂上血迹斑斑的医生走了出来。

我屏住呼吸，听到医生清晰地说："很抱歉，汽车的碎片嵌在心脏三尖瓣膈瓣，我们通过手术切开右心房后，发现残片没入心脏表面，难以取出，病人送来的时候已有心包填塞心源性休克，由于剧烈地震动引起的室颤，最后还是抢救无效。请问哪位是死者的亲友？”

我的心里有一面镜子，被人重重一击，震耳欲聋的巨响之后，是无数细碎的破裂声，延绵不绝。

医生的嘴巴一张一合，我只听懂了一个词——死者！

美丽通透的苏苿，陪着我走过青春岁月的苏苿，成了医生口中的“死者”，我第一次发现，白色原来是世界上最绝望的颜色。

身边的大盖帽脸色也变了，有的相互交头接耳，有的在跟医生交涉，还有的似乎在安慰我。我浑然未觉，指甲嵌进了掌心的肉里，感觉痛也是钝钝的。我在短暂的静默后爆发出一声瘆人的哭号，我的苏苿，我对幸福的那点儿期待再也回不来了。

我不顾一切地痛哭，迸发的眼泪能否把心中的苦痛冲刷至稀薄？每天都有人死去，每天都有愿望无疾而终，但是不应该是苏苿，她本应该过着最平静的生活，现在却为了一个完全没有理由的意外死在了手术台上。

熟悉的电话铃声在苏苿对面的那个警察手里响起：“……那片笑声让我想起我的那些花儿，在我生命每个角落静静为我开着，我曾以为我会永远守在他身旁，今天我们已经离去在人海茫茫……”这首《那些花儿》是苏苿最喜欢的一首歌，还是我替她下载的手机铃声。

电话是苏苿的爸爸打来的，我的手里拿着电话，嗓子里却说不出一句话，我不知道我要怎么把这个如同晴空霹雳一样的噩耗说出口，告诉那个已经年老的长者，他那个冰雪聪明、乖巧可爱的女儿就这样离开了世界。

是的，我最后还是把这个残酷的消息说了出来。我听着电话里的沉默，心痛得一塌糊涂，最后，电话是被身边的人从近似崩溃的我的手中夺走的。我靠着墙缓缓蹲坐在地板上，说不出一个字来。

正在这时，那个警察走过来递给我一个用塑料袋封存起来的东西，然后问我："这个是死者留下的东西，信封上写着'赠洛冰'四个字，应该是给你的吧。"

我从警察手里接过那个塑料袋，轻轻打开来看，是我们打工时偶然发现的那两张0521，没想到她现在还留着，还有一些明信片之类的，全部都是我和苏茉大学毕业之后旅行过的地方。

苏茉被推出手术室的时候，我始终握着她的手，一点点地感觉到她的身体在变冷。最后警察将我拉离苏茉身边。我站在医院长廊上，看着护工把覆盖着白色床单的苏茉推远，想追过去，可是脚却像灌了铅一般沉重。我扶着长椅的边缘缓缓蹲下，听着推着的轮子声越来越远，越来越远，终于再也听不见……

我也不知道自己保持这个姿势有多久，天渐渐亮了。其间有人走过来跟我说话，可究竟说了什么，我听不见也想不起来，我只想一个人蜷缩在这里，一直这样。

直到有双手按住了我的肩膀，我没有回头，那双手的主人却不像其他人一样等待片刻后离开，而是同样地蹲下，将蜷成一团的我整个抱在怀里。我记得这个怀抱。我任由身后的这个身体支撑着自己的重量，然后听见夏筱说："洛冰，你哭吧。"

我许久没有尝过眼泪的滋味，就连在公寓里，我看着苏茉离开时那么决绝的背影，我也没有哭；在那个分手又辞职的日子里，无论多难，我也忍住了泪水，因为眼泪代表了软弱。

可是我为什么要坚强，为什么要独立，我也需要一个期盼的肩膀供我痛哭一场。

我艰难地转头，将脸埋在夏筱的肩颈处，先是无声地抽泣，然后痛哭失声："她是为了给我送一份礼物才遇上车祸的，为什么她就这样走了，到最后只留下我一个人……为什么我最亲近的人最后都会离开？"

"我不会。"夏筱拍着我的肩膀，"虽然我不知道，我还是不是你最亲近的人。"

苏茉的葬礼相当简单，她的父亲从他们老家那边赶了过来，与警察商量过之后，将骨灰抱回了家乡。当初苏茉宿舍的几个姐妹，曲荻、欧乐，包括远在墨尔本的刘芸都不远千里赶了回来，大家相见，均是唏嘘。她们都说："人都已经走了，葬礼办成什么样都可以，苏茉这样一个明白人，她会看得透的。"

是的，苏茉是个好姑娘，她会明白，我们都爱她，她会感受到我们对她的那份关心，对不对？

苏茉的葬礼结束之后，夏筱陪着我回家，在回家的路上，夏筱说："我现在回想起来，当初好像真的对她有些过分。"

我一如常态地沉默着，我不愿意再去评价这些，就如同我不愿意想起苏茉的死。

"洛冰。"夏筱的手轻轻地抓了抓我的胳膊，然后继续说，"我知道我对不起她，所以你放心，以后我会替她好好地陪伴在你身边，不管你去哪儿，我都会跟着你。"

"夏筱……"我犹豫了一会儿，还是把自己的想法说了出来，"你别等我了，我不想再这样耽误你了，真的，你应该有更好的生活，不能陪着我活在回忆之中。"

果然，夏筱立刻站起身来抱住我："我不要，我会一直陪着你的，不管你去哪儿我都会陪你去，我发誓。"

我没有再强求夏筱，但我还是不顾父母和所有长辈们的反对，停下了自己的婚礼进程，把公司的事情也全部都安排给了别人，我答应了苏茉，我要好好地生活下去，所以，我想要把我们之前去过的地方全都重新走一遍，我要带着苏茉未完成的心愿去西藏，让她的灵魂在灿烂的阳光下永远幸福。

就这样，我背起了行囊，开始了新的旅程。我把苏茉送给我的那两张 0521 一直都装在最贴身的位置，因为我相信，苏茉可以感受得到。

我从西安出发，沿着甘肃一直到了西藏。当我第一次看到那片蓝天的时候，我想起了苏茉曾经说过，西藏是离天堂最近的地方，那里的人们永远没有悲伤。

旅途的最后，我来到了珠穆朗玛峰的脚下。其实我去的那个时候当地的天气很不好，并不适合去攀登，但我不管这些，那是苏茉最后的一个心愿了，我一定要替她完成。

有一句话说"世事如书"，现在想想大概真的是这个道理。我在攀登珠峰的时候差点遇上了雪崩，这让我忽然想起，很多年前我和苏茉一起在玉龙雪山下的誓言，我的心好像是被撕裂了一样疼。

然而，这个世界上的生活总是要留下一些遗憾，我的攀登珠峰计划最终还是因为当地恶劣的天气被迫停止，那个时候的我固执得如同一头牛一样拉都拉不回来，然后，我晕了过去……

我举步维艰地行走在看不到边际的沙漠里，烈日灼得我好像下一秒就要化为灰烬。口很渴，头很痛，我几乎不想再往前，宁愿变成沙砾里的一株仙人掌。可是前方隐约有什么在召唤我，我只得一直走，不停走，然后逐渐干涸……

"苏茉……给我水……"在梦里我无意识地呓语，之后才忽然转醒，意识恢复到一半我就开始苦笑，牵动干裂的嘴唇，一阵刺痛。我又糊涂了，早已不是当初两人耳鬓厮磨的日子，哪里还有身边嘀咕着给我倒水的那个人？只是这句话脱口而出时竟那么自然——自然得让我误以为睁开眼她还躺在身边，大大咧咧地把脚搭在我的身上。

就在我撑住晕沉沉的头想要爬起来找水的时候，一个冰凉的玻璃杯毫不温柔地塞到我手里。

"洛冰，你终于醒了？"夏筱的声音从我耳边传了过来。

我有些迷糊地问她："你怎么会在这儿？"

夏筱一看我还能认识她，突然长出了一口气，然后一本正经地说："因为我一直都偷偷地跟着你，暗中保护着你！"

原来，就在我晕过去的时候，夏筱也来到了那里，她及时联系了救援队，总算是把我从死神手里抢了回来。

我的心里一阵暖流流过，我拉着夏筱的手感谢她："谢谢你，这是我的真心话。"

"如果真的要谢谢我，那就答应我以后好好生活，这是我最大的心愿。"夏筱对我说。

我点点头，刚刚从死神手里回来，我比任何人都懂得珍惜，我从伤痛中缓了过来，我要好好地生活，不管是为了自己，还是为了苏茉。

我和夏筱一起回到了西安，我想做的第一件事是给她一个婚礼，我很感谢她一路以来的倾听和陪伴，这是我欠她的，如今终于还给她了。

婚礼之后，我和夏筱去了欧洲旅游。我们第一次以夫妻的名义进海关时，我一本正经地将一个红本本交给了海关的官员。

那人研究了半天，问道："先生，您的证件？"

"这就是。"

"为什么上面全是中国字？"那老外居然知道什么是中国字。

"这是结婚证。"我说，"护照我太太拿着呢。"

那个老外呵呵地笑："你拿结婚证干什么？"

"因为结婚证是我最重要的证件，比护照还重要。"我严肃地说。

"噗——"海关官员忍俊不禁，"当"的一下，给我们的结婚证也盖了个戳，"祝你们新婚快乐！"

过了关，我认真地收好了结婚证，夏筱站在我的身边说："洛冰，戏弄海关，影响不好。咱们下次不玩了哈。"

"怎么不玩？以后都要玩。"

后　记

在写下这篇后记之前，我刚刚和一位大学同学通完电话。自从大学毕业就没有再联络过，他这次通过网络找到我，打来电话问候近况。

其实"近况"是很难讲的，信息要从大学毕业之后开始更新，跨越这么多年。每件事情都需要谈及背景，背景里套着更多背景，陌生人之间联系着更多陌生人。现状实在无从说起，所以就讲起过去。但发现过去更难讲。因为他不记得了。

有人说，喜欢回忆的人无外乎两种：现在混得不好的和过去混得不好的。前者醉心于证明"我们祖上也阔过"，后者热衷于显摆"现在苦尽甘来了"。幸亏我两种都不是，所以我不会别有用心地篡改记忆来服务于虚荣心。

回忆是一种喜好，有些人有，有些人没有。对我而言，这种能力最重要的意义恐怕在于它让我借由自己和同龄人成长的路径，回溯到最初，想起我是谁，我又怎样走到今天这一步。

人的身体里住了很多小野兽，有野心，有虚荣心，有羞耻心，有进取心，有攀比心，有爱心，也有狠心和漠不关心。我记

时光清浅，心安便是归处

得在自己成长的每一个阶段，它们是怎样一个个觉醒，力量此消彼长，控制着我做出正确或错误的事情。

我真正学会控制自己，而不是被这些小野兽所控制，花了漫长的时间，在苛责后原谅，在期望后释怀，最终生活得真正快乐而坚强。这比什么都重要。

有句话说"勿忘初心"，其实很多人从小到大都没有过"初心"，最原始的天赋、力量和喜好都在他们还无意识的情况下就被外力压倒，没来得及长成雏形，根本无从寻找，更谈不上忘记。

曾经有人问我，为什么不去写一些"深刻"的东西，比如社会、职场、官场？

我觉得，以主人公的年长程度来判断作品深刻与否的想法本身就够肤浅的了，只有记录下真实的生活，才算不辜负那些美好的时光。

每一次写东西写到最后，我总会有一种依依不舍的感觉，就好像你辛苦培养了很久的植物，甚至是你亲手养大的孩子，你需要赋予他们最终的结局，责任重大，实在是不敢轻易做出决定。

前几天我在整理书稿时，我的母亲走过来看，我的第一反应竟然是挡住电脑不让她看。母亲一边给我放下咖啡，一边开玩笑，她问我是不是在我的青春岁月里有很多不能说的秘密，是不是怕她看到我曾经"二"过的岁月，影响我在她心中的好形象。

我只是嘿嘿笑，心里有着完成了一个重大事项的成就感。是啊，谁的青春没有不可言说的秘密，谁的青春没有"二"过呢？

其实，我知道，你也知道，故事都是假的。洛冰和苏茉，魏海和欧乐，刘芸和郭沐阳都是纸面上的铅字，他们从未存在。

然而，好故事最美妙的地方就在于，它给了你勇气和力量，去把你所看到的虚构，变成你做得到的真实。

希望那些感动了我的好故事，能通过我的文字被记录，然后去感动更多的人。